北部湾名人系列之三

◎谢凤芹 著

# 大儒冯敏昌

九州出版社
JIUZHOUPRESS

**图书在版编目（CIP）数据**

　　大儒冯敏昌 / 谢凤芹著 . -- 北京 ： 九州出版社，
2018.6（2024.1重印）

　　ISBN 978-7-5108-7102-3

　　Ⅰ．①大… Ⅱ．①谢… Ⅲ．①传记文学－中国－当代
Ⅳ．① I25

　　中国版本图书馆 CIP 数据核字 (2018) 第 114037 号

**大儒冯敏昌**

| | | |
|---|---|---|
| 作　　者 | 谢凤芹　著 | |
| 出版发行 | 九州出版社 | |
| 地　　址 | 北京市西城区阜外大街甲 35 号 （100037） | |
| 发行电话 | （010）68992190/3/5/6 | |
| 网　　址 | www.jiuzhoupress.com | |
| 电子信箱 | jiuzhou@jiuzhoupress.com | |
| 印　　刷 | 成都市兴雅致印务有限责任公司 | |
| 开　　本 | 710 毫米 ×1000 毫米　16 开 | |
| 印　　张 | 15 | |
| 字　　数 | 270 千字 | |
| 版　　次 | 2018年6月第1版 | |
| 印　　次 | 2024年1月第3次印刷 | |
| 书　　号 | ISBN 978-7-5108-7102-3 | |
| 定　　价 | 49.80 元 | |

# 是金子就不会被遗弃（自序）

2013 年 11 月中旬，我第一次到位于钦北区大寺镇望海岭三箭山的冯敏昌墓地拜谒这位乾隆嘉庆年间的大儒大贤。回来后，夜不能寐，当晚创作了散文《致敬冯敏昌》。

几天后，《钦州日报》公开发表，在作家中掀起了研究冯敏昌的小高潮。

过后，一批研究成果先后见报。

也就是从那时起，我多方收集有关冯敏昌的资料，多次到马岗村寻访冯敏昌的遗迹。

经过四年多的深入研究，2017 年初，我以《冯敏昌——丰碑大树驰千夫》为题，用三万多字介绍了冯敏昌的一生。

此文后来收在中国出版集团·现代出版社出版的《钦州古代乡贤》一书中。

《钦州古代乡贤》2017 年 3 月份出版，到 12 月已经加印了三次，文化的力量可见一斑。

在静静的夜晚，泡上一杯花茶，闻着淡淡的茶香，欣赏着冯敏昌的诗歌和书法，是人生的一大享受。

我曾经写下这样的读书札记：冯敏昌的诗歌和书法是金子，就算埋没 5000 年，也不会被消蚀，尽管在某些时候被世人遗弃，但一定有人发现并珍视。

冯敏昌一生充满了传奇和创新，他以文人瘦弱的身躯在交通极其落后的年代勇于攀登五岳；他做官清廉，虽然不被重用，但一生对皇帝极尽忠诚；他用精神物质全方位供养父母，在史册上留下大孝之名；他醉心诗词创作，成为"岭南三子"之首，留下了两千多首诗；他书画师从翁方纲、钱载等大家，但最终超越自己的恩师，独创了执笔法，奠定了他的书法地位；他用铁的事实，证明韩愈死后安葬在孟县，宋代以来的无头公案一锤定音；他教书育人，与王通的"王佐"教育并驾齐驱，成就了岭南的"河汾礼乐"；他主编的《孟县志》成为"一代之宏载，千秋之杰作"①，成为志书类的范本，如今所有志书几乎都沿用他的体例；他一生在钦州修建两座书院，在北京修建钦廉会馆，是公益先驱者。

这样一个学术车载斗量，这样一个品格高尚、让皇帝钦批为乡贤的人，几万字很难全面反映他伟大的一生。

为此，我再次提笔，创作了二十多万字的传记文学《大儒冯敏昌》，虔诚地向这位两百多年前的大儒致敬。

拥有名人的城市是幸运的，冯敏昌作为钦州土生土长的文化名人，是我们最宝贵的文化资源。

习近平总书记在十九大报告中指出："文运兴国运兴，文运强国运强。"对于钦州来说，何尝不是文运兴城市兴，文运强城市强！

文化需要有人守护，更需要成为引领钦州发展的软实力。但愿有更多的人关心重视钦州的文化事业。

---

① 清方志学家蒋藩评论。

# 目录

万里乘风 …………………………………… 1

世泽绵长 …………………………………… 4

科考路上 …………………………………… 17

京城岁月 …………………………………… 48

勇登五岳 …………………………………… 69

重回京城 …………………………………… 90

祸不单行 …………………………………… 103

一代宗师 …………………………………… 113

末世大儒 …………………………………… 127

文化泰斗 …………………………………… 141

万代流芳 …………………………………… 190

先君子太史公（讳敏昌）年谱 …………… 200

参考文献 …………………………………… 228

后　记 ……………………………………… 229

contents

# 万里乘风

乾隆四十三年（1778）五月，广东省钦州一个叫马岗村的村子里，翠色盈盈，村东头深竹读书堂的花竹在微风中摇曳。不知名的花儿恣意地绽放，昭示着天使给乡村带来了新的希望。

这天一早，马岗村资深岁贡生冯达文的妻子林氏满怀忧郁地在深竹读书堂清扫书房。

五十四岁的她，镶着荷叶边的蓝色上衣穿在身上，显得高雅得体，发髻盘在脑后一丝不乱。

作为一个大家族的主妇，清扫的活儿本来不用她亲自动手，但她却一天来这里清扫几次。

扫着扫着，她偶尔抬头，窗外的景象让她吃了一惊。

她惊愕地发现，一夜之间，深竹读书堂外的花竹居然绽开了几簇白花。

她心里七上八下。

都说竹子开花是不吉之兆，看来，儿子今年的会试又要名落孙山。

大儿子冯敏昌二十五岁参加恩科会试，二十六岁、二十九岁又两次参加会试，都榜上无名，这次是第四次参加考试。

都说事不过三，如果四次都没考上，她不敢再想下去。

她拿着扫帚出了书堂，仰脸看了一眼花竹上的白花，心里说："打下这竹花，儿子就能逢凶化吉，遇难呈祥。"

她脚尖踮起来，双手拿着扫帚，一下一下地横扫着竹花。

遭受天外飞来横祸的竹花纷纷落地。

突然一只手从后面伸出，捉着扫帚问："你，这是干什么？"

林氏回头一看，原来是丈夫冯达文。

她轻声说："我要将竹花打落。"

冯达文心痛地说："你太操心了，回家吧。"

林氏突然"噗哧"一声笑了，轻声问："你不操心，这么早跑来读书堂干什么？"

冯达文被说中心事，有些不好意思，自找台阶下："我来这里找本书。"

冯敏昌第四次参加的会试早已经结束，放榜日期也过去了。由于离京万里，没法获悉考试结果，全家人都急，夫妻俩更急。

全家人唯一能做的，就是耐心等待。

夫妻在此相遇，大家心知肚明所为何事。

妻子说："为儿子考试操心也不是什么丢人的事，用不着拐弯抹角。"

冯达文听了妻子的话，心里反而踏实下来，他安慰妻子说："这竹花何罪之有？要相信儿子的真才实学，这次一定能考上。"

林氏指着地上打落的竹花说："竹子开花，马岗村是第一次，我这几天右眼老在跳，这是不吉之兆。皇榜早放了，儿子糊涂了，也不叫中和捎个信回来，真让人担心。"

冯达文达观地说："我们就把坏事想成好事，就连竹子开花百年一遇的事我们都碰上了，儿子没理由考不上。"

夫妻正说着话，一阵马蹄声从官道上由远而近驰来。

两人相看了一眼，妻子说："下去看看？"

妻子的话还没有说完，冯达文先一步已经跑到了官道旁。

马越来越近，已经能看见马背上的人。

马跑到冯达文跟前，马上的人突然勒紧缰绳，问道："请问，冯敏昌大人的家怎么走？"

冯达文指指身后的房子说："这就是冯大人的家。"

那人立即翻身下马，飞快地冲到房子前，高声喊道："报，冯举人敏昌考中进士，二甲中式二十五名。"

一时间，整个马岗村都沸腾起来了，村人奔走相告，马岗村终于出了进士。

心脏狂跳的冯达文在欢呼的人群中，第一个清醒过来，急急吩咐妻子说："快给官人红包。"

林氏手脚麻利地封了一个大红包，冯达文接过来，兴奋地说："谢谢大官人报喜，快快收下。"

那官人也不客气，手里拿着红包，道喜说："这是百里加急快报，州官大人说，钦州自唐宋姜宁四公①考上进士，冯大人是几百年来第一人，要我快马加鞭来报喜，他随后赶来道贺。我现在就得转回接州官大人。"

官人离开后，方圆百里的人都获悉了这一特大喜讯，都知道冯家大儿子冯敏昌考中了进士，道贺的人不绝于路。

冯敏昌这个农家小子，经过二十多年的拼搏，终于在三十二岁考上进士，圆了祖祖辈辈的梦。

他苦苦跋涉，在科考路上迈上了一个重要的阶梯，从此，万里乘风攀登大儒大贤高峰。

---

① 指唐朝姜公辅、宁原悌，宋朝宁宗乔、宁宗谔四进士。

# 世泽绵长

    "坐树不言""披荆斩棘""出师未捷身先死,长使英雄泪满襟"等等都为一个人专有。这个人就是东汉时期的大树将军冯异。他是南雅兴马岗村冯族远祖。冯敏昌传承了远祖的优秀基因,加上自己不懈的努力,小小年纪就显示了出类拔萃的禀赋。

## 贵胄后裔

    长墩司南雅乡马岗村的冯姓,可谓源远流长。据史料考证,东周时期中国境内开始出现冯姓,《元和姓纂》和《广韵》记载,冯姓是周文王之后,他们的祖先,可追溯到周文王的第十五个儿子毕高公。

    周文王姬昌的第十五子毕公高后裔魏武子,追随晋文公重耳立国,得封于魏地。公元前 403 年,周威烈王册封魏家为诸侯,其旁支裔孙长卿受封于冯城,这一支子孙以邑为氏而改姓冯,此为姬姓冯氏,史称冯氏正宗。姬姓冯氏的历史有两千六百多年。

    长墩司南雅乡马岗村的冯姓族谱中可以查考,东汉时期征西大将军冯异是冯姓的远祖。

    冯异字公孙,颍川父城人,人称"大树将军",是东汉开国功臣之一,名列著名的"云台二十八将"第七位征西大将军,被刘秀封为夏阳侯。

    冯异为人非常谦虚,行军时碰到友军,常常勒马靠边站,让友军过了再上路。他对军队管理有严格的规定,出行、起坐、进攻、退却都有统一的号令。

    冯异辅佐刘秀时,面对最大的强敌是赤眉军。

    赤眉军当时在山东蜂起,郡县各个拥兵自保,不肯出兵帮助刘秀。刘秀派大司徒邓禹进攻关中,先胜后败,持久无功。

冯异临危受命，先后打败并平定了几十万赤眉军和各地分割势力，占据了物产丰富的关中地区。公元25年，赤眉军兵分两路，由樊崇和徐宣分别率领，进攻关中，并拥立汉宗室刘盆子为帝，徐宣任丞相，樊崇任御史大夫。

赤眉军攻入长安时，因遇大雪粮草断绝，后援无继，损失惨重。刘秀抓住机遇，派冯异领兵攻打，赤眉军只好撤离，刘秀又命冯异追击，冯异和赤眉军在华阴遭遇，双方相持六十多天，接战数十次，赤眉军五千余人归顺冯异，刘秀加封冯异为征西大将军。

建武六年，冯异回到洛阳，朝中很多新人都不认识冯异，刘秀自豪地向大家介绍："冯异是我起兵时的主簿。为吾披荆斩棘，定关中。""披荆斩棘"是皇帝刘秀自创用在冯异身上的成语。

提起冯异，还有一个成语"坐树不言"。

说的是，冯异每次在行军休息时，当别的军官纷纷吹嘘自己如何功高盖世时，冯异总是一言不发，躲到树下静静地待着，久而久之，"坐树不言"成了冯异的代名词。

"出师未捷身先死，长使英雄泪满襟"是后人对冯异早逝的惋惜。

建武九年（33）春，刘秀命令冯异在天水屯兵驻守，阻止隗纯联军进攻，建武十年，冯异在进攻落门的时候，病逝于军中，一代将星陨落在落门，年仅四十岁，留下了"出师未捷身先死"的典故。此外，畏天知命、以逸待劳、引车避道、失之东隅收之桑榆……这些耳熟能详的词句，都因冯异而闻世，可见冯异在历史上的分量。

冯异死后，他的后人辗转各地，到了宋朝，有一支从朝鲜归来，聚居于广东新会，由于战功，冯姓先人被封为高州牧，就这样一代代在岭南扎下根。

## 耕读传家

古代中国人，十分注重治家，认为大富大贵之家，延泽不过一二世，经商之家，延泽三四世，耕读之家，以耕读为本，半耕半读，加上修德行，入以孝悌，出以忠信，则延泽可达八至十世。这样培养出来的人才，了解中国社会最低层的生活，对劳苦大众怀有与生俱来的恻隐之心，达则可以兼济天下，穷则独善其身。

乾隆十二年丁卯年（1747）八月十一日子时，冯敏昌诞生于这样的耕读世家。字伯求，一字伯子，号鱼山。

冯敏昌先辈自广东番禺迁徙到钦州犀牛脚定居，繁衍出三房，马岗村冯姓属于三房冯耀龙的后代，冯敏昌家族最早定居于马岗村的是其曾祖父冯应祥。

冯应祥，字征麟，太学生、增广生（又称增生），被皇帝赠封翰林院编修；祖父冯经邦，字宪万，增广生、太学生，先后任开建、临高、开化教谕，敕赠儒林郎、奉政大夫；父亲冯达文，字学海，岁贡生，候补训导，历署临高、开建、花县儒学教谕，赐赠儒林郎、翰林院编修，诰授奉政大夫。

冯敏昌曾祖父、祖父、父亲三代都是乡村德高望重的文化人。

马岗村冯姓一脉秉承了远祖冯异的智慧和儒家之道，主动选择乡间居住，通过半耕半读形式教化后人。

冯达文育有八个儿子：冯敏昌、冯敏昭、冯敏晟、冯敏曙、冯敏晖、冯敏昇、冯敏暹、冯敏炳。前面六个为正室所生，后面两个为侧室所出。

冯达文在当时的钦州，可谓声名远播。

据道光十四年由时任知州朱椿年总纂的《钦州志》记载：

冯达文，字学海，以岁贡生的身份辅助县官分管教育工作，曾经担任过临高、开建、花县的文化教育官员，任教谕①。为人豪爽，见义勇为，倡议建成了冯族宗祠数十间，全族人得以安居乐业。有一年，马岗村一带发生大旱，老百姓眼看就活不下了，冯达文把家里的钱财捐了出来进行赈灾，帮助老百姓渡过了难关。时任广东巡抚李湖为此事给他颁发了"任恤可风"匾，专门派人将这块匾送到马岗村立在他家大门口，以表彰他救民于水火的高尚品行，让更多人的向他学习。马岗村以种桑为主，时有小偷晚上偷采桑叶，冯达文自己出钱雇请民众晚上巡逻，偷窃之事被平息下来。他曾经十次参加举人考试，均名落孙山。著有《笃志堂制仪》《粤东名胜诗赋选》，七十一岁时在家乡过世。

需要说明的是，冯家三代虽然都是读书人，但他们都有一个共同之处，达则为官，退则乡居务农。

冯应祥、冯经邦、冯达文都有过任教谕的经历，但他们从职位上退下来后，主动选择乡村居住，劳动之余，一颗考取功名之心从来没有动摇过，学到老，考到老。

冯应祥五十多岁还到廉州府参加考试；冯经邦过世前三年（五十六岁）还参加例考；冯达文四十六岁和儿子冯敏昌一起到广州参加举人考试，儿子考上

---

① 元明清县学皆置教谕,与训导共同负责县学的管理与课业,官为正八品,掌文庙祭拜,教育所属生员。

进士，到北京任官，他还坚持每试必考。

作为冯达文大儿子的冯敏昌，祖父辈的言行，自然潜移默化成为冯敏昌追随和学习的榜样。

远祖的人生智慧，诗书传家的优良传统，祖父辈对功名的执着追求，对乡民的关心体恤，对冯敏昌的成长产生了积极的影响。

冯敏昌长到四岁，父亲冯达文开始教他认字；七岁，祖父冯经邦亲自为冯敏昌授课，口授毛诗并详解毛诗的大义；八岁毛诗和四书已经熟读并能了解大致内容；九岁熟读《四书》《五经》并且非常喜爱唐诗；十岁开始阅读秦汉唐宋诸古文，能了解《四书》大义。

这让祖父冯经邦惊喜万分，私下对儿媳林氏说："儿初学已佳，后当出人头地也。"①

冯敏昌十一岁在家塾中遍习《五经》《左传》《国策》，并开始练习作文，下笔成章，让冯姓全族欣喜万分。

冯敏昌受到如此严格的教育，得益于冯族良好的传统。

冯氏族谱，有族规族训，其中族规文采华丽、针对性强，像一首朗朗上口的散文诗。

燕山家教有法，五子俱扬；孟母庭训有方，一儿亚圣。故居家庭，当以诗书垂训；守田宅、宜以耕耨为生；处乡邻，须以谦恭是务。立身行己，不出忠敬两端；酒色财气，实为戕命之斧。不读诗书，虽富有万金，定遭愚人之讥弄；能通礼义，虽困穷四壁，堪称儒雅之林。情性清幽，吃菜根亦觉香味；居身端静，住茅屋岂无光华。有高才者，曾受窗前苦处，多财谷者，常于月下经营。或劳心，或劳力，人世间岂无余作；有菜薪、有钓鱼、天涯内何处非才。王法无情，可牢牢而谨记；人情多变，当步步而提防。人有巧计奸谋，天有不爽报应。秋菊黄花尚有族香之侯，天冠地履何无修己之心。凡我后裔嗣孙，尚祈敬遵。

除了族规，还有具体宗规，宗规一共十六条：现摘三条：第一条，乡约当尊：孝顺父母、尊敬长上、和睦乡里，教训子孙，各安生理，毋作非为。第五条：宗族当睦：睦族之要有三，曰：尊尊、老老、贤贤，睦族之务有四，矜幼弱、恤孤寡，周困急，解纷争。第十二条：争讼当止：讼事有害无益，即使万

_____

① 《先君子太史公年谱》记述。

不得已，而私下处理不得，没奈何问官，只宜从直告诉，切莫捏造生非，要早知回头息讼，则终凶。

族规劝勉族人走诗书传家正道，明辨是非，远货色，近贤明。宗规则具体规定什么事能做，什么事不能做。这对幼小的冯敏昌起到正确的引导作用，为他后来为官做事守正道、讲原则提供了厚实的土壤。

## 诗惊钦城

滔滔钦江水在奔流入大海之前，在平山岛伸出两只臂膀依依不舍地搂抱一座独立山峰，像儿子守护母亲一样守着钦江的门户，这个在沙洲中叠立起来的山峰，原名镇安峰，因其"平地突起一峰，圆净尖秀，形如一支笔，得名'文峰卓笔'"。

乾隆二十年（1755）重阳节这天，"文峰卓笔"欣喜地迎来了一批文人骚客。

"文峰卓笔"就这样与一个钦州的大儒恋爱了结婚了，并且生下了他们的孩子，这个孩子就是一首历久弥新的诗歌。

三十一岁的冯达文意气风发，呼朋唤友登上"文峰卓笔"，美其名曰"切磋诗艺"，他想通过这种形式，检验儿子冯敏昌的学习成果。

在这些人中，有一个人特别引人注目，他叫方定经，字梅轩，他是钦州城西方家村人，年少时参加学试，屡被学使赏识，但命运不济，一直没有考中举人，以庠贡资格出任顺德训导。

考不上举人，有诸多因素，方梅轩的学识在岭南可是人人皆知。能和他同游，文人都感觉脸上有光。

大家知道他三年前丁忧回家，刚刚才守制结束，冯达文能请动他，足以说明他们的特殊关系。

冯达文远眺水天一色的钦江两岸，感慨地说："文峰卓笔真是一块风水宝地，对面是狮子岭，面向浩浩荡荡的钦江，山环水抱，天蓝草绿，极像一幅大自然恩赐的水彩画。今天是重阳节，虽无丝竹管弦之盛，我们也学学古人，一觞一咏，每人吟诗一首，第一名者，我奖手上这本王十朋编的《苏诗百家注》，不吟诗者今晚罚酒。"

他的话音刚落，有人大声地吟出了第一首诗：

乘兴看山到笔峰，一城中立万山宗。

地从海角开名郡，人在天涯望九重。

未有涓埃沾赤子，且将杯酒散愁容。

从来此会知谁胜，醉倚乾坤气转雄。

有人抗议：这是明朝钦州知州林希元的诗，不算，重来，重来。

又有人说：学海兄诗歌韵律精准，对仗工整，来一首自创的。

冯达文正在构思，听到有人点自己的名，连忙说："我同族老先生冯绍龄反应快，他先来。"

冯绍龄这年已经八十多岁，白发红颜，走路虎虎生风。他是贡生出身，诗赋了得，他正在协助知州朱椿年编写《钦州志》，工作已经接近尾声。被点名，也不推辞，清清嗓子说："本人不才，献丑了。"

说完，面对大海，声情并茂地朗诵了刚刚完成的诗：

五岭分来第一峰，城南高倚万山宗。

欲挥日月题三策，直扫云烟对九重。

花吐春深香入梦，风生秋尽草游龙。

天涯莫道无奇迹，姜宁尝书谏几封。

方梅轩称赞说："'姜宁尝书谏几封'，这句真是前无古人，后无来者，把钦州两位唐朝好官写绝了，姜还是老的辣。"

方梅轩评论一出，大家自然随声附和。

所谓姜宁，指钦州人代代引为自豪的唐朝左相姜公辅和谏义大夫宁原悌。

姜公辅任唐朝宰相，刚正不阿，因反对德宗皇帝为早逝的唐安公主厚葬犯了龙颜而丢官；宁原悌担任谏言大夫，"直书隐巢事"[①]还原了唐太宗"玄武门之变"的真相。

皇帝唐玄宗很没面子，提出："白马求卿，黄金赎罪"，可宁原悌坚决顶住不肯修改，最后辞官归乡。这两位前辈，是钦州读书人的骄傲和榜样。

大家七嘴八舌评论冯绍龄的诗和姜公辅宁原悌的高风亮节，肃然起敬。

接着，冯达文、方梅轩诗成，吟罢，大家自然大加赞赏。

---

①指李世民当年为争太子位发动"玄武门之变"杀长兄李建成和弟弟李元吉。后来为了掩盖真相，想以"周公诛管蔡，季友鸩叔牙"来为自己的行为正名，宁原悌经过查阅资料，找出了真相，坚持如实记录。

方梅轩看到跟在冯达文屁股后面的小孩子一直拿着笔不停地记录，忍不住对冯达文说："看贤侄如此认真，他年必成大气。"

这一年，冯敏昌九岁，听了方梅轩的表扬，谦虚地说："方伯伯，在祖父和父亲的教导下，我刚刚学写诗，各位叔叔伯伯都是我学习的榜样。"

听了冯敏昌的话，冯达文心里想：儿子此时不出手，更待何时。

于是，对冯敏昌说："鱼山，站到前面来，你也作一首诗向诸位前辈好好请教。"

说完，又悄悄对冯敏昌鼓励说："别怕，我就站在你身边。"

方梅轩制止说："不要难为小孩子，来日方长。"

冯绍龄也说："小侄子刚学作诗，基根尚浅，不要吓着他。"

冯敏昌看着父亲手上的《苏诗百家注》，很想拿下这个奖品。

他现在天天都在练诗，而深竹读书堂苏东坡的诗集只有这一本，如果别人得奖，他和家里的弟弟就失去这本心爱之书了。

于是，他走上两步，转身对着众人深深一躬，说道："谢谢两位伯伯的厚爱，学生不才，请各位前辈多多指教。"

说完，酝酿片刻，在冯达文充满期待的目光鼓励下，以《登文笔峰》作题，吟出如今留存下来的第一首诗：

> 长江泻万里，砥柱挽文峰。
> 上眺三台近，遥观百雉空。
> 凭虚发长啸，临远豁孤衷。
> 极海扬眉处，云帆波浪中。

这首诗，冯敏昌把文峰卓笔的气势以"泻万里，挽文峰"形象地素描，以"扬眉处，波浪中"收笔，浑然天成，没有一点雕琢之迹。九岁的小孩，有如此笔力，其天赋不同寻常。

冯敏昌朗诵完毕，惊呆了诸位前辈，大家都向冯达文道贺。

方梅轩摇头晃脑地说："得英才而教之，这是人生的一大乐事，如果我有一天设帐收徒，希望贤侄成为我的学生。"

冯达文兴奋得脸上红彤彤的，开心地说："鱼山，快谢过方先生，谢过了，他就得说话算数，以后他就是你老师了。"

冯敏昌一听，真的给方梅轩作揖并口中喃喃说："请受学生一拜。"

方梅轩想不到自己一句开玩笑的话，冯家父子竟当真了，看到冯敏昌一本正经，只好说："我推荐个先生给你，老谢，你过来，收下这个徒儿。"

被唤作老谢之人是钦州知识渊博的明经①谢涵川。

谢涵川听了方梅轩的话，表情淡然地回答："我已经招满人了，还是老方比较适合做贤侄的老师。"

方梅轩想不到谢夫子不买自己的账，也不能食言，只好说："好，我答应达文兄，如果将来设帐授课，第一个招鱼山。"

经大家公选，这次作诗第一名是冯绍龄，冯达文的《苏诗百家注》最终奖给了冯绍龄。

冯绍龄手上拿着奖品，开心地说："谢各位承认，读书人嘛，喜欢的当然就是好书了。大家说是不是？"

众人附和说："当然，好书谁不爱呢。"

冯绍龄高高举起手中的书，话锋一转，得意地说："我要将这本书送给今天最应该得到这本书之人。这人就是我的本家侄子冯敏昌。"

伤心的冯敏昌听到冯绍龄要将这本书送给自己，激动得脸孔发烧，有些不知所措。

有人推了他一把说："快谢过冯伯伯。"

冯敏昌心脏狂跳着，只有一个念头：这书是我的了。

他迈开步，飞快地向着冯绍龄靠近。

走着走着，突然脚像陷入了大地，再也迈不开步了。

他额头上冒出了串串汗珠，脸红红地说："这书我不能拿，父亲奖给了冯伯伯，就应该是冯伯伯的，以后我会努力争取得第一名，再拿其他的书。"

此言一出，大家都惊呆了。

只有冯达文笑吟吟地看着自己的儿子，心里像吃了蜜一样甜，心里说："有了这样的境界，总有一天拿到皇帝的奖，父亲相信你。"

冯绍龄胳膊夹着书，上前两步，双手一搂，把冯敏昌抱住，面向众人说："就凭敏昌侄子这句话，这书就应该是他的。这是我转送给你的，第一名，我不会让你。"

大家一片附和，都说："收下吧，这是长辈对晚辈的关怀。"

冯敏昌被抱着，又急又羞，脸憋得通红，坚持说："父亲定的规矩，要兑

① 清朝科举选拔人才，挑选府、州、县生员（秀才）中成绩或资格优异者，升入京师的国子监读书，称为贡生。意谓以人才贡献给皇帝，清代贡生，别称"明经"。

现，这书我不能收。"

大家说："达文兄，你不能只是偷着开心，劝劝鱼山收下书吧，绍龄先生将书送给鱼山，是一番好意，希望鱼山今后赶超苏东坡。"

冯达文看见冯绍龄有些骑虎难下，只好说："鱼山，快谢过伯伯，收下吧。"

冯敏昌听了父亲的话，开心地说："谢过冯伯伯，谢谢大家。"

冯绍龄高兴地放下冯敏昌，把书给了他。冯敏昌接过书，将书紧紧地贴在胸前，生怕别人抢走一样。

冯敏昌因作《登文笔峰》诗，被誉为"神童"。从此，钦州读书人都知道马岗村有个九岁的小孩作了一首惊动钦城的诗。

这一年，冯敏昌又作诗六首，分别是：

人　散

落月鸟栖处，绮筵人散时。

掩门独自卧，风雨冷凄凄。


小横塘

碧水涵秋月，怡园多晚凉。

为言洞庭水，争似小横塘。


深雨楼

岭北万重云，湖南千树松。

梦魂何处飞？飞入云松中。


半亩居

儒有一亩宫，可以能贫乐。

穷巷秋风时，谁怀不陨获。


成趣轩

自得陶公趣，为园日与成。

篱边有聚菊，亦复故人情。

小松风亭

千仞小罗浮、髯苏昔未家。

亭子到松风，亭下有梅花。

冯敏昌给老气横秋的钦州诗坛带来了活力与鲜血，为他日后成为"岭南三子"之首做了很好的预演。

## 深竹读书堂

深竹读书堂，是冯家建造的一座书房。由冯敏昌曾祖父冯应祥的"半亩居"改建而成。

提起"半亩居"，在钦州流传着一个"求禄以养亲"的故事。

冯应祥从小立志科考争功名，一生大部分时间奔波在考试路上。

有一天却突然停了下来。

他在村道上奔赴考场的场景突然消失，乡人很纳闷，忍不住向他打听："今年为什么不参加考试？"

他的回答让人喷饭："求禄以养亲也，亲殁矣，何殁殁为。"

原来他参加考试，是为了挣俸禄养父母，父母死了，他考试的目标已经没了，就再也不参加考试。

他说到做到，从此后，他"到离钦州西九十里天马山之南雅屯，颜其室曰半亩居，辟成趣轩。前植花竹，居后倚山，高松数十株，深林掩映，不见赤日。暇则招二三知己，吟咏风月，尽醉乃已。有陶靖节、王无功之风。"

据冯家后人指认，深竹读书堂旧址在马岗村原冯敏昌故居后山约一公里的竹林处，因周围有翠竹环绕，环境清雅，适合读书。

冯达文有八个儿子，加上同族后辈都已经逐渐长大成人，他希望冯族男儿都能读书成才，为国效力。

在征得父亲冯经邦同意后，借郑板桥咏竹诗"一片绿阴如洗，护竹何劳荆杞？仍将竹作芭篱，求人不如求己"的诗意，将半亩居改成了深竹读书堂。

改建后的学堂一座三间，一间为课室，一间为藏书室，一间为休息室。

冯敏昌四岁跟随父亲冯达文认字，七岁祖父冯经邦亲自为冯敏昌授课，口授毛诗及讲解毛诗大义，都是在深竹读书堂。

少年冯敏昌的光阴在深竹读书堂与族中兄弟们一同度过，他在深竹读书堂学习磨砺的时间前后有十二年之久。深竹读书堂在他的生命中烙下了深深的印记。

乾隆二十三年（1758）正月二十三日，过了元宵节，冯家子弟便开始在深竹读书堂读书。

这一年，马岗村风调雨顺，粮食大丰收，谷仓里装满了金灿灿的稻谷，冯达文非常开心。

冯达文上完第一堂课，对十多个冯族子弟说："新年新气象，你们看，窗外的竹子在风中摇动，叶、枝的方向有什么不同，每人写一首咏竹的诗。"

冯敏昌举手发问："我可不可以用深竹读书堂作诗？"

冯达文开心地说："都可以，给你们一刻钟，谁第一个完成，又写得好，奖励《论语》一本。"

大家听说有奖品，欢呼起来，个个都想争得这本《论语》。

在这么多弟弟中，能和冯敏昌一较高下的只有三弟冯敏晟。

冯敏晟悄悄对冯敏昌说："哥，《论语》的文章你早就读熟了，我还有很多没有深入理解，这本书，我要拿到。"

冯敏昌给三弟伸出一只大拇指，悄悄说："我们公平竞争。"

冯敏晟伸出手指拉了一下冯敏昌的手，应战说："比就比，谁怕谁。"

冯敏昌经过深思熟虑，写下了第一首与深竹读书堂有关的诗，题目叫《深竹读书堂》：

> 幽情渺难断，幽韵发夜钟。
> 不道深树鸟，惊鸣云中峰。

写好上交给冯达文，冯达文看了，会心地笑了。

冯敏晟不甘落后，接着也交了诗稿。

冯敏晟的诗如下：

> 堂前花竹墨台绿，曲水流觞时令好。
> 天开图画江山秀，男儿成才正当时。

冯达文看了冯敏晟的诗，愣愣地站着，待到几个小的交了稿，他才清醒过来。

他把冯敏晟拉到门外，严肃地问："敏晟，这首诗是你自己作的还是抄的？"

冯敏晟脸红红地说："我是借鉴了宋朝洪适写竹子的诗的意境，但绝对是自己创作的。"

冯达文的心放了下来，摸着他的头说："敏晟诗歌创作进步很大，看来都要追上你大哥了。"

结果公布，《论语》奖给了冯敏晟。

冯敏昌内心很复杂，他心里说："要是我获得《论语》，肯定让给三弟，但现在自己诗歌却被三弟比下，自己如果不加把劲，真的就愧做大哥了。"

为了保持领先地位，他又以深竹读书堂为写作背景，创作了一首诗：

深竹读书堂题壁
一径转茅堂，连山响风竹。
闻有斯饥人，时食铜盘肉。

两首以深竹读书堂为背景的诗中，前一首为单纯写景，而后一首，已经深深打上了他对社会的认识和思考的烙印："闻有斯饥人，时食铜盘肉"，敏锐地观察到社会存在贫富两极。

冯敏昌除了应试时间，大部分都在深竹读书堂读书，作诗，思考，深竹读书堂是他人生价值观孕育和基本定型的产房。

十九岁这年，三年一次的乡试日子越来越近，他紧张地准备应试，父母又催他结婚，内心充满落寞。

前途茫茫，内心彷徨，这天晚上，当弟兄们都散去时，他一个人独坐在读书堂，思绪万千，不能自己，于是挥笔写下了《深竹读书堂夜坐》：

风雨几年游走客，重来深竹读书堂。
寒灯掩映人言外，沉篆低徊石枕傍。
一静独寻天地意，万尘难到水云乡。
春寒又引闲魂去，梦出西除看小篁。

深竹读书堂是他梦想开始的地方，是他成长的摇篮，他从这里获得知识，获得灵感，同时锻造了他的人格特质。他长大后四处奔波求学、应试，虽然劳累，但深竹读书堂成了他魂牵梦萦的地方，多次梦中回到深竹读书堂。

他二十岁这一年，作了《车中梦与诸弟入深竹读书堂感赋》（二首）：

风尘一路总茫茫，旅邸何堪忆故乡？
惟有梦情难断处，依然身在读书堂。

竹影横窗风满棂，书声长入梦中听。
十年兄弟读书约，梦得成时亦易醒。

这两首诗，写尽了冯敏昌为参加各种考试长年奔波的艰辛，也道尽了冯敏昌对深竹读书堂的眷恋。

# 科考路上

寻梦的过程就是砥砺前行的过程。这个过程，有快乐，有艰辛，冯敏昌留下了一路书香。

## 秀才考试拔得头筹

冯敏昌长到十二岁，三十四岁的冯达文又到廉州应试。

说起古代的科举制度，每个学子都有一本血泪史。

学子要想获得功名，需通过县考、府考和院考之后，才能取得秀才资格。

秀才考试，称为童试。童试通过之后，再参加府试；府试通过之后，才能参加院试。县试和府试分别由知县和知府主持，院试则必须由钦派的学政主持。

童试每三年举行两次，大县录取三四十名，中县二三十名，小县十余名。

秀才再经过考试或选拔，绩优者称"贡生"，包括岁贡、恩贡、副贡、优贡和拔贡，合称五贡。

清朝规定，岁考成绩优异的秀才，可以领取国家发给的伙食费，称之为"廪生"。府、州、县每年或数年得选拔廪生一两人，保送到京师，入国子监肄业，称为"岁贡"。

"恩贡"，是指国家有庆典或登极诏书，凡该年当上贡生，称为恩贡。

"副贡"，是指各省乡试录取正榜的举人之外，另外录取的副榜，准作贡生，进入国子监肄业。

清朝建立了从秀才中选拔人才制度，每隔三年，各省可以选拔秀才中品学兼优之人，经学政考定，会同巡抚保送，名额二人至六人不等，贡入京师，经过朝考后，绩优列一等者，派任知县，二等者任教职，三等者任教谕，谓之"优贡"。

每隔十二年，各州县可选秀才中品学俱优者贡入京师，称为"拔贡"。

拔贡经礼部奏请廷试，进入第一、二等的人，经复试，成绩优秀列一、二等的人，以七品小京官或知县、教职任用。

乡试每三年举办一次，逢子、卯、午、酉年的八月举行，因时序秋季，故称"秋闱"。各地秀才集中在省会的贡院中考试，但不是所有的秀才都有资格应试，必须在各州、县学政举办的科考中名列第一、二、三等者才有资格参加。乡试录取者为"举人"。各省名额依人口多寡、文风高下及赋税轻重而定。

冯达文早几年已经通过了县考和府考，但院考一直没有通过，如要参加乡试考举人，就必须通过院考。

冯达文这年二月到廉州参加例考，想到大儿子冯敏昌已经长大，到了见识见识考场的时候了，有心带他同去，便征求冯敏昌的意见："我准备到廉州参加今年的院考，你要不要去考童生？"

封建社会，知识分子到了七八十岁还是光身秀才之人数不尽，十二岁参加秀才考试在冯达文看来早了点，只好以商量的口吻征求冯敏昌的意见。

参加各种考试成了祖父、父亲口中使用频率最高的词，冯敏昌早就知道读书人都得经过考试。

现在父亲征求自己的意见，他想了想反问："是不是考试很难，父亲每年都参加考试，为什么老是考不上？"

冯达文听了儿子的话，不但不难为情，反而自豪地说："考试当然难，要是不难，国家怎么能选到合格的人才。"

冯敏昌听了，疑惑地问："考试合格只能说有一定的知识，但如果这人品德不行，选了这样的人来做事，民众不是要遭殃？"

冯达文听着儿子的话，想到他小小年纪，就关心国家大事，来了兴趣，便乘机向他解释考试的一些常识，对他说："为了选拔合格人才，国家每年还要举行甄别考试，考上秀才不是一辈子的身份，如果在当年甄别中落选，秀才的身份就被剥夺，不是秀才了。"

冯敏昌听了父亲的解释，欣然说："好，我跟父亲去参加考试，接受国家的选拔。"

冯达文在心里发笑，儿子这个年龄，不会懂得"接受选拔"四字的分量，他担心考试的艰难吓着冯敏昌，不想再多说。只要儿子答应参加考试就好。

妻子听丈夫说要带儿子一起到廉州考试，心里五味杂陈。她嫁给冯达文十多年，丈夫每年都要参加考试，一直奔跑在考试的路上。

现在儿子也要走丈夫的老路，她不知应该支持还是反对，高兴还是忧虑。

不过，她还是尽心地为父子两人准备路上吃的饭菜，煎了葱饼，煮了鸡蛋，还给冯敏昌的小包放了几棵葱，希望儿子考试顺利。

天刚放亮，冯敏昌跟在冯达文身后，就离开了马岗村。他有些依依不舍地回望身后的马岗村，看到农夫在田里劳作，炊烟氤氲，突然有了作诗的灵感，随口吟出了《马岗》：

> 极目高楼上，凭栏意惘然。
> 马岗三十里，处处起春烟。

冯达文听了，转回头对冯敏昌说："春烟不如改成秋烟更好。"

冯敏昌思考了一下说："也行，听父亲的。"

父子走到犀牛脚已经过了中午。

两人吃了干粮，搭上犀牛脚开往廉州的船。

晚上，突然起风，浪借风势，不停地扑向小船。冯敏昌是第一次坐船，紧张地抱紧冯达文。冯达文安慰他说："现在是春天，没有飓风，不会有事的。"

船在海上飘荡，第二天傍晚才到达廉州。

安顿下来后，冯达文对冯敏昌叮嘱说："明天考试一定要拿好'院试卷结票'①没了这张票就不能进场了。"

冯敏昌听了父亲的话，小心地把刚领到的"院试卷结票"塞进口袋里，拍拍口袋说："放心吧，我会保管好的。"

冯达文已经是老秀才，冯敏昌却是第一次参加考试，两人考场不同。

一早，冯达文把冯敏昌送到考场，又急急赶去自己的考场。

冯达文临离开的时候，对冯敏昌说："我们钦州来的潘庭芳先生也在你这个考场，有什么事可找他帮忙。"

冯敏昌心里想：还能有什么事呢，回旅舍的路已经记下来了。

想过后，对冯达文说："你放心考试吧，我会处理好自己的事，不用太担心。"

冯达文时间紧，有些来不及了，只好说："万事小心，不要招惹别人。"

说完，拉开腿跑路。

冯敏昌看着等着点名进考场的学子，心里说：真是奇迹，怎么七八十岁和

---

① 清代，科举准考证叫作"院试卷结票"，通常是参与秀才考试的考生用的。准考证学生亲自收取，并且考试时由考官念到姓名才能入场。

十多岁的人一起考试？如果说人生经历，像我这样毫无经验之人怎么考得过阅尽人间酸甜苦辣的老生员？不过，既来之，就尽力拼吧。

当时廉州府管辖钦州、合浦、灵山、防城诸县，各地来的考生挤在门外等老师点名进场。

廉州街有个财主的儿子名叫赵大发，他年年参加考试，只是为了讨家里父母欢心，根本就不学无术，而财主又望子成龙，总逼着他参加考试，每次考试，他总要捉弄一些人，他家有钱，有事父亲会帮他摆平。

这次，他盯上了冯敏昌。

他看见冯敏昌个子矮小，穿着十分朴素，心里想着：就这人了。

于是上前问道："小子，你是哪里来的？"

冯敏昌听着如此无礼的话，有些不想理他，但想到父亲的叮嘱，只好如实回答："不才来自钦州长墩司南雅乡马岗村。"

赵大发一听，挑衅地说："什么马岗牛岗的，小子，你乳毛还没脱完，就想考秀才，要想进考场，先过我这关。我出一联，你能答上，算你有本事，如果答不上，就不要进考场了。"

说完，摇头晃脑地吟出上联："东鸟西飞，满地凤凰难下足。"

分明是讽刺冯敏昌不知天高地厚，小小年纪敢来人才济济的廉州府应试。

准备进考场的考生听了，有几个附和着笑了起来。

冯敏昌目光盯着赵大发，不卑不亢地说："廉州府人杰地灵，确实人才济济，不过，都说山外有山，人外有人。我虽不才，但有来无往非礼也，'南龙北跃，一窝蛇蚧尽低头'，以这个下联请教这位长兄。"

正自鸣得意的赵大发听了冯敏昌对出的下联，羞愧得无地自容，脸红脖子粗地悄悄溜了。

围观的学子被冯敏昌的气度与学识震慑，再也不敢小觑冯敏昌。

此时主考官刚好叫到冯敏昌的名字，冯敏昌拿出"院试卷结票"给主考官验查。

主考官拍着他的肩膀说："刚才的下联对得好，对得妙，真才实学，反应机敏，看以后谁还敢在你面前卖弄本事。"

冯敏昌听了，一股暖流传遍了全身，有些不好意思地说："学生张狂了。"

主考官说："现在还没开考，没事。"

冯敏昌走进考场，找到自己的座位，由于凳子太高，一时够不着，正在焦急之际，有个中年人轻轻一抱，把他放到座位上，悄悄说："你刚才的对句大长钦州人的志气，小小年纪，让人钦佩。"

冯敏昌抬头一看，此人是钦州童生潘庭芳，和自己父子同住一室。早上起来，父亲本来想让潘庭芳领自己来考场的，谁知一转眼潘庭芳就没了踪影。

他脸红红地说："让您见笑了。"

潘庭芳伸出大拇指说："有才气，有志气，有骨气。"

试卷发下来，题目是"夫幼而学之"，要求考生写一篇策论。

"夫幼而学之"是《孟子》中的一句，冯敏昌对《孟子》全书早已经烂熟于胸，加上自己从四岁开始接受教育，对"夫幼而学之"有深刻的体会。

于是，经过片刻酝酿，一挥而就，写出了让主考官惊喜的文章：

幼而能学，夫人未可量矣。夫幼而不学，则用世之具先失矣。幼而学之，夫人其可轻量哉？今夫事不储于早，与不求其裕，固未尝得之不甚艰难也。若乃始基克充其蓄积，则其于众人之中，不已见其有异乎？如王之任木，欲其大而不欲其小，独如何？夫人而不图其大哉。人亦固是人也，而夫人则不等于怠惰之流；幼亦固是幼也。而夫人则不同于屯蒙之辈，夫人则何如哉，夫人固幼而学之也。其所学者，居仁由义，而权谋功利之私，在所必绝；讲道论德，而富国强兵之术，在所必严。殚其用观摹，夫人皇皇已。其所学者，从事修途，竭力于致知格物之功；离经辨志，用功于正心诚意之道。奉一道为模范，夫人且殷殷已。世人自甘怠弃而不学者有矣，而夫人则不等夫怠弃而不学也。抑人有谓其幼稚而不学者亦矣，而夫人则不谓其幼稚而不学也。若是，则所学既裕，而经纶参赞，皆所数施于一时；所学既优，而位育中和，皆可见于一日。而夫人不终于幼也，学优则仕，夫人不得不皇然致其思矣。

这篇策论只有三百九十八字，但论证充分，次递深化，实为一篇不可多得的好文。

考试结果公榜，冯敏昌折桂，得了第一名。

学子们都来祝贺他。

冯敏昌谦虚地说："我在父亲和祖父的严格教导下，学过这篇文章，只是机遇好而已。"

主考官听了他的话，联系到他进考场前的对联插曲，十分欣慰，表扬说："冯敏昌性格沉稳，文采飞扬，小小年纪，取得好的成绩也不得意忘形，是块可雕琢的美玉，以后肯定大有可为。"

## 抨击贪官污吏

冯敏昌十二岁参加春考，以第一名通过县考，只是万里长征走了第一步。

同年夏天，他又随父亲冯达文到廉州参加岁考①。

这次考试，其中有一道题："周礼言农政最详，诸子有农家之学。近时各国研究农务，多以人事转移气候，其要曰土地，曰资本，曰劳力，而能善用此三者，实资智识。方今修明学制，列为专科，冀存要术之遗，试陈教农之策"。

冯敏昌在答题时想到当下农村状况，在试卷中有这样一句话，"贪官污吏，剥削民之脂膏"。

学使吴云岩阅卷时被惊呆了，这是地地道道的妄议朝政啊，一旦追究，他和冯敏昌都不保。

为了悄悄平息事件，他没有给冯敏昌的试卷打分，只在试卷上方端正地写上"触目"两字。

冯敏昌做了杨白劳。

得知不被录取的原因，冯达文自然不高兴，两人在返回钦州的路上，冯达文忍不住埋怨冯敏昌："教了你这么多的知识，你为什么偏偏要写触及时政的内容？考得再好，老师也不敢录用。秦朝有过焚书坑儒，一大批文人因为评论时政被杀，国朝现在也实行文字狱，都已经发生多宗了。贪官污吏也不是你这小小年纪可以改变的，反而影响了自己的前途。"

冯敏昌是个极为孝顺之人，父亲责备自己，本来不应分辩，但他还是小声解释说："现在乡村就是有人盘剥百姓，一亩田收了田租，老百姓连饭都吃不饱，这不是盘剥是什么？父亲一直教育我要体恤百姓，也身体力行，发生天灾，您还倾尽家产帮助老百姓渡难关。已经发生的事，如果我装着没看见，不敢写出来，不是有违孔孟之道吗，也辜负了父亲多年的教诲。"

冯达文听儿子说的话合情合理，而且还抬出自己赈灾之事，想到儿子也是效法自己，便有些左右为难。

儿子只有十二岁，他希望这个年龄的儿子应该保持一颗童心，不想让儿子过早了解社会的黑暗。

但既然事情已经发生，不如趁机和他说说社会的另一面。于是，他亲切地

① 每年对所属府、州、县生员、廪生举行的考试。分别优劣，酌定赏罚。凡府、州、县的生员、增生、廪生必须参加岁考，自觉接受甄别。

摸着儿子的头说："鱼山，人常说有其父必有其子，在你身上，这话被印证了，我不怪你了。但你也要吸取教训，有些事，心里知道就好，不一定要写出来。像这次考试，你写出来，对百姓帮不上什么忙，而自己却要承担后果。吴先生是个好人，只是不录取你了结此事，如果遇到心术不正的考官，为了向上邀功，说不定将你告发，那就麻烦大了。你如果不注意，就算以后考得功名，也很难自保。你要吸取教训，认真学习，争取下次考好。"

冯敏昌对父亲的话似懂非懂，父亲一直是他的偶像，父亲既然不厌其烦地和自己谈论这件事，自有父亲的道理。但他又倔强地认为，自己没有做错。只好有些违心地说："父亲教导及时，我以后注意就是。"

这次的挫折，并没有影响冯敏昌。

## 拿到举人考试入场卷

乾隆二十三年（1758）七月，这对父子又到廉州府参加考试，这已经是半年多时间父子二人到廉州府参加的第三次考试。

这次的考试以"兴与诗"及"赐也闻一以知二"为考试题，冯敏昌以"知不及大贤，对大贤于滋愧矣"一句破题，接着以子贡与颜回的学识作为例子，同一件事，颜回听到，可以发挥出十个道理来，而子贡最多只能联想到两个。通过这个例子，层层递进，论述了"凡质必取乎分以相同，而后胜负相角"的道理。

这次考官又是学政吴云岩，他在批阅试卷时，被冯敏昌的文章层次和论述深深打动，终以第一名举荐冯敏昌为秀才。

这个秀才和第一次获得的秀才有着天壤之别，也就是说，十二岁的冯敏昌已经拿到举人考试的入场卷。

而他的父亲冯达文，还被拒之门外，他的院考没有过关。

冯敏昌有些不知所措。

父亲考了这么多年都没有拿下举人考试资格，自己小小年纪竟考上了。

他小心翼翼地安慰冯达文："父亲，这次发挥不好，下次再考就是。学生能考上，老师没有考不上的道理。"

冯达文听了儿子的话，哈哈大笑着说："我儿子考上，比我考上有意义，放心吧，这点小小的挫折，在你父亲眼里根本不算什么，下次再考就是。"

冯敏昌看到这次考试没有给父亲造成重大影响，也就放心了。

其实冯达文内心的痛，冯敏昌又怎么能窥视呢。冯达文为了不让自己的忧伤影响儿子，这才强装欢颜。

这个喜讯传回钦州马岗村，冯敏昌祖父冯经邦欣喜若狂，吩咐媳妇说："孙子通过院考，今晚我要喝点酒庆祝。"

冯经邦在钦州是个响当当的人物，当年，他刚考上秀才，发现钦州城有个官老爷凡有公私差事，都要里长来承担一切开支费用，凡是摊上任务的，几乎家破人亡。冯经邦发动全州秀才联名将那个官员告到廉州府，由于打官司持续了很长时间，他赔了很多钱，但也获得了为民请名的美名。

冯经邦对媳妇说："我孙子十二岁就拿到举人考试资格，比曾祖、祖父、父亲三代厉害，前程无限，我要养好身子，看到孙子进士及第的风光日子。"

那天是乾隆二十三年（1758）八月初一。喝了酒的冯经邦兴奋得一夜没法入眠，想着孙子能为冯族带来的荣光，想到自己的梦想孙子可能实现，忍不住爬起来给祖宗烧香叩拜。烧完香又喝了水，这才满意地躺回床上。

到了八月初二早上，家人看见平时总是早早起床的冯经邦还没起床，进房间一看，冯经邦一脸的灿烂，安详地走完了自己的一生，时年五十九岁。

身在廉州的冯达文、冯敏昌获知消息，悲痛万分，连夜赶回马岗处理冯经邦的后事。

冯经邦有儿子三个，其中正室李氏所生为冯达文，侧室生二子冯达忠、冯达元，三兄弟一共为冯经邦养了十三个孙子。冯敏昌以长孙身份为祖父披麻戴孝，送走了冯经邦。

## 辗转求学

冯经邦过世，冯敏昌一直沉浸在悲痛中，没法振作起来。

冯达文理解儿子的感情。

冯敏昌从七岁开始，就跟随冯经邦学习诗文，祖孙两人天天形影不离。冯敏昌与祖父的感情超越了普通的祖孙之情，祖父既是长辈，更是冯敏昌的启蒙老师，现在祖父走了，冯敏昌怎能不悲痛。

有一天，冯达文在深竹读书堂为后辈上课，冯敏昌一副萎靡不振的样子。

冯达文突然提问："'瞻彼淇澳，绿竹猗猗。有斐君子，如切如磋，如琢如磨'。谁能说一下这诗出处和大意？"

冯敏晟站起来："我回答。"

冯达文说："还是你哥来回答，你坐下吧，鱼山，你来。"

刚才冯达文上课的时候，冯敏昌一直在想着祖父，父亲说什么，他根本没认真听，现在叫他站起来，他只好茫然地站着。

这让冯达文更生气。他说："不准你坐下，让敏晟来告诉你。"

冯敏晟听到父亲点自己的名，连忙站起来说："大哥对这篇文章很熟，可能刚才没听清，老师能不能再重复一遍题目，让大哥听清楚。"

冯达文用教鞭敲着课桌，威严地说："叫你回答你还有这么多条件，是答还是不答？"

冯敏晟那时只有六岁，听了父亲的话，乖乖回答说："这是《大学》里的内容，意思是看那淇水弯弯的岸边，嫩绿的竹子郁郁葱葱。有一位文质彬彬的君子，研究学问像加工骨器一样，不断切磋；修炼自己像打磨美玉，反复琢磨。"

冯达文对冯敏晟的回答很满意，却看着冯敏昌说："你们做学问有没有像《大学》里说的不断切磋，反复琢磨？"

四岁的四弟冯敏曙站起来稚声稚气地回答："大哥做到，我们小的也做到了。"

冯达文看到几个小的都在维护冯敏昌，只好说："今天的课就上到这里，放学。"

大家散走后，冯达文对冯敏昌说："鱼山，你留下来，我有话对你说。"

冯敏昌以为父亲要责备自己，没等父亲开口，主动检讨说："父亲，我知错了，我保证以后学习一定集中精神。"

冯达文心痛地说："鱼山，我理解你对祖父的感情，但人死不能复生，祖父的最大愿望是你能考上进士，临走前一夜，还说要养好身体，看到你考上进士的那一天。我知识有限，已经没法胜任教你的责任，我和你母亲商量，准备送你到钦州跟谢函川先生学习，既让你学到知识，也能换换环境，你意下如何？"

听了父亲的话，冯敏昌惭愧地说："让父母为我操心，儿子无地自容，我听从父母安排。"

冯达文听了儿子的话，很高兴，放心地说："谢函川先生是钦州除了方梅轩外最好的学问家，对《四书》《周易》有很深的研究，你要好好跟他学习，扎实基础。"

第二天，冯达文出钦州城登门拜访谢函川，诚恳地说了想送儿子来拜他为师之事。

这个谢函川自视甚高，一般人不放在眼里，一年只招三十名学生，多一名也不肯收。

听了冯达文的话，不客气地说："我今年已经招满学生了，我知道你家公子学识出众，是个人才，但也不能坏了规矩。"

经过冯达文苦苦恳求，谢函川勉强同意次年收冯敏昌入帐学习。

第二年，十三岁的冯敏昌离开马岗村，来到谢函川的私塾学习。

冯达文送冯敏昌到钦州城来学习，主要目的就是跟着谢夫子学易学。

谢夫子一张白净的脸平时不苟言笑，但站在课桌旁，却如笑佛附体，眉眼弯弯，笑口常开。

谢夫子第一堂课，给冯敏昌打开了认识世界的广阔空间。

他开宗明义地说："各位生员，你们要跟我学易学，首先要了解什么叫易学。汉朝开始，由于儒家经学的确立和发展，《周易》被儒家吸收列为儒家五经之首，人们对它的研究，成了一种专门的学问，就是易学。所谓'易学'就是历代学者对《周易》一书所作的种种解释。要学好易学，其实也不是很难，理解了易学的三个维度就容易了，这三个维度，其一是简易，就是复杂问题简单化，世间万事万物都是非常简单的，大道至简，今后，当你们遇到解决不了的问题时，就想着用一个最简单的方法去解决，本来世界上的事也没有那么复杂，对不对？其二是要学会变易，万事万物都是随时变化的，没有不变的人、事、物，今天晴空万里，说不定明天就倾盆大雨。三十年河东，三十年河西，成功不要得意忘形，失败也不要垂头丧气。其三是不易，万事万物的变化有一定的规律可循，像四时交替，花开花落，地球永远绕太阳转，月球永远绕地球转，宇宙都如此，更何况我们只是宇宙中的缥缈一粟呢，我们人也是有规律的，人是有命运的，但命运是可以改变的。大家都听懂了吗？"

课堂死一样寂静。

没有一个人敢说听懂。

谢夫子笑着说："这就对了，如果第一堂课，你们都听懂了，那我不就失业了。听不懂没事，下下课就基本听懂一些了。"

第二天，又继续上易学，讲的是五行相生相克。

谢夫子得意地说："万事万物都可以归类到金木水火土，一物生一物，一物克一物，没有最强者，也没有最弱者。金生水，水生木，木生火，火生土，土生金；金克木，木克土，土克水，水克火，火克金。事物在相生相克中才能得到发展，我们人也分为五种人，相生规律是：水木火土金水，相克规律是金木土水火金，可以看出只有相对最强与最弱，没有绝对最强与最弱。"

这一课上完，生员也是一头雾水。

到了第三堂课讲阴阳学时，冯敏昌已经粗懂皮毛。冯敏昌对阴阳学的理解是，一切显性的、有形的、看得见的、摸得着的、明亮的、刚健的、运动的、崇高的、雄性的事物归类为阳；一切隐性的、无形的、看不见的、摸不着的、阴暗的、柔弱的、静止的、卑下的、雌性的事物归类为阴。一切处在相对关系中的事物都可以用阴和阳来划分它们，总的来说，一切事物就只有两个字，"阴阳"。

谢函川果然是名副其实的学问家，短短的几个月，冯敏昌通过谢函川的授课，对易学有了深刻的体会，对诗学有了自己的思考，他为此专门写了一篇《读诗杂论》：

夫汉代古无诸篇，《黄鹄》《结发》之作，以余观之，其五言之圣乎！千钧腕下，而不觉其重也；幽思刻骨，而不形其苦也。浑然天成，良金美璞，太和元气，合剂刚柔，心手相忘，与物为化。斯人伦之极则，词苑之上轨。又其篇章之内，皆有乘风骋云，高望远志之意。昔司马相如作赋，天子以为飘飘有凌云之气者，是之谓乎？

降及思王（指王之涣），犹馀轨范而已。加明曼蜿蜒之态，盖已不复上同古人矣。自是而后，阮公（指阮籍）《逢池》之作，足以上继前人。而《二妃》之篇抑又加华饰。六朝数作，英华不掩；李唐诸篇，质实独著。要皆因于排句比字之中，无复单行之趣，各见其华实之奇，而总无与于虚实之际。盖无有读之而忘其为用韵者矣。至若思王以下，五言诗词一大升降也。然则今之学者，果何从乎？

曲江公诗，如循游名山，溯逾广泽，暗然而静，穆然而深。又如大匠运斤，群公袖手。天才宏富，愿敛而不争；中情感恻，而理则不过。斯实升大雅之堂，而嚌其载者。吾粤虽间起后来，要其所见俪兹，鲜矣。

近代诗体中，有学韩苏者，其句法宏强，望之有倚天拔地之概。其视组织工巧，柔曼自喜者，似胜一筹。然以较之杜，正如昔人所云：子路未见夫子时气象耳。

在这篇《读诗杂论》中，冯敏昌把自己的读诗心得和古人对各名家的诗词评价进行了对比。得出结论，古代诗词以唐宋为最佳，而唐宋诸诗人中又以李白、杜甫、韩愈、苏东坡最值得效法。

为此，他专门作了"梅花诗"四首，身体力行实践自己的理论。

现摘《梅魂》如下：

小梅园里发，魂绕研池云。

入笛清三弄，横窗淡十分。

影从帘外得，思向月中殷。

欲觅罗浮梦，言寻四百君。

第二年，任职期满的方梅轩回到钦州，不久，便开了家私塾。

冯敏昌知道方先生办私塾，便到钦州城郊方家村求见方梅轩，表达自己想到方梅轩的私塾就读的意思，方梅轩兑现承诺，第一个果真就收了冯敏昌。

方梅轩除了自己上课，还重金请来廉州大儒谭崧堂讲诗学和应试之技。一有空闲，方梅轩、谭崧堂便出题给冯敏昌作答，锻炼他作诗作词的能力。他在方梅轩和谭崧堂的严格教导下，刻苦学习，有时七天七夜持续学习，中间不休息，大家都认为他是奇人。由于拼命学习，这期间，冯敏昌进步很快。

冯达文遵守族规，为冯经邦守制三年。

过了守制期，冯达文又蠢蠢欲动要参加例考。

考试自然要带儿子一起参加。

于是，冯达文到了钦州城方家村，对冯敏昌说："今年又有院考，我已经决定参加，你也一起参加吧。"

按照清朝考制，冯敏昌原来考得的举人考试资格又无效了，要考举人，还得重考。

十五岁的冯敏昌看到沉寂三年的父亲已经振作起来，自然高兴，欣然答应和父亲同往廉州考试。

这次考官是学使郑诚斋，在考古文时，郑诚斋出的题目是"月中桂树赋"，请考生作诗一首。

冯敏昌经过跟随谢函川、方梅轩、谭松堂三位前辈学习三年，诗艺已经发生了质变，他在答题时写下了"宇宙唯此一株，古今曾无两月"的佳句。

佳句一出，不但让考官郑诚斋惊讶，更让这诗像长了翅膀一样在廉州钦州一带成为家喻户晓的名句，一时间，两地学子纷纷以这诗为题，创作出了版本多样的和诗，一时成为美谈。

爱才的郑诚斋给冯敏昌评了第一名，冯敏昌因为考试成绩优秀，成为庠生，学习期间可以享受国家生活费、学费补助。

冯达文在三年守制期间，潜心修学，这次也通过了考试，拿到参加举人考试的资格。

郑诚斋非常欣赏冯敏昌的诗才，专门找到冯达文和冯敏昌，对父子二人说："你们应该有远大的目标，不要在钦州这么小的地方做学问，必须到外面游学，找到真正的大家接受系统的教育。我有个好友陆大田是个大学问家，在肇庆端溪书院任院长，他一般不肯收学生，我已经给你们写好了推荐信，你们父子去找他吧。"

说完把推荐信递给了冯达文。

冯敏昌听了，触动很大，对父亲说："郑先生的话很对，如果我们要取得大的进步，一定要到外面遍访名师，在名师的门下钻研学问。这个陆先生我听说过，是真正的大家，父亲，不如我们一起去投奔他。"

冯达文想到这次虽然过关，但真要参加举人考试，还得脱几层皮，没有好的老师，自己再努力，也是盲人摸象。

但想到父子二人到肇庆端溪书院求学，开支很大，担心家里承受不了，在先生面前不敢表态。只好说："谢谢先生美意，我回去和内人商量后再决定。"

郑诚斋知道冯达文是为钱的事犹豫，只好说："我看令郎是可造之才，想和他谈谈诗词创作的一些体会，如果你不反对，我借用令郎一下。"

冯达文听了，本想说自己也想听听郑先生的高见，但想想好像郑诚斋只对儿子有兴趣，怕扫了先生的兴，只好说："真是太感谢先生了，鱼山得您点拨，三生有幸。"

郑诚斋说："放心吧，我很快就会将令郎送回。"

但冯敏昌却到了晚上九点多才回来。

冯达文看见儿子，急切地问道："郑先生和你谈什么，怎么花了这么长时间？"

冯敏昌平静地说："郑先生一直和我谈古文，越谈越兴奋，硬要留我吃晚饭。这先生的古文功底真是深厚，对我触动很大。父亲，我现在的知识连望郑先生的背影都难，十倍用功，可能也要很多年才能和郑先生谈诗。"

冯达文开心地说："听君一席话，胜读十年书，你有这样的收获很好，我相信你，以后一定超过郑大人。"

父子两人怀着对前途的无限向往回到马岗村。

冯达文几经踌躇，对妻子说了想到肇庆端溪书院读书之事，妻子平静地说："浅水养不出蛟龙，你们去吧，家里一切有我，不用太担心。"

冯达文得到妻子的支持，于乾隆二十七年（1762）二月带着十六岁的冯敏昌投奔陆大田先生而来。

路上，冯达文信心满满地说："鱼山，你我现在都具备享受国家学习补助的资格，又有郑大人的推荐信，陆先生肯定收留我们。"

冯敏昌可没有这么自信，他担心地说："听说陆先生对学生要求很高，肇庆端溪书院又是广东四大名书院之一，求学的人肯定多，听说陆先生连广东巡抚都不放在眼里，郑大人的推荐信不一定有用。要入端溪书院，还是靠我们的实力，这次，我把历年写的诗选了十首带来，希望陆先生能看上。"

冯达文听了儿子的话，有些担心地说："钦州廉州都知道我们来投考端溪书院，万一不被录取，回去都不知如何交待。"

冯敏昌看见父亲从高兴的云端坠落凡间，安慰他说："父亲也不必这样悲观，您经过三年潜心学习，诗艺大进，陆先生如果识才，应该选您。"

端溪书院位于广东肇庆府。明万历元年（1573）由金事李材创建。后为岭西道署，又改为督标中军副将署。清康熙四十七年（1708）两广总督赵宏灿复建书院，取名"天章"，为总督为学子上课的地方，雍正十年（1732）总督郝玉麟重修，并奉旨从国库中拨银千两作为基金经营生息，以供学生伙食费。乾隆初改名"端溪"，端溪书院属官办性质，由政府拨款办学。

当年的端溪书院头座为大门，二座为广德堂，三座为宣教堂，两边有东斋、西斋两座，监院一座，书库一座。此外还有荷池、爱莲池等。第四座为景贤阁，为师生祭祀前贤、圣哲之所。

端溪书院是广东书院中的佼佼者，它与广州的羊城书院、粤秀书院、越华书院并称为广东四大书院，在两广总督府驻肇庆期间，端溪书院可招两广学子入学，为省级书院，一度曾是两广规模最大的学府。

父子两人一早便诚惶诚恐地到门房候见陆大田。

在等待的时候，冯敏昌看着来来往往的学子，心里充满了羡慕，对冯达文说："如果我能进这家书院读书，我发誓一定拼命学习，不辜负父亲的期望。"

冯达文充满慈爱地看着儿子说："我们冯家从你曾祖父起，三代秀才，居然没有一个能考上举人、进士，现在第四代中，最有希望能考上进士的，就是你了。希望你能争气考上进士，这是我最大的愿望。"

两人正说着话，门房传话说："陆先生在书房接见你们，请跟我来。"

两人跟着门房穿过大门，走过书斋，来到监院，在一间挂满字画的书房里见到了陆大田。

冯敏昌眼中的陆大田，身材高瘦，表情严峻，眼眶深陷，不怒而威。

冯达文小心翼翼地掏出郑诚斋的推荐信，恭恭敬敬地递给他说："这是巡视廉州府的学政郑诚斋先生给陆先生的信。"

陆大田接过信，撕开看了，面无表情地说："我学识有限，跟我学习会误了你们的前程，你们还是到别处找更好的先生吧。"

冯达文一听，一时不知如何是好。

陆大田的拒绝是冯敏昌意料之中的事，他并不气馁，而是诚恳地递上自己带来的诗文，谦虚地说："既然先生不肯收我们父子为徒，烦请先生对拙作多多指教。"

陆大田接过冯敏昌手中的诗稿，随意翻着，突然眼睛大亮，欣喜地说："我已经很久没有发现如此才思上乘的学子了，你这个水平，不用我教你，只要你继续努力，不出几年，肯定名声大振。"

陆大田望着满眼渴望的父子二人，破例开了口子，同意两人参加甄别考试。

父子两人激动得相互拥抱，眼泪都流了出来。

两人由于不是端溪书院的学生，不能住进端溪书院。

冯达文只好在端溪书院附近找了家小旅馆，父子两人日日夜夜苦读。

甄别考试当天，两人都考得很顺手，但心里还是没底，不知能不能被录取。

两人一天数次到端溪书院打听消息，简直是度日如年。这天，两人又到端溪书院打听消息，发现大门口的墙壁上公布了录取人的姓名，两人挤进圈内，惊喜地发现，两人都被录取了，冯敏昌排在第二名，冯达文七十九名。

待到春天开学，父子欢天喜地入住端溪书院，正式成为省级书院的学子。

冯敏昌在端溪书院期间，可谓如鱼得水，结交了一批心灵相通的同学，成为以后一路走来的生死之交。

这些人中有肇庆府的龚骖文、唐汝风、黄淮王、宗烈，电白县的邵天眷、乐昌的欧焕舒、梁平庵等。

都是当时岭南的名人。

冯达文看到儿子结交了一批好友，也加入了儿子的圈子，从此后，父子亦师亦友，上下共同探讨学问，虽然生活艰辛，但大家都感觉很幸福。

到了七月，广东乡试开考，冯敏昌父子和一帮好同学全部参加乡试。

在考试期间，又认识了新会的李潮三和番禺的黄翼堂，林刚、黄药樵等大批名士。

这次乡试，父子同时名落孙山，但两人一点也不沮丧，都说，还有下次。

陆大田感觉很可惜，他表面不苟言笑，但却有着一副火热的心肠，他对冯敏昌说："当下的广东，真正的大学问家是粤秀书院的柴屿青，我给你们写封推荐信，你们去找他吧。"

陆大田的提议，让冯敏昌非常错愕。

他在端溪书院学习如鱼得水，有好同学相陪左右谈诗论道，有严谨的陆大田朝夕教诲，考不上不是老师问题，而是自己还用功不够。于是，他对陆大田说："我哪里也不去，就在这里跟先生学习。"

陆大田平静地说："根深才能叶茂，我学识有限，已经不能给你所要的知识，若要取得大的进步，一定要跟柴屿青老先生学习。我这里不能留你们父子了。"

话说到这个地步，冯敏昌父子只好和陆大田依依惜别，回家准备参加第二年的粤秀书院甄别考试。

第二年春天，十七岁的冯敏昌和三十九岁的冯达文一起踏上投奔柴屿青门下之路。

按常规，如果不是经过大考筛选，必须参加有学使监督的考试通过后才能入学。

冯敏昌闻知学使张晴溪先生将到惠州府督考，便和父亲直奔惠州府求张晴溪准予参加考试。

张晴溪对冯敏昌的学识早有耳闻，欣然同意父子二人参加考试。

考试结果公布，冯敏昌夺得第一名，冯达文也顺利通过了考试。父子两人自然开心。

粤秀书院的柴屿青老先生看了考试成绩，又有陆大田的推荐信，自然高兴地收下了这对父子。

为了让冯敏昌安心学习，柴屿青专门把父子二人安排在粤秀书院西斋竹园。这里竹木参天，远离喧哗，是学习难得的好地方。冯敏昌父子相互砥砺，诗艺大进。

十八岁这年夏天，按照属地管理原则，冯敏昌回乡到廉州府参加例考，题目是写一篇赋，冯敏昌以《合浦还珠赋》又夺得第一名。

乾隆三十年（1765）正月，他回到廉州参加科试①。

这次的主考官是翁方纲。

翁方纲，乾隆十七年（1752）进士，字覃溪，散馆授编修，官至内阁学士。历官内阁学士、左鸿胪寺卿加三品衔。曾主持江西、湖北、江南、顺天乡试，又曾督广东、江西、山东学政。

翁方纲精于考据、金石、书法之学，又是清代"肌理说"诗论的倡始人。书法初学颜真卿，后专学虞世南和欧阳询，尤其用功于欧阳询的《化度寺碑》，

---

①明清学校制度之一。每届乡试之前，由各省学政巡回所属府州举行考试。凡欲参加乡试的生员，要通过此种考试。考试合格者，才能参加本省的乡试。

他的行书主要学习米芾、董其昌及颜真卿。翁方纲学书法强调笔笔有来历，尤善隶书。

相传翁方纲能在瓜子仁上书写小楷字，功力精熟可见一斑。

他和刘墉、梁同书、王文治在《清朝书画录》中齐名，并称"翁、刘、梁、王"。亦与刘墉、成亲王永瑆、铁保齐名，称"翁刘成铁"。是清朝名重天地的大家。

冯敏昌以一篇《金马式赋》应试，翁方纲阅卷时惊叹："此南海明珠也。"

这年三月，翁方纲又到廉州府巡考，冯敏昌得知消息，内心十分高兴，从家里赶到廉州拜见翁方纲，专门拿出自己近期的诗作请翁方纲点评。

这是两人第一次单独见面。

翁方纲眼中的冯敏昌五尺多的身高，额头饱满，脸形丰润，有些像瓜子，鼻子高隆，两眼熠熠生辉。给人留下了深刻印象。

阅人无数的翁方纲当时就暗暗说：这个是栋梁之材，我要尽力栽培。

冯敏昌能见到崇拜的老师，高兴得全身哆嗦，哪里管翁方纲内心所想，他开心地说："老师，我一直在努力做学问，但成果如何，自己心中没底，这是我的近作，请老师多多指教。"

翁方纲也不客气，接过他的诗作一目十行看完，拍着他的肩膀一连三次说："好诗好诗好诗。"

冯敏昌听了，深受鼓舞，向翁方纲表态说："这次考试，我会尽最大努力考好，不负老师厚望。"

自此，两人不断有书信来往，冯敏昌一路追随翁方纲，视为一生恩师。这一时期，冯敏昌作了《铜马赋》请教翁方纲。

很快，冯敏昌就收到翁方纲的《铜马篇示冯生》：

我来岭西访铜柱，怀古一赋《铜马篇》。摹挲铜鼓况已屡，有若手量铜马然。忆昔伏波下交趾，骆越鼓正鸣阗阗。

闻声岂独思将帅，揽辔万里秋风前。平生阅马千万匹，老眼默识形神全。想象骅骝立突兀，斑驳霞雪生云烟。空际嘶闻或风雨，意中蹄阔无山川。遂空万古凡马相，一借三尺铜精传。诏书特置宣德殿，太仆黄门几曾见？夜半房星忽下流，铜龙掠影如飞电。谁识来从鸢跕乡？却教作式龙楼院。

武皇旧立金马门，渥洼天厩如云屯。当时枉费征西使，似尔才空冀北群。须信骊黄牝牡外，别有倜傥权奇存。买骨谁能默揣度？按图更要勤求索。定视蹄高鬣尾垂，不烦锦鞯黄金络。天机一片铸尔成，为尔寒署燥湿无变更。就我

模范腾光晶，世间岂少九方皋与东门京，漫说麒麟地上行！ ①

　　在这篇赋中，翁方纲借用东汉伏波将军马援南征交趾的历史事件，引出马援将骆越地方的铜鼓铸成骏马进献给汉光武帝时附加说明名马的形态，即"铜马法"，"臣援常师事子阿，受相马骨法，考之行事，则有验效。臣愚以为传闻不如亲见，视影不如察形。今欲形之于生马，则骨法难备具，又不可传之于后。孝武皇帝时，善相马者东门京铸作铜马法献之，有诏立马于鲁班门外，则更名鲁班门曰金马门。臣谨依仪氏鞲、中帛氏口齿、谢氏唇鬐、丁氏身中，备此数家骨相以为法"。

　　马援献给刘秀的铜马，高三尺四寸，围四尺五寸。刘秀看了这匹铜马，当即下诏，命令将马援送的铜马放在宣德殿门口，作为名马的标准，供选马倌参考。

　　翁方纲以这事为例子，表达了"世间有诸多良马，但得有识马人。"暗喻冯敏昌就是一匹良马，就差识马人发现。

　　冯敏昌收到翁方纲的《铜马篇》后，深受鼓舞，经过深思熟虑，二十一岁这年作了《覃溪师见示〈铜马篇〉用韵奉答》：

　　昌也生长铜柱边，十年作赋何由传？譬如辕下赢马奋迅不得力，有时亦复顾影长留连。覃溪夫子来堂堂，摹挲眼力当风烟。得我《铜马赋》，示我《铜马篇》，居然见赏尘埃前。窃惟天地万物一马也，牝牡骊黄何有焉？世间识者亦恨少，骏骨断弃无人怜。伏波将军有见此，心中感叹生愁然。忆昔汉帝坐前殿，将军气猛能酣战。力拓金弓满明月，身骑骏马疑流电。鸣钲五月进穷海，首鼠万人遂革面。事后平收骆越金，胸中自守神明见。一朝模范成全形，万里提携向仙苑。真疑造次名千古，谁知鼓铸心百炼。吁嗟！将军岂有独好为此烦？毋乃深悲世俗眼俱昏。枉自高矜古良乐，反失侧立真腾骞。试看元精耿照人处，形气神骨一一皆可寻其源。世上有马果若此，岂肯使之局促困苦生烦冤？为思此翁真矍铄，铜船铁鼓俱开拓。后人汶暗强解事，坐使山川转辽阔。将军爱马乃识马，马为所有亦所乐。古来相马相士原可并，名马无人识，名士为吞声。所以昌黎痛哭《战国策》，至今奇气凛凛犹如生。昌也乃获巨手为裁成，能无感发中怀倾？独渐偃蹇弱劣未足超群英，未可云路腾骧万里行。何以弩力仰副知我情？呜呼！何以弩力仰副知我情？

———————————

　　① 摘自翁方纲《复初齐诗集》卷三。

冯敏昌在这篇赋中，表达了"将军爱马乃识马，马为所有亦所乐"辩证关系，表达了对恩师栽培、赏识自己的感恩心情。

## 拔贡第一

按清朝规定，男子到了十六岁，女子十四岁，就可以结婚。

乾隆三十年（1765），冯敏昌已经十九岁，过了结婚年龄三年了，父母亲一直张罗要为他成亲。但冯敏昌心中有梦，这梦未实现前，他不想入洞房。

冯敏昌心中的梦，就是要通过考试入选国子监，为国家效力。

其实，冯达文早在三年前就给冯敏昌定了亲，对象是钦州街上的童生潘庭芳之女。

说起来，真是姻缘天注定。

冯敏昌十二岁第一次到廉州考试，刚好和潘庭芳同住一室，进入考场，由于冯敏昌个子矮小，没法坐上椅子，潘庭芳还抱着他坐上椅子。

这一抱，种下了一段姻缘，"余十二岁时到郡应童试，翁同寓，侥获入学。"

潘庭芳"屡战名场，艰于一遇，寒窗灯火，年年苦辛"[①]，连个秀才都没有考上。

潘庭芳由于常年奔波于钦州廉州的考试路上，和冯达文有着共同的命运，一来二去，两人意气甚是相投，不知不觉早已经成为莫逆之交。

潘庭芳育有五子一女，他十分欣赏冯敏昌的人品和学识，早就有意将唯一的女儿嫁给冯敏昌，但一直不好意思撞破这层窗户纸。

冯达文看在眼里，为了达成潘庭芳的愿望，在征得冯敏昌同意后，三年前的秋天，请媒人上门说亲，潘庭芳大喜过望，自然一拍即合。

潘庭芳祖籍广州，迁到钦州后，原来家境还较好，在城西五里的彭屋沟建屋数楹。但有一次遭遇贼人晚间入室抢劫，耕牛被抢走，房子被大火烧光，从此家道败落，没法在钦州城重建房，只好搬到城外七十多里的米家屯暂且栖身。

潘庭芳女儿潘氏这年十九岁，大方贤淑，诗书画琴样样精通，外貌清新脱俗，冯敏昌打心眼里喜欢这个懂事的女子。

潘家惨遭变故后，冯达文不忍心未来媳妇受苦，有一天，对冯敏昌说：

---

① 《冯敏昌集》388 页《潘岳翁、蓝岳母暨内兄自新祭文》。

"鱼山，男人先成家后立业，我和你妈商量，今年秋天，准备把你们的婚事办了。现在你岳父家道中落，如果让媳妇长期生活在岳父家，我也不放心。"

冯敏昌听了，沉吟了片刻说："既然父母商量好了，那就按你们的意思办吧。今年乡试，我争取考好，等我考完试就办吧。"

当时的潘庭芳已经对功名失去兴趣，加上惨遭横祸，意气消沉，整日闷闷不乐。为了让岳父开心，冯敏昌要尽最大努力考好这次试。

按照分级考试制，二月初，冯敏昌就踏上了去广州之路，五月初到达广州，参加十二年一次的拔贡考试，考试结果放榜，他夺得拔贡考试第一名。

喜讯传来，马岗村沸腾了，全村人都前来道贺。

冯达文更是喜不自禁。立马决定，冯敏昌从广州回到家，就把婚事办了。

于是，吩咐妻子说："鱼山结婚要办得热热闹闹，让媳妇体面嫁入我家。"

妻子其实早就动手做了准备，床上的铺盖早就做好，日子也请先生看了，又请日师评过了，定在十月初八日。

听了冯达文的话，开心地说："放心吧，一切都会办好的。"

冯敏昌回到家，已经是八月份了。

此时，头年动工兴建的房子已经建好，算是双喜临门，入新居和婚事一起操办。

到了九月底，冯敏昌对外发了《婚启》：

伏以蓝田珍玉，晴烟开异色之祥；南海珠林，采羽结同巢之梦。良由肝胆不隔于楚粤，是以丝绳克缔乎晋秦。惟令德之来教如闻，必嘉偶之诚求攸副。此固勖承宗于御相，敬矢革薆；而赓厚命以从亲，辉生肇悦者也。

恭惟门下，超骧驷驾，振迅鸿逵。榴苞炼五色之华，荣占擢甲；石林总双溪之派，望重崇儒。瞻世德之遥遥，振清门之奕奕。可谓家传《内则》，业世《春秋》者矣。

窃念因循翰墨，朝无谏草之传；抑更愧检摄衣冠，器乏老成之望。百行敢冀夫能备，群艺未识其统宗。策诗歌南国，彼儒生亦雅慕睢逑；况选辱东床，斯懿启范重烦凤卜[1]。盖乘鸾有路，何殊序谱于霓裳羽衣；纵弋雉[2]无才，独冀相宾之齐眉举案。此固姻由天定，抑亦礼顺人情者乎！

---

[1] 凤卜，指占卜可以结成佳偶。

[2] 弋雉，这里指本地鸟。

兹何幸锡奠雁之期，不勒音加金玉；抑尤将引集鹬之庆，其聆韵叶笙琴。斯百世之似续方长，欢承筐篚；二少之精神可合，美肇珩璜。敬布寅宗，伏惟丙鉴。

翻译成现代文就是：

蓝田珍贵的宝玉，在晴朗的天气升起如烟般的彩色祥云；南海美丽的森林，采集到美丽的羽毛结成百年之好的房子。实在是因为楚粤两地就像肝胆一样相照，所以用丝绳结成了晋秦之好。我早已获悉您美好的德行，请求您参加我们的婚礼。这固然是继承于御相，也相信内人能尽职尽责地遵守妇德。

遵照父母的旨意联亲，让我腰带和佩巾都生辉。

恭敬地在您门下，就像驾着四个马拉的车，让我如骏马奔腾，举止高超。石榴含苞凝蕴着五彩光华，占据了魁首之荣；石林出自双溪流派，名望有崇儒之尊。仰视世代功德源远流长，振奋清门也美盛焕发。可以说是家传《礼记·内则》，世代学习《春秋》啊。

私下里想着继承家族的文章事业，但可惜在朝中并没有一些谏议的文章流传；一直谨慎地约束自己的行为举止，却没有达到老成持重的处事风格。百行都想有所成就，但还没有精确地掌握各种技艺源流。仅在南方创作诗歌，我十分仰慕《关雎》的意境；怕有辱女婿的名称，但占卜却是凤卜。如果能够有幸乘鸾跨凤得配佳偶，与唐明皇为杨贵妃谱霓裳羽衣曲又有什么不同？就算没有才能飞得更远，也希望能相敬如宾举案齐眉。是定数也是顺从人情之礼！

现在我多么荣幸能得到赐定佳期，不用美妙的音乐和贵重的金玉，就引来彩凤聆听琴瑟和鸣的韵律。百世姻亲之好时日正长，热烈欢迎您的光临；两位年轻人成婚之日，正是如美玉般的德行的开始。恭敬地告知同寅宗亲，请您明察。

婚启发出后，十月初八日，冯敏昌和潘氏如期举行了大婚。参加婚礼的人络绎不绝，热闹场面如今的冯家后人还津津乐道。

冯敏昌把一个贤内助娶回家，从此，在他读书求学和在京任职的时候，家里有了坚强的后盾。

冯敏昌考取拔贡后，二十岁这年，到北京接受廷试，考试结果放榜，以二等候选。

他可以在北京等着任命为教谕之类的小官，走上和曾祖辈、祖辈、父辈之路，过上衣食有保障的生活，但他心中的梦没法放下，他放弃了等待任命的机会，回到钦州，在深竹读书堂潜心学习，准备参加举人考试。

## 一举成名

冯敏昌考中拔贡后的三年，一直在深竹读书堂苦学，准备参加举人考试。

尽管自己学习迎考的压力很大，但为了给在廉州随棚读书迎考院试的弟弟冯敏昭、冯敏晟鼓励，他亲自到廉州陪两位弟弟复习。

由于一家四个人都参加科举考试，经济十分困难，兄弟三人在合浦随棚读书期间，无钱支付工钱，书童跑路，三人自己煮饭，自己买菜，自己挑水、自己洗衣服，在困难中相互砥砺，克服了常人难以想象的困难。

由于缺乏营养，又整晚熬夜读书，冯敏昭、冯敏晟相继病倒。两人硬撑着进了考场，考试结果可想而知，院试没有通过，身体又垮了，冯敏昭、冯敏晟只好回家静养。

冯敏昭经过调养，身体恢复健康，但冯敏晟的病情却越来越重。

冯敏晟从小刻苦学习，一直紧追冯敏昌之后，冯敏昌欣赏他不服输的性格，在七个弟弟中，最疼爱他。

钦州最好的医生都请来看过了，但弟弟的病情没有一点起色，病情一天天加重，祖母已经悄悄为弟弟准备后事，日夜揎麻赶制寿衣，冯敏昌心都碎了。

他唯一能做的就是整天守在弟弟病床前，和弟弟回忆在深竹读书堂读书的快乐日子。

举人考试的日期越来越近，冯达文已经在准备行装，需要带的书已经打包，衣服也准备好了，他已经决定五月初八日动身，提前到达广州，会会诗友，找机会拜访翁方纲。

五月初二，他对冯敏昌说："初八我们就要动身了，该带的书要尽量带去，还有复习时间。"

冯敏昌听了父亲的话，小心地说："父亲，这次考试，我不参加了，我想陪敏晟走完人生的最后阶段。"

冯达文一听，非常生气，压低声音说："如果我们两人中有一人要放弃考试，决不能是你，你是全家的希望，考不考试，你自己说了不算，我说了才算。你给我听好了，初八一定要出发。"

冯敏昌长到二十四岁，第一次看见父亲生气。

他太理解父亲了，自己前几年考上拔贡后，一直卧薪尝胆准备着举人考试，现在大考当前，自己却说要放弃考试，如果自己是父亲，说不定要动手打人了。

冯达文看到儿子不哼声，狠下决心说："好吧，这次我就不参加了，在家陪敏晟，你放心出发就是。"

父亲是个科举狂人，每试必考，这次举人考试，他也做了充足的准备，现在决定放弃，看来没有什么商量的余地了。

初七晚上，冯敏昌一直陪着弟弟说话，此时的冯敏晟，精气已经耗尽，呼吸十分困难，他眼里含着泪，对冯敏昌说："哥，考取功名，光宗耀祖的事就靠你了，我这病，也不知何时好，连送你一程都没有力气，我就不送你了。"

冯敏昌紧紧抓住弟弟的双手，安慰他说："你一定要按时吃药，郎中说，是风寒病，慢慢调理，就能好起来。"

冯敏晟深情地说："哥哥心里想什么，我很清楚，希望来生我们还做兄弟。"

冯敏昌强忍着泪水，安慰他说："敏晟，如果我这次能考上举人，以后，我就全心帮助你们复习，你一定要好起来，我们兄弟共同争取功名。"

冯敏晟苦笑着说："好，我答应哥哥，如果能挺过来，一定拼命争取功名。"

冯敏昌最后说："我考完试，就马上赶回家，希望回来时你的病已经好了。"

冯敏昌回到房间，关起门来，跪在地上痛哭，怕父母和弟弟们听到，捂着嘴巴不让传出声音。潘氏什么也不说，只是静静地抱着他的头，让他依偎着。

潘氏能说什么呢，科考是农家子弟唯一的出路，冯家祖孙几代人通过科考还能谋到一官半职，她亲生的父亲，屡战名场，却连个秀才也没有考上。科考，就像鸦片，吸了一口，就让人欲罢不能。她能做的，只有陪在丈夫身边。

鸡啼了，冯敏昌还跪在地上抽泣，潘氏端了一盘热水，她用热毛巾按压冯敏昌红肿的双眼，轻声说："洗了，就上床合一下眼吧，明天还要上路，红肿着双眼向父母告别不好。"

冯敏昌洗了脸，没有上床，而是悄悄走到冯敏晟的窗口前窥视。

他看见一豆灯下，父亲坐在弟弟床边，右手用蒲扇不停地给弟弟扇凉，左手拿着书，痴痴地看。

他心里说：父亲真伟大呵，为了儿子，居然放弃自己痴迷的科考，现在还这么用功，难道他还想参加考试？

第二天一早，冯敏昌告别父母，头也不回地踏上举人考试之路。

一路上惦记着弟弟的病情，无心观赏路上的景色，五月二十八日到达端州，一直有种不祥的预感，为了排解心中的恐惧，只好作诗寄托自己的思念之情："萧萧风雨，喔喔鸡鸣，相思者谁？梦寐见之。"

一路上历尽艰苦，直到秋天才到达广州。

他知道自己肩上的重任，为了考好试，他专程到翁方纲下榻的酒店拜访翁方纲。

此时的翁方纲正在督查广东的科考，工作千头万绪，但还是腾出时间接见冯敏昌。

两人在翁方纲住的房间见了面，冯敏昌送上自己的诗，请教说："和老师一别又是几个月，这是我近期作的诗，请老师多多指教。"

翁方纲看完他的诗，在诗稿上评议说："有此才气，则五岭十郡三州，竟无其对。所谓粤之诗家，若南园前后五子，以及岭南三家，皆不足道也。风骨一年胜于一年。似此，则竟要直追古大家而学之，断断不可落明李何诸人窠臼"。

冯敏昌看到翁方纲的评议，内心很高兴，谦虚地说："岭南很多诗人诗歌都比我写得好，如胡亦常的诗，我就很欣赏。"

翁方纲听了，老实说："胡亦常的诗也不错，但在历史厚重感与真性情上，和你还是有差距的，要对自己有自信心。我预测，不出几年，你的诗就要超过他。"

冯敏昌听了，深受鼓舞。

话题转到举人考试上来，冯敏昌坦诚地说："为这次举人考试，我足足准备了三年，但因三弟患病，近几个月来，一直分心，对考试不敢有十分把握。"

翁方纲在合浦巡查科考时，冯敏昌带着敏昭、敏晟拜访过他，知道敏晟患病，惋惜地说："你那弟弟人很聪明，也努力，这一病，可惜了。"

临告别的时候，翁方纲给冯敏昌打气说："进考场后，心放宽，看准题，凭你的实力，考上不难。"

冯敏昌谢过老师，一路兴奋着走回居住地，晚饭来不及吃，就开始看书。

迷迷糊糊突然看见冯敏晟一身白衣白裤站在他的面前，笑着说："哥哥我要回家了。"

冯敏昌大喜过望，拉着冯敏晟问："你的病好了？"

冯敏晟开心地说："好了，彻底好了。"

冯敏昌听弟弟说病好了，喜极而泣。

正在他起劲抽泣时，有人推了他一把。

他惊醒过来，看见面前站着同考李勺海。

李勺海看了他一眼，不解地问："梦到什么了？你流泪了。"

冯敏昌回想着梦中的细节，一颗心七上八下，连忙请教说："勺海兄，我请教你个问题，梦中看见有人一身白衣白裤说要回家，是什么意思。"

李勺海还不知道敏晟患病，听他问，侃侃而谈："《周公解梦》认为，白布衣，即古之得衣也，得朴素之义。居官宦者情恬淡，居家者体度安闲。评论得以明白，病患得以康痊。"

冯敏昌对《周易》已经出神入化，原版周公解梦上有记载"白衣召作，使死亡。"

他询问李勺海，只是希望得出不同的结论。

李勺海说出了他想要的结果，但却没法让他安心，他突然决定，回家看望三弟。

他对李勺海说："明天我要回家了。"

李勺海一听，抓着他的手说："你疯了？人都到了，过三天就要考试了，你说要回家？"

冯敏昌伤心地说："我三弟敏晟重病在家，现在我又梦见他和我告别，是恶兆，如果三弟有个三长两短，就算我考上举人，也没有什么意义。"

说也凑巧，正在两人谈话间，冯达文突然来到。

冯达文这是第四次参加举人考试，屡试屡败，屡败屡试。冯敏昌临离开家赴考前，他说过自己今年不考在家照顾患病的儿子，但越近考试日期，他越坐不住。

懂事的敏晟看见父亲整天焦躁不安，对他说："父亲，你现在动身还来得及，你去考试吧，孩儿的病有母亲照顾呢。"

冯达文经受不了举人的诱惑，在临考前三天，硬是赶到了广州。

得知冯敏昌要回家，制止他说："苦读三年，就等这几天，为了整个家族，无论如何要参加考试。敏晟家里有人照顾，你又不是郎中，回去也不起多大作用。"

闻讯过来的老师和同门都劝说他要留下来考试，连翁方纲也惊动了，从太老远到他居住的酒家来教训了冯敏昌一顿，父亲的旨意不能逆悖，翁方纲的谆谆教导也不能不听。冯敏昌抱着头，叹道："我行役十载九离别。"

无奈之下只好勉强进了考场。

这次主持举人考试的是江苏的陆耳山、湖南的简玉亭两位主考官。

冯敏昌八月初八日进了贡院，经过严格搜身，进了考棚。

这个考棚，一米见方，三面是墙壁，只有一面有一扇门与外界相通，可以打开，但分发完试卷就被关死了，只有到了八月十一日，所有考试结束，才由考官打开。

今后三天，冯敏昌将在这个考棚里吃喝拉撒睡。

考棚里没有床，只有两块木板，上面的木板当作写答卷的桌子，下面的当椅子，晚上睡觉将两块木板一拼当床。

考棚里有一盆炭火、几支蜡烛。炭火可以用来取暖，也可以用来做饭。

冯敏昌晚上怎么也睡不着，想到父亲待在这个像笼子一样大小的考棚里吃不好，睡不好，心里很难过。想到家中患病的敏晟，更是无法入眠。

时序已是秋天，入夜后海洋空气一吹，考棚便有了凉意，他起来点燃了贡院为每个考生准备的炭火，靠在墙上胡思乱想，想着想着，由于劳累过度，居然睡着了。

一觉醒来，铃声大作，他知道，这是预备铃，考试马上就要开始了。

他赶紧坐直身子，拿出带进考棚的干粮，急急地吃着。刚刚吃完，监考的老师把门打开，给他送来了试卷。

他还没来得及说声谢谢，门就咣啷一声给关上了。

他快速打开试卷，一看内容，心就踏实了。

这次考试主要是帖经和策问，诗赋和杂文，经义和墨义。

帖经：简单地说就是主考官任意选择经书中的一页，用两张纸覆盖左右两边的字，中间开一行，另裁纸为贴，帖盖数字，让考试者写出，类似于现在的填空题。

策问：大部分涉及当时政治、经济、文化、吏治等方面的问题，命题形式相当于现代语文考试中的论述题或命题作文。

杂文：是以封建官吏所常用的篇、表、论、赞为体裁，让考生作文，类似今天的应用文写作。

经义：以儒家经典中的一段一句或不同章节同一主题的句子为题目，让应试者作文，阐述自己的理解和认识，类似今天的读后感。

墨义：取儒家经典中的句子让应试者应答，或者要求对答这个句子的含义，或要求对答下一句，或要求对答注疏，类似今天的名词解释或简答题。

第一道题目是读后感。

"曾子有疾，孟敬子问之。曾子言曰：'鸟之将死，其鸣也哀；人之将死，其言也善。'君子所贵乎道者三：动容貌，斯远暴慢矣；正颜色斯近信矣；出辞气，斯远鄙倍矣。笾豆之事，则有司存。"

冯敏昌知道，这道题选自《论语·泰伯》中曾子和孟敬子的对话。

曾子告诉孟敬子，君子所应当重视的道有三个方面：使自己的容貌庄重严肃，这样可以避免粗暴、放肆；使自己的脸色一本正经，这样就接近于诚信；使自己说话的言辞和语气谨慎小心，这样就可以避免粗野和悖理。曾子与孟敬子在政治立场上是对立的。曾子在临死以前，还在试图改变孟敬子的态度，所以他说："人之将死，其言也善。"这一方面表白他自己对孟敬子没有恶意，同时也告诉孟敬子，作为君子应当重视的言行举止。

知道了来历，知道了大意，冯敏昌答案就像打开的水龙头，一泻而下，很快就完成了答卷。

第二大题是经文。

益曰："吁！戒哉！儆戒无虞，罔失法度。罔游于逸，罔淫于乐。任贤勿贰，去邪勿疑。疑谋勿成，百志惟熙。罔违道以干百姓之誉，罔咈百姓以从己之欲。无怠无荒，四夷来王。"

这道题出自《尚书·大禹谟》，记叙了大禹、伯益和舜谋划政事的远古史料。大禹是舜的臣子，他因治理洪水建立大功，后人尊称为大禹。谟，就是谋。本段的意思是：伯益说："啊！要戒慎呀！警戒不要失误，不要放弃法度，不要优游于逸豫，不要放恣于安乐。任用贤人不要怀疑，罢去邪人不要犹豫。可疑之谋不要实行，各种思虑应广阔。不要违背治道获得百姓的称赞，不要违背百姓顺从自己的私心。对这些不要懈怠，不要荒忽，四方各民族的首领就会来朝见天子了。"

冯敏昌轻车熟路。下笔有如神助。

答好了第二题，信心爆棚，所向披靡，全部完成了答卷。

考试结束，父子相见，冯敏昌感觉三天就像过了一世，冯达文见到儿子的第一眼，就急切地问道："考得怎样？"

冯敏昌想如实告诉父亲考试情况，又怕万一不被录取，让父亲先欢喜后难过不好收场，只好含含糊糊地说："题都会做，但对不对不敢肯定。"

冯达文听了，心情大好，满怀希望地说："如果你能考上，敏晟听了好消息，有了希望，说不定能发生奇迹，病好了也难说。"

父亲这么一说，冯敏昌感觉肩上的担子更重了，他暗暗祈祷："老天，如果我考上举人弟弟的病能好，就麻烦你帮帮我吧，以后我会以百倍的努力，更加用功。"

在冯敏昌祷告老天的时候，冯达文的眼睛盯着冯敏昌，似是还有话说，冯敏昌突然想起自己还没有问父亲的考试情况，弟弟的病让他方寸大乱，连父亲的头等大事也忘记关心了。

他连忙问："父亲，你考得还好吧？"

冯达文老实说："拿到试题，头脑中敏晟的眼神老在眼前晃动，题目还没答完，考试就结束了，三场都一样。"

冯敏昌安慰父亲说："听大家议论，很多人都没有答完，父亲还有机会。"

冯达文说："只要你能考上，就万事大吉，我下年再考就是。"

考试结束后，一些认定自己考不上的，早已经垂头丧气地离开广州，但更多抱着一丝希望的学子正在焦急等待着考试公榜。

九月初八，终于放榜。

冯达文看到儿子的名字排在第三名，泪水长流，紧紧握着冯敏昌的手说："鱼山，好样的，谢谢你为家族争光。"

冯敏昌心里一直想着自己应该得第一名，现在看到排第三，有些沮丧，但看到父亲如此开心，自己也跟着开心起来，高兴地说："多谢父亲一路教导和陪伴。没有父亲，就不会有我的今天。父亲，明天我们就回家，回去看敏晟。"

冯达文听了儿子的话，痛苦地说："鱼山，在我们考完试第二天，敏晟就走了。我怕你伤心之下，连放榜也不等就回家，没有告诉你，现在考上了，听你的，我们明天回家。"

冯敏昌听着父亲的话，喊了声"敏晟"，突然两眼发黑，失去了知觉。

冯达文正在手忙脚乱地抢救儿子，听到有人问道："鱼生怎么了？"

他回头一看，原来是翁方纲。

冯达文悲伤地说："翁先生，我三儿子敏晟前阵走了，今天我将消息告诉鱼生，他突然就倒在地上了。"

翁方纲听了，蹲下身子，对准冯敏昌的脸啪啪抽了几巴掌，冯敏昌突然坐起来，眼神游离地看着恩师和父亲，茫然地问："恩师怎么和父亲在一起？"

冯达文连忙扶起他说："鱼生，是覃太先生救了你，我们先回酒店再说。"

冯达文扶着儿子走了。

翁方纲想到冯达文受到的打击，对着父子二人的背影说："我督学的工作已经完成，就要回北京了。鱼山如果想进京，可以和我同去。"

冯达文听了，才记起还没有和先生告别，连忙转回身说："谢谢覃太先生，这事我们商量后报告覃太先生。"

回到酒店，冯敏昌记起弟弟死亡之事，伤心欲绝，忍着悲痛作诗怀念弟弟。字字血写下了五首诗歌表达自己的感情，其中之一是：

平时不遗爱，遂令有今日。
骨肉竟乖离，门庭方荡析。
上天与下地，东西更南北。
呜呼我独生，伤哉汝奚适？
我生亦何为？冥然追汝及。

冯敏昌的心全在自己过世的弟弟身上。自责自己没有好好照顾弟弟。为了考取功名，没能在身边探望和帮助寻医问药。

冯达文开导冯敏昌说："人死不能复生，敏晟走了已经是没法改变的事实，你还要更上一层楼，考进士。趁着先生回京，你和他一起动身，到北京和诸多方家一起学习，相互讨论研习，多请教像翁先生一样的高人，考进士才有把握。"

要是平时，这是冯敏昌求之不得的大喜事，能跟着翁方纲这样的大家进京，路上可以学到很多知识，这是千载难逢的好机会。

但冯敏昌还没有从悲痛中回过气来。

看着充满期望的父亲，又没法拒绝，只好委婉地说："父亲，我现在心情坏透了，一下子元气难恢复，进京也无心学习，我就不随老师进京了。"

这事传到翁方刚耳中，翁方刚非常生气，找到冯敏昌住的旅馆，教训冯敏昌说："人死不能复生，你现在为了弟弟病逝放弃学习，对老师是不敬，对父母是不孝，你给我振作起来，收拾行李过两天进京。"

尽管父亲和老师都希望他进京，一向听话的冯敏昌这次没有按照父亲的决定执行，而是告别恩师，回到马岗村，参加完弟弟的葬礼，又在家歇了一段时间。

第二年，也就是二十五岁这一年，乾隆皇帝开恩科，冯敏昌这才勉强进京考进士。

在考进士的时候，冯敏昌和父亲考举人的情况如出一辙，拿起试题，眼前尽是冯敏晟悲伤的脸，三场考下来，冯敏昌大病一场，当年考试不第。

虽然没有考上进士，但冯敏昌这次进京，却得到了钱载的等大家的赏识。

钱载（1708—1793），字坤一，号箨石，又号匏尊，晚号万松居士、百幅老人，秀水（今浙江嘉兴）人。乾隆十七年进士，改庶吉士，散馆授编修，后授内阁学士兼礼部侍郎，上书房行走，《四库全书》总纂，山东学政，官至二品。

钱载为乾嘉年间秀水诗派的代表诗人，钱仲联《梦苕庵诗话》称钱载的诗

"清真铲刻，神景开阔，体大思精，卓然大家，在乾嘉间无敌手。"他的诗歌影响一直延续到清末的"同光体"。他又是一位卓越的画家，不仅清代画史对他评价颇高，画作亦被乾隆、嘉庆二帝收藏，录入《石渠宝笈》。他是乾隆时期重要的文化和教育官员，多次主持中央和地方考试，为朝廷选拔了众多人才，他曾为乾隆帝讲解儒家经典，并出任皇子们的老师。

他们相识，在乾隆三十六年（1771），由翁方纲引荐。冯敏昌请翁方纲帮自己带了十多首诗歌给钱载，钱载看了诗歌，"大承击节"，在诗歌上评论："实有天才，加以博学，在所必传。若岭南诸先正，皆得偏方之音，而此独否，精进不已，横绝古今，固当拔载三家之上[①]，并驱中原，扶轮大雅，幸不以博取功名而自小之。"

这事，翁方纲在《粤东三子诗序》里有记录："当鱼山乡学之初，予与陆耳山、李南涧击节称赏于羊城，又与箓石把卷交欢于都门。"

钱载的鼓励，给了冯敏昌极大的鼓舞。

从此后，冯敏昌以诗歌为媒，"常问字质疑，先生之期许尤至，故诗文壮宽，又一变云"[②]，这一时期，钱载常常给冯敏昌释疑解惑，经常给予指导，冯敏昌又多了一位泰斗级的恩师。

有钱载的不断鼓励和期望，冯敏昌立志要走出自己诗歌的一方天地。

但考试落第，冯敏昌只好回家进入深竹读书堂苦学。

在他学习期间，父亲冯达文历经多方奔走呼号，自己捐了大半的款项建成了冯氏宗祠。

冯达文嘱咐冯敏昌写篇文章记述建宗祠之事。

冯敏昌接了任务，只花了一天时间，便写出了《始建祖祠序》。

这篇序中，冯敏昌把冯族的历史娓娓道来，确认了祖先居所，道出了建宗祠的目的就是为了睦宗族，厚风俗，收世裔，使族人不忘祖先创业的艰辛。

《始建祖祠序》层次分明，读后让人感触良多。对于激励后人奋发图强有着深远的意义。他这篇序一时成了读书人的范文，学子们争相传阅。

由于冯达文所生儿子个个像他，都极力求取功名，不是读私塾就是在州学

---

① 康熙三十一年（1692）出版了《岭南三大家诗选》，收录梁佩兰、屈大均、陈恭尹三位岭南诗人的诗词，这三人从此被时人称为岭南三大家。钱载此处是指冯敏昌日后一定超越梁佩兰、屈大均、陈恭尹三大家。

② 摘自《冯敏昌集》471页。

读书，全家都是读书郎，加上捐款建宗祠，此时的冯家已经露出了窘迫之相，左支右绌。

身为长子的冯敏昌为了减轻家庭经济压力，不想再进京增加家里的开支，但经不起冯达文的苦苦相劝，只好再次上路。

# 京城岁月

乾隆三十九年（1774），冯敏昌携四弟冯敏曙一起进京准备参加会试。

兄弟二人在法源寺苦读三年，乾隆四十三年，冯敏昌终于以中式二十五名考上进士，入选翰林院庶吉士。在步步惊心的政治圈子中度过七年。政治素人冯敏昌就如误入丛林的小白兔，最终于乾隆五十年（1785）黯然出局，离开了官场。

## 法源寺苦读

乾隆三十九年（1774），冯敏昌带着四弟冯敏曙第四次进京求学应试。

把冯敏曙带在身边，冯敏昌决定自己教弟弟，让家里不用支付四弟的学费。

他们在这年八月十一日动身，到了广州，冯敏曙突然病倒，冯敏昌担心三弟的命运又落在四弟身上，不敢大意，立马取消行程，住进了桑园，让冯敏曙调养身体，他四处为四弟求医。

广州毕竟是大城市，医生的医术和钦州的不可同日而议，四弟的病情有了起色，一天天好起来，到了第二年，病情彻底痊愈。

乾隆四十年（1775）九月，冯敏昌带着冯敏曙从广州起行，经过大庚岭，看见遍地的光秃秃的梅树，灵感从天而降，写下了《大庚山行杂诗》：

> 秋老梅身未发花，谁从清梦想横斜？
> 隔林几斛垂乌柏，半欠寒香伴酒家。

他们十一月三十日到北京，先在北京城寓虎坊桥聚魁店居住，由于经济困难，无力支付房租，只住了八天，就搬到法源寺栖身。

法源寺位于北京宣武门外教子胡同南端东侧，是一座历史悠久的古刹，有一千三百多年历史。据《元一统志》记载，法源寺始建于唐朝，初名"悯忠寺"。贞观十九年（645），唐太宗李世民为哀悼北征辽东的阵亡将士，下达诏令在此立寺纪念，但未能如愿。武则天万岁通天元年（696）才完成工程，赐名"悯忠寺"。安史之乱时，一度改称"顺天寺"，平乱后恢复"悯忠寺"的名称。唐末景福年间（892—893），幽州卢龙军节度使李匡威重加修整，并增建"悯忠阁"，高大雄伟，有"悯忠高阁，去天一握"美誉。辽清宁三年（1057），幽州大地震时，悯忠寺被毁，辽咸雍六年（1070）奉诏修复后又改称"大悯忠寺"，从而形成当时的规模和格局。明朝正统二年（1437），寺僧相熔法师募资进行了修葺，易名为"崇福寺"。

清朝，朝廷崇戒律，在此设戒坛。雍正十二年（1734），该寺被定为律宗寺庙，传戒法事，并正式更改为"法源寺"。

由于法源寺藏书丰富，又是宗教圣地，在法源寺，众生平等，不用花钱可以免费借居，很多身无分文的学子都曾经在此住过。国画大师齐白石当年离开钦州后，到北京游学，也是借居法源寺，他的"衰年变法"就是从法源寺开始。

冯敏昌兄弟二人住在法源寺朱华书屋，住的问题解决了，但吃饭问题仍是兄弟二人的头等大事。为了不增加家里负担，两兄弟帮人抄写一些文章，挣点小钱解决一日三餐的伙食费，实在没了经济来源，一天只吃一餐饭，有时甚至断炊。

在京期间，由于有翁方纲推荐，他结交了一大批诗坛画坛巨匠，加上经常陪伴翁方纲到各地观赏名胜古迹，广泛接触当时很多诗词书画界的顶尖高手，如名重一时的戴东园、周林汲、李南涧、李畏吾、黄促则、伊山等知名人士都成为他的挚友。他的诗文和书法都有了长足的进步，儒学根基进一步打牢。

他的才情被很多人赏识，文人雅士都主动到法源寺朱华书屋与他相会，谈诗论道。

当时在京城的文人，能和冯敏昌一起共同探讨学问，人人都感觉身价百倍，跳了龙门。

此时的冯敏昌，身在北京，心怀天下，已经下定决心超越岭南所有大家，誓与天下最拔尖的大家并驾齐驱。

为了赶超诸大家，他在法源寺自立课程，经、史、诗每天从早上六时到晚上十二时闭门苦学，课程排得满满的，这从他留下的一首诗中可见一斑，诗名《励志诗》：

十载傍人门，一日不得展。

今来闭门地，万里去家远。

读经经不熟，向道道亦浅。

克己亦何人？吾将得一善。

这首诗，既写尽了他自己在科考路上奔波的无奈和自嘲，但更多的是表达绝不放弃的决心，对自己近乎苛刻。

除了诗书画，对儒家学说更是入迷地钻研。

这一时期，他发表了一篇重要文章，就是《再与诸子论诗》：

风轮持于大地，激荡而为风谣。诗有五言，自汉代始。苏武、李陵，及古无名氏十九首，发言最高，未有作用。其诗缠绵悱恻，有风人之遗意焉。晋魏以来，作者日多，而尚存古意者，惟陶渊明一人而已，降及齐梁，有徐庾体①。其诗皆繁丽浓缛，倩媚柔弱。五言淳朴之遗风，至此扫地。

有唐以来，太宗、玄成（魏征）等，皆能以雄情大力，力挽浮薄。然而王、杨、卢、骆，号称大家，而或看翡翠兰苕，未掣鲸鱼碧海，盖亦未脱时体矣。惟陈拾遗横制颓波，天下质文，翕然一变。芟齐梁之浮艳，扫陈隋之轻薄；自唐以来，五言复古者，其斯人欤？后来李杜发愤为雄，高悬赤帜，割据诗城。虽朴实轻扬，二者交讦，而二者不可偏废也。王右丞、韦苏州、柳柳州皆学渊明。其诗皆闲淡简远，耐人寻味。能于李杜外，别树一帜者，其昌黎乎！歌谣而古意者。李贺也。元白或未免于俗，盖独有遗意焉。

晚唐有初盛风者，张佑、杜牧二人而已。他如王龙标之清丽、高远夫之雄劲，王之涣之清远。常建之辽复，孟郊、贾岛之寒瘦，裴迪之雅淡。又有贺知章、张旭、张若虚，张子容、秦系、皎然之徒，寻芳穷盛，吟无虚日。而沈全期、宋之问、杜审言、贾至、岑参诸公，朝廷唱和，不辍往来。有唐诗人，指不胜屈。要皆源分派别，得失各见者也。

大概诗以平淡古朴为尚。平淡古朴者，气骨体格，皆有可观。不尔，即繁华绮丽，已不免于失焉耳。重书于此，以验同人。

---

①徐庾体是指南北朝时期徐摛、徐陵父子和庾肩吾、庾信父子的诗文风格。徐摛和庾肩吾都是南朝梁后期诗人，为简文帝萧纲所器重，并以写艳体诗闻名。别有"宫体诗"之称。

在这篇《再与诸子论诗》中，冯敏昌明确提出"诗以平淡古朴为尚。平淡古朴者，气骨体格，皆有可观"的论点，并通过从汉朝以来众多大诗人的诗作，论证只有平淡古朴，有血有肉的诗作才能永恒。也就是从这一时期起，他的诗风发生了根本的转变，更加缊朴、真诚。

钱载读到冯敏昌的《再与诸子论诗》，冯敏昌的诗观让他刮目相看，专门写了一篇文章谈论冯敏昌的《再与诸子论诗》，和冯敏昌有了交往，一来二去，便认了冯敏昌这个门生。

乾隆四十二年（1777）十二月十九日下午，天气骤然降温，宣武门外教子胡同通向法源寺的路上半天不见一个行人，到了下午，灰蒙蒙的天空，飘起了一片片像鹅毛一样的雪片，路上到处是白茫茫的。朱花书屋的冯敏昌兄弟二人尽管冷得发抖，但没有放松学习，早上他们读了韩愈的诗，下午开始临摹王羲之的《十七帖》，中午饭他们还没有吃。

冯敏曙肚子饿得咕噜咕噜叫，看见哥哥岿然不同，也不敢提出吃饭的事，但早已经坐立不安。由于衣裳单薄，冯敏曙冷得直打哆嗦，缩着脖子说："哥，下大雪了。"

冯敏昌说："把门关了，趁着这样的大雪天，我们再抄一遍《十七帖》。"

说完，再次铺上宣纸，开始临摹《十七贴》。

冯敏曙往双手哈着热气，缩头缩脑地走到门口，正要关门，突然一个人撞了进来。

冯敏昌看见一道黑暗遮了自己的光线，一抬头，发现钱载老先生就站在自己面前：他头顶上戴着一顶护耳棉帽，脸冷得通红，穿着厚重的对襟棉大卦，左胸部有些鼓鼓囊囊的。

冯敏昌吓得连忙扔下手中的笔，恭恭敬敬地说："先生，大冷的天，您来，也不提前打个招呼，我们好出去接您。"

钱载微笑着说："法源寺和尚请我和王受铭、李因培一帮人来观海棠，结束后看天色尚早，顺路来看看你们兄弟二人。你们在干什么？"

冯敏昌说："我正和四弟临摹王羲之《十七贴》。先生快请坐。"

说完，让出自己的位置请钱载坐。

钱载也不客气，双手提起大卦，坐到冯敏昌刚才坐的位置上，欣赏着墨汁未干的字说："王羲之的《十七贴》共一百七十行，九百四十三字，能一字不错写完，很不容易。"

冯敏昌小心地回答："在王右军的字面前，我所有的杂念都消失，很少有错。"

钱载看见王羲之的十七贴，自然地拿起笔，似乎想写字。

冯敏昌看见了，乘机请求说："先生的竹是极品，能不能画一幅让我兄弟二人好好学习。"

钱载笑着说："我这兰竹不轻易示人，听说你也画竹，而且是精品，今天我就抛砖引玉，我画完你也画一幅。"

冯敏昌高兴地说："好呵，请先生多多指教。"

冯敏曙在冯敏昌的示意下，此时已经泡了茶，想递给先生，看到先生拿着笔，有些进退两难的样子。

他看到敬仰的老师就在身边，激动得手脚都不知放哪里，又不敢说话，脸红扑扑的。

冯敏昌看到他的窘相，笑笑说："茶先放一边，过来好好欣赏先生的大作。"

冯敏曙听了，像个小孩一样欢天喜地地站到冯敏昌身边，观看钱载下笔。

钱载拿起笔，凝神在铺开的宣纸上，手腕运笔，先是一枝竹竿挺拔地出现在宣纸上，接着画竹叶，画好竿叶又画第二枝竹竿、竹叶。最后落款为：丁酉冬雪作于朱华书屋，秀水老人钱载。

冯敏昌看着竹子说："先生这竹子画得我都不敢出声了。"

钱载已经站了起来，目光盯着冯敏昌，诚恳地说："我知道你一直研究兰草，兰草和竹有同工异曲之处，你就直说吧。"

冯敏昌看到钱载画的竹，被他的笔力折服，简直是每笔都如有神助，他怕自己不小心就成了乱放炮，只好小心翼翼地说："先生这竹的意境，直逼文同和柯敬仲之竹，大小的竹枝画面剖开，深墨为近竹，淡墨为远竹，竹叶以中锋和侧锋向右撇出，深墨为面，淡墨为背，不经意间，给人风动之感。"

冯敏昌说着说着，突然"呵"了一声。钱载急问："你呵什么？"

冯敏昌作思考状，接着摇摇头说："不大可能。"

钱载拍了一下他的头，笑着说："有话直说，别吞吞吐吐。"

冯敏昌只好说："先生的竹，让我突然想到苏东坡的《六君子图》，所以才惊呼。"

钱载笑着说："这都能看出，真是后生可畏。我一直临摹文同、柯敬仲的竹，而柯敬仲师法苏东坡。有这样深的欣赏功底，画差不到哪里去，有来无往非礼也，你也给我画一幅竹。"

冯敏昌知道这老先生就是个一老顽童，在老先生的大作前，打死他也不好意思画什么竹了。

他灵机一动，对钱载说："听说先生有一画幅有很多人在上面题字，方便的时候先生能不能借给我品赏一番。"

冯敏昌原只是想找个借口不画竹，谁知钱载听了，开心地说："真是无巧不成书，今天想着观海棠，会有很多书画界高手来，想着借这个机会请高手题字，我就带在身上，好，就让你们看看。"

说完，伸手到左胸脯，像变法戏似地掏出一卷宣纸，轻轻地放在桌子上，小心翼翼地展开，对冯敏昌说："你们看看可以，但不能用手摸。"

冯敏昌、冯敏曙眼前展现的是《田盘揽翠图》。落款：乾隆乙未<sup>①</sup>六月二十三日秀水钱载。

这幅《田盘揽翠图》作于两年前。画首是自己恩师翁方纲的题字："田盘揽翠"，时间是乾隆四十年。

在画心上钤有四印：载——坤一书画、万松居士、秀水荐石、坤一书画印。画的是五棵松树。

这五棵松树，两松植立千层霄，两松屈曲撑狂飙，一松萧散离尖嚣。老干纷披，姿态奇矫如蛟龙，笔墨厚健洒脱，气度森张，画中充满清气，具有狂草精神与幽兰气韵。

钱载缓缓打开接纸，冯敏昌数了一下，题诗题字的有蒋士铨、吉梦熊、蔡新等三十多人。

冯敏昌正在如痴如醉地欣赏，突然钱载递笔给他，命令说："你也题个字上去。"冯敏昌看到题字的人都是一顶一的高手，连忙说："我再练十年字，如果有了进步，我自己找先生补上。"

钱载说："你叫我一声先生，就得听我的，赶快！"

冯敏昌没法，只好在谭尚忠后面签了自己的字，盖了印章。

钱载高兴得像个小孩一样手舞足蹈，字还没干完，他收了起来。

后来话题转到韩愈的诗，钱载突然问："你认为韩愈的诗哪首最好？"

冯敏昌老实说："首首我都喜欢，但最喜欢的是《山石》。"

说完，情不自禁地朗诵起来：

> 山石荦确行径微，黄昏到寺蝙蝠飞。
> 升堂坐阶新雨足，芭蕉叶大栀子肥。
> 僧言古壁佛画好，以火来照所见稀。

---

① 即乾隆四十年。

铺床拂席置羹饭，疏粝亦足饱我饥。
夜深静卧百虫绝，清月出岭光入扉。
天明独去无道路，出入高下穷烟霏。
山红涧碧纷烂漫，时见松枥皆十围。
当流赤足踏涧石，水声激激风吹衣。
人生如此自可乐，岂必局束为人鞿。
嗟哉吾党二三子，安得至老不更归。

钱载高兴地说："'山石荦确行径微，黄昏到寺蝙蝠飞'，首句写寺外山石的错杂不平，道路的狭窄崎岖；次句写古寺的荒凉陈旧，到黄昏时众多的蝙蝠窜上飞下，纷纷攘攘。仅此两句，就把整个深山古寺的景色特征突现出来，使人如临其境。以下两句是入寺坐定后所见阶下景物：芭蕉叶子阔大，栀子果实肥硕，是新雨'足'后的特有景致，读之令人顿觉精神爽快。"

冯敏昌看见钱载开心，壮着胆子说："'僧言古壁佛画好'至'清月出岭光入扉'，写入寺后一夜的情景。写了僧人的热情招待，主动向客人介绍古壁佛画，兴致勃勃地擎着蜡烛引着客人前去观看。'稀'字既道出壁画的珍贵，也生动地显露出诗人的惊喜之情。接着写僧人的殷勤铺床置饭，'疏粝亦足饱我饥'，一见僧人生活的简朴，二见诗人对僧家招待的满意之情。"

两人越说越兴奋，钱载没有一点老师的师道尊严，把冯敏昌等成了平等的对话者，诗友。

最后钱载总结说："韩愈长期生活在官场，陟黜升沉，身不由己，满腔的愤懑不平，郁积难抒。故对眼前这种自由自在，不受人挟制的山水生活感到十分快乐和满足。从而希望和自己同道的'二三子'能一'起来过'这种清心适意的生活。"

临别时钱载给冯敏昌兄弟二人留下了一段话："为善而不读书，可也；为善而读书，可也；读书而为善，可也；读书而不善，不可也。"

兄弟二人感谢了先生的教诲，依依不舍地送了一程又一程。

走出法源寺大门，满眼是雪的世界。

钱载轻轻拍着冯敏昌肩膀意味深长地说："孟子说'天将降大任于斯人者，必先苦其心志，劳其筋骨，饿其体肤，空乏其身，行拂乱其所为，所以动心忍性，曾益其所不能'。有时接受别人诚意帮助，也是一种气度，不能饿着肚子读书。"

老先生看似没头没脑的话，让冯敏昌脸突现红到耳根子，他正想解释，老先生迈开大步，已经快速走了。①

两人回到家，发现老先生在刚才画竹的桌上留下了一小袋银子，冯敏昌恍然大悟。心里说：先生真是火眼金睛呵，连我们兄弟断炊他都知道。诚如老生先所说，接受别人真诚的帮助也是一种气度，我就收下先生的心意，以后加倍回报就是。

冯敏昌手上有了钱，在附近买了米和一点肉，吃了当天的第一餐饭。

能得到钱载的喜欢和提携，是冯敏昌人生又一大幸。

## 终于考上了进士

乾隆四十三年（1778），冯敏昌第四次参加会试，这次会试，是恩科。

清朝定鼎中原后，在沿用明代科举考试制度章程和考试内容的基础上，又吸取并完善了明代恩科制度。

恩科在宋代就已经实行，到了清代进入鼎盛期，每任皇帝都乐此不疲地举行恩科考试，既为招揽人才，更是拉拢汉族优秀知识分子的手段。

恩科是在遇到皇帝、皇太后的寿辰，或新皇帝即位等吉庆之事时，特别增设的科举考试。

在清朝统治的两百多年间，共有两次加科和二十六次恩科。因科考是牢笼士子的重要手段，士子们为了金榜题名，寒窗苦读埋首场屋，以期实现学而优则仕的政治理想。然而科举人口的不断膨胀，使选拔性的科举考试竞争十分激烈，有的士子竟连续参加科举考试几十年之久，甚至老死于考场之上。少之又少的录取名额，无疑使落第举子产生困不逢年的失落感，极有可能成为社会的不稳定因素，铤而走险走上反抗统治的道路。为缓解学额增加的矛盾，为日益增多的学子步入仕途带来希望，从康熙五十二年癸巳恩科，后世各代帝王为了造就人才，稳定士心，无不对开恩科怀有极大好感与兴趣。除三年一开科之外，再开恩科，使士子感受到统治者对他们的关爱。究其原因，归根到底还是在于科举关乎士心，士心又关乎民心。士心不得，则民心难得。清统治者吸取历史的经验，认识到开科取士是争取汉族士人最为有效的手段。恩科又为开科之外再加恩典，如此，士子自然对统治者感激涕零，从而缓和了官吏职位的有限性与发达的封建文化教育和科举的开放性之间形成的尖锐矛盾，扩大了巩固

---

① 十二月九日，蒋石太先生过法源寺寓齐之朱华书屋，论诗多有要言，至晚始去。时年已七十，步履如常人也——见《冯敏昌集》471 页。

政权的阶级基础。

乾隆当政时，一共开设了四次恩科，分别是乾隆十七年（1752）；乾隆二十六年（1761）；乾隆三十六年（1771）；乾隆四十三年（1778）。

冯敏昌看到诏令，积极备考。把前三次参加会试的题目全部翻了出来，重做一遍，又请教于翁方纲、钱载等大家。听人说，众皇子老师蔡新知识渊博，乐于助人，便请恩师翁方纲引荐拜访蔡新。

蔡新是福建人，福建和广东是近邻，称蔡新是冯敏昌老乡也不为过。

二月十八日傍晚时分，蔡新在他的书房接见了冯敏昌。

冯敏昌一早就从法源寺朱华书屋赶到蔡新办公的地方候见，蔡新一直有应接不暇的公务，冯敏昌从早上等到中午，又从中午等到下午，他在书房外不停地走路，以此取暖。

当时由于经济困难，冯敏昌居然没有一件新衣裳穿在身上去拜见蔡新。

当蔡新看见不卑不亢的冯敏昌站在自己面前，大冷的天，连件棉大衣也没有，好像看到当年自己求学的影子，心里的怜悯油然而生。

冯敏昌诚恳地说："我已经参加了三次会试，但都没有考上，家里还有五六个弟弟也参加各级的考试，经济负担太重，这次如果考不上，下次就算自己想参加，也深感对不起父母，所以才冒昧来拜访您，希望得到您的指教。"

蔡新友好地说："公务太多，让你久等了，对不起。"

冯敏昌老实地说："先生公务繁忙，不敢占用先生太多时间，只盼望先生对于考试指点一二，便不胜荣幸了。"

"你先坐下，喝口茶，慢慢说。"

冯敏昌看到蔡新如此随和，便把自己在法源寺苦读的情况一五一十说了。

蔡新听完，亲切地说："你的情况我从翁覃溪、钱秀水口中知道了一些，知识储备上，已经足够了，进入考场时如果能镇静答题，应该可以考上。你不要把时间花在《四书》《五经》上，这些你已经很熟了。这段时间，重点放在史论上，如老子的无为而治、秦朝商君变法、魏征的垂拱而治，思考一下那些有作为的君王治国的共同之处，出哪个方向的题，都可得高分。考试内容离不开治国方针、官风、吏治、民生漕运、水利河工、边备军事。外国的一些治国好经验，也要注意。"接着，蔡新又为冯敏昌举例分析了答题时要答的论点。

冯敏昌认真地记录着，心里暗暗叹道："怪不得能做众皇子老师，知识真是渊博，记性又好，真是大家呵。"

冯敏昌看到蔡新工作很忙，在两人谈话时还不停地有人进来请示工作。不便打扰蔡新太长时间，有些不舍地说："听先生一席话，真的胜读十年书，谢谢先生指教。"

蔡新说："也帮不上你什么忙，如果能进入殿试，你重点读一下欧阳修的《朋党论》，先帝也写过一篇《朋党论》，皇帝非常重视先帝的观点，十分痛恨官员结党营私，多次在我面前痛骂。还有现在馆开修《四库全书》，皇帝高度重视这项工作，你也要了解一下。对于义社的利弊，你也要注意。回去好好用功，祝你金榜题名。"

冯敏昌心情大好地告别蔡新。

回到朱华书屋，冯敏昌把重要的史书重新复习一次，又到翁方纲家借来了《邸报》。

《邸报》是乾隆创办的一份报纸，内容主要是皇帝的命令文告，臣下给皇帝的奏章以及官吏任免消息，和一些外国的重要事件，一般只在朝廷机关里传阅，并不公开。只有朝廷官员和地方上有权势的人才有机会和资格看到。

冯敏昌把《邸报》全部阅读完，摘抄了一些认为有用的内容，怀着兴奋的心情等待考试的到来。

很快，考试日期公布。三月九日、三月十二日、三月十五日，考三天。

冯敏昌于三月初四日到礼部报到，这是最后的报到期限，过了这个日期，考试资格就会被取消。

这次考试，由于考前做了充分准备，又有诸大家指点，冯敏昌考得特别顺手。

考试结束，冯敏昌肯定自己能参加殿试，结果公布，他果真进入了殿试名单。

冯敏曙得知哥哥进入殿试名单，比冯敏昌还高兴，他快速地写好了一封报喜信，就要寄出。

冯敏昌说："敏曙，现在还不是报喜的时候，万一考不上，让父母和家人先高兴后失落，我的罪更大，还是等一切确定下再说吧。"

冯敏曙想想哥哥的话有道理，就再也没有坚持。

四月二十一日，在太和殿上，冯敏昌参加了殿试，殿试题目：

制曰。朕祇承鸿绪。兢兢业业。不遑康宁。深维元后之责。思所以会归皇极。敷锡黎庶。以承天庥。夙夜寅畏。日慎一日。四十三年于兹矣。凛兹保泰。仁尔嘉谟。其敬聆咨问。治法莫盛于唐虞。史叙尧勋。时雍于变。舜命司徒。敬敷五教。夫教民以实不以名。惟在督抚大吏。董率属员。实力化导。使百姓迁善远罪。以无忝父母斯民之任。今欲使士敦廉让。民知礼教。愚蒙者咸识纲常。顽悍者潜消犷戾。以庶几一道同风之盛。其何道之从欤。且士者、民之望也。化民者先训士。士之学问纰缪。学臣得以文黜之。行止颇僻。有司得以法纠之。至于聚徒讲学。渐成门户。始于骛虚名。终于受实害。如东汉唐宋党禁。以及明之东林。其已事也。今将使学者笃潜修而杜私党。其何以劝迪之欤。今政治昌明。士风丕变。自爱者未必至此。然杜弊者先于未萌。识微者防其渐致。其又何以豫绝之欤。前言往行。悉载于书。自周有柱下史。汉魏有石渠东观。以至甲乙丙丁之部。七略七录之遗。代有藏书。孰轶孰传。孰优孰劣。可约略指数欤。乃者命儒臣辑四库全书。搜访校雠。亦云勤矣。而纲罗犹有放失。鲁鱼犹有讹舛。何欤。国家重熙累洽。都邑蕃昌。人民和乐。由俭入奢。势固然也。会典通礼。所以别贵贱。辨等威。防奢僭。顾服食之违制。得以法绳之。人工物力之糜费。不能以法绳也宾祭之过侈。得以礼节之。饮食器用之琐屑。不能以礼节也。使事事为之厉禁则扰。听其纷华以耗本业。又岂藏富之道乎。其何以还淳返朴。用有节而民不烦。事有制而法可久欤。尔多士稽古力学。于学问之要。政治之本。讲求熟矣。其筹之策之。引之伸之。推之古昔。证之当今。悉言无隐。朕将亲览焉。

皇帝批准两道题作为殿试的策论，皇帝已经说明，考试结果，他要亲自阅览。

冯敏昌看到策论内容，都是自己已经熟习的，心里非常镇静，答得也很顺手，开考一个多小时，他就答好了，又不敢提前交卷，只好一遍一遍地看答好的试题。

殿试结束，冯敏昌估量应该考上状元，但又不敢和别人分享，就连冯敏曙他也不敢讲出实情，只是在心里偷偷高兴。

乙卯日殿试结果公布。

那天，冯敏昌带着弟弟去看皇榜。

皇榜前挤得水泄不通，哭的喊的乱成一团，两人正往里挤的时候，突然有人高喊："有人自杀。"

兄弟两循着声音望去，看见在皇榜的对面，一个五十多岁的书生手上拿着一把明晃晃的大刀架在自己的颈上，大声叫喊："你们别过来，过来，我就一刀结果自己。"

那人面前聚集着好些人，都在劝他放下刀，他却声嘶力竭地叫喊："我从二十岁开始参加会试，考了十次都没考上，没脸见祖宗了，我要以死明志。"

冯敏昌心里叹道："可怜的人，连死都敢做，还能有什么困难不能克服？家里父母妻儿都在等着你呢。"

冯敏昌从背后悄悄摸近那书生。

趁着他乱喊乱叫之机，冯敏昌冲上前，一把夺下他的刀。众人趁机一拥而上，制服了书生。

这一插曲让冯敏昌想起家中眼巴巴盼着自己高中的双亲和妻儿，他怯场了。

他对跟过来冯敏曙说："要不，你先去看看，如果有我的名字就过来通知我，要是没有名字，你就直接回法源寺。"

冯敏曙拉着他的手说："哥，进去吧，如果考不上，我陪你下次再考。"

冯敏昌看到弟弟清澈如水的目光，没法拒绝，只好怀着忐忑的心情一步步挤近皇榜。

皇榜前，有人喜极而泣，有人号陶大哭。冯敏昌心里说："这一步之差，就是两个世界。"

冯敏昌挤进了水泄不通的皇榜前，快速地读着：

奉天承运，皇帝制曰，乾隆四十三年四月乙卯日，策试天下贡士一百五十七名，第一甲戴衢亨等三名，赐进士及第，第二甲五十一名赐进士出身，第三甲一百零三名赐同进士出身。诰示。

冯敏昌看到第一甲三人中没有自己的名字，心脏狂跳不止，接着看二甲，读到20名还没有自己的名字，他的头脑嗡的一声，好像被人敲了一棍，眼睛一下子黑云笼罩，什么也看不见了。

他心里问道："考不上，还要留在北京吗。"另一个自己马上回答："我一定要考上，今年考不上，还有下次，下下次。我不能像刚才那个书生一样轻易就被打倒。"

正在他自问自答之时，冯敏曙却突然跳起来，双手抱着他说："考上了考上了，祝贺哥哥。"

冯敏曙突然松开了两只紧抱哥哥的大手，向地上一跳，连续翻了几个筋斗。

冯敏昌听着弟弟粗犷的男声，就像听到天籁之音那样悦耳动听。

他镇静下来，眼睛也可以看见皇榜上的字了，他在皇榜中努力寻找自己的名字，终于看到了。

排在第二十五名。

二十五名就二十五名吧，总算考上了。

兴奋过后的冯敏曙流着喜悦的泪水说："哥哥，我请你喝酒庆祝。"

冯敏昌想着弟弟在北京陪自己苦读多年，现在自己算是苦尽甘来。想到家中的父母妻儿得知自己考上进士，也不知多高兴。一时悲喜交加，两兄弟拥抱在一起尽情地哭泣。

冯敏曙哭喊着："哥哥今年考上，明年看我的啦。"

冯敏昌心里说：四弟，要考上进士，得先考上举人，你要加油。

喊累了，哭够了，两人到街边点了两三样小菜，冯敏曙说是敬哥哥，自己倒先酩酊大醉。

冯敏曙借着醉意，哭着说："哥哥受了这么多苦，终于考上了，真是老天不负有心人，谢谢祖宗保佑，谢谢哥哥争气。"

冯敏昌想着兄弟二人在法源寺的艰苦岁月，泪眼模糊地说："四弟，谢谢你一路陪在哥哥身边。"

夜幕中，冯敏昌搀扶着冯敏曙向着法源寺方向走去。

冯敏曙口齿不清地问道："哥哥，你——你——你，现在——现在最想做的事是什么？"

只听一个男中音低沉地说："我最想做的事，就是立即回家。"

大街上到处回荡着"回家，回家"的声音。

过了几天，冯敏昌被钦点为翰林院庶吉士（任翰林院编修前的试用期名称）。

翰林院庶吉士，属于明清时期翰林院官员，为皇帝近臣，负责起草诏书，有为皇帝讲解经籍等责。

冯敏昌从四岁开始读书，经过二十八年的不懈努力，终于在三十二岁登上了学而优则仕的峰顶。


## 跻身《四库全书》分校官


冯敏昌在翰林院勤勉工作，由于学识渊博，为人笃厚，字又写得好，乾隆四十六年（1781）经内阁学士、左鸿胪寺卿加三品衔翁方纲、相国王伟人极力举荐，冯敏昌中途加入《四库全书》的编写序列，被皇帝任命为武英殿分校官。与当时名重天下的浙江探花孙希旦、海南进士吴典、安徽进士程晋芳、九江进士项家达等三百八十六人共同承担起这一庞大文化工程的重任。

冯敏昌能够进入这个学术圈子，他的分量我们怎么掂量都是沉甸甸的。

《四库全书》是乾隆皇帝亲自抓的政绩工程，从乾隆三十七年（1772）馆开，向全国征稿，到乾隆五十八年（1793 年）全部结束，时间长达二十年。

《四库全书》设总裁、副总裁、总纂官、分纂官、总校官、分校官等职务。其中，总裁十六人（大都由各王子担任），副总裁十二人，其余为分校官，还有三千八百二十六名专职抄写员。

为了保质保量完成《四库全书》编纂工作，朝廷对抄写人员和编纂人员都实行目标责任管理。

抄写人员初由保举而来。后来，发现这种方法有行贿、受贿等弊病，又改为考查的办法，具体做法是：在需要增加抄写人员时，先出告示，应征者报名后，令当场写字数行，观看写出的字迹是否端正，再择优录取。考查法虽比保举法能保证质量，但也有不便之处，因此最后又改为从乡试落第生徒中挑选，专门选择那些试卷字迹匀净的人予以录用。这样，先后选拔了三千八百二十六人担任抄写工作，保证了抄写《四库全书》的需要。

为了保证进度，还规定了抄写定额：每人每天抄写一千字，每年抄写三十三万字，五年限抄一百八十万字。五年期满，抄写二百万字者，列为一等；抄写一百六十五万字者，列为二等。按照等级，分别授予州同、州判、县丞、主簿等四项官职。发现字体不工整者，记过一次，罚多写一万字。

由于措施得力，赏罚分明，《四库全书》的抄写工作进展顺利，每天都有六百人从事抄写工作，至少可抄六十余万字。

编纂校订《四库全书》，是最后一道关键性工序。为了保证校订工作的顺利进行，四库全书馆制定了《功过处分条例》，其中规定：所错之字如系原本讹误者，免其记过；如原本无讹，确系誊录致误者，每错一字记过一次；如能查出原本错误，签请改正者，每一处记功一次。各册之后，一律开列校订人员衔名，以明其责。一书经分校，复校两关之后，再经总裁抽阅，最后装潢进呈。分校、复校、总裁等各司其职，对于保证《四库全书》的质量确实起了重要作用。

在武英殿分校官的位置上工作了两年，乾隆四十八年（1783）皇帝又下诏让冯敏昌兼三分全书馆分校。

这个浩大的工程告一段落后，由内阁首席大学士、翰林院掌院学士、《四库全书》总纂官和珅亲自组织了考核。

结果公布那天，是乾隆四十八年（1783）十一月十四日早晨。

参加编纂的三百八十六人，人人各怀心事。

冯敏昌却是气定神闲。

在编纂过程中，有好心的同道提醒他，一定要留下一些小错，如果太完美，乾隆皇帝最后找不出差错，脸色就不会好看。

冯敏昌人在其中，馆员们的心态他早就一清二楚。

在那个皇帝开金口的年代，皇帝可以让人生，也可以让人死，馆员们这也是生存之道。

说白了，这是四库馆臣、内府官员、太监共同表演的取悦皇帝的"哑剧"，编纂时故意留下一些容易看出的错误，等待喜欢校书的乾隆看到后标出，再对馆臣的"不学"降旨申斥，从而"龙心大悦"，觉得自己的学问也在"皆海内一流，一时博雅之彦"的四库馆臣之上。

耿直严谨的冯敏昌不齿于做这样的勾当，决定以真实能力接受检验。

抱着这样的心态，他静静地等待结果。

那天天气异常寒冷，云层在头顶上乱窜，滴水成冰。众编纂人员站在乾清宫门外，个个瑟瑟发抖，等着审核结果公布。

上午八时，结果公布：三百八十六个编纂人员，有三百八十四人校订的书稿有错漏，只有两个人毫发无疵。

这两人，一个是冯敏昌曾经拜访过的文华殿大学士、太子太师蔡新，另一个便是冯敏昌。

蔡新看见冯敏昌，喜出望外，开心地说："想不到我们居然成为同僚，祝贺你。"

冯敏昌感激地说："多得先生指点，不才才有今日，以后还望先生继续教教。"

蔡新说："我已经老了，以后的世界是你们年轻人的了。"

对于蔡新和冯敏昌的无错，乾隆皇帝曾对和珅说："蔡新无错在我意料之中，冯敏昌无错意料之外。看来，这人忠厚老实，值得重用。"

乾隆皇帝为什么说蔡新无错是意料之中？

蔡新是乾隆元年进士，乾隆十年入上书房，成为全体皇子的老师。蔡新在朝任职五十年，历任吏、礼、兵、刑、工等部尚书，官至文华殿大学士，德高望重。为人忠直，从来不阿谀奉承。任《四库全书》总裁，劳苦功高，深为乾隆皇帝敬重。

和珅表面点头，但心里却开始对冯敏昌有了芥蒂：人家蔡新是众皇子老师，才华盖世，有忠直的资本，你只是一介翰林院编修，却如此目中无人，还了得。一个不懂官场潜规则的人，肯定不能留在皇帝身边。

乾隆作为聪明过人的皇帝，官员们故意弄些小错来忽悠自己的事岂有不知之理？选进编纂《四库全书》之人，个个身怀绝技，又有处罚条例高悬，还出错，半边脑都能想出是故意的。

冯敏昌的忠厚老实在皇帝眼里值得嘉奖，而在和珅眼里，则是没有眼色。

当天，乾隆皇帝亲自在乾清门接见了蔡新和冯敏昌，给予嘉奖，给蔡新赐"黄扉宿彦"匾额，给冯敏昌的是朱红宫缎四端。

这个极大的荣誉让冯敏昌充满了自豪感。

他心里想的是：自己总算不辱使命，还有什么比顺利完成皇命更让人高兴的呢。

他要让这个喜信及时传给家人，尤其是望子成龙的父亲冯达文。于是，他立马将朱红宫缎寄回家。

几个月后，他收到父亲冯达文回信。信中用了大量溢美之词称赞儿子出人头地，光宗耀祖。

信末告诉儿子说："在你九岁登文峰卓笔的时候，我就想到你有一天能拿到皇帝的奖赏，想不到这一天来得这么快。我自己也蒙圣恩，已经由本职（贡生）分发训导，几天之后就要动身到开建县任职。为了更好地培养后人，我将你六弟敏昇、你儿子士载带在身边上任，亲自教育。"话锋一转，又谆谆教诫冯敏昌一番。无非万事小心，多做少说之类。他担心自己不在身边，冯敏昌再出个"贪官污吏剥削民脂民膏"的事件，大好前途就会葬送。

收到父亲的回信，冯敏昌深为父亲高兴。考了一辈子试的父亲，终于在五十七岁这年，有了第一份朝廷安排的工作。无论怎么说，多年的付出总算得到回报。

在冯敏昌一家开心快乐之时，有个人更欣喜若狂，这个人就是乾隆皇帝。

《四库全书》成书之日，乾隆皇帝忍不住写了一首诗：

> 全书收四库，荟要粹其精。
> 事自己巳兆，工今戊戌成。
> 于焉适枕柞，亦欲励尊行。
> 设日资搞藻，犹非识重轻。

乾隆皇帝当然高兴，虽然史学家对《四库全书》还有争论，但不可否认它对中国文化做出的重大贡献，它是第一次举全国之力，对各地图书典籍进行了一次全面系统的清理，选择重要的刻本、抄本，缮采录入《四库全书》，使大量书籍虽经天灾人祸而被保存下来；经过科学校订，分类检索，"以类求书，因书治学"。全书分经、史、子、集四部，再分四十四类，又分六十六目，条理井然，易于查检。全书约八亿字，囊括了中国古代所有图书，称"全书"一点不为过。

如今，当我们提起《四库全书》就会自然而然地想起紫禁城乾清宫那个高高在上的皇帝。

乾隆皇帝可能做梦都没有想到，一百五十余景，有"万园之园"之称的圆明园被八国强盗一把就化成灰烬，但他主持编纂的《四库全书》却经受了各种磨难留存下来。就凭《四库全书》，称乾隆皇帝为文化皇帝也不为过。

《四库全书》工作结束后，冯敏昌有很多话要说，于是他留下了一份珍贵的文字，题目叫作《〈四库全书〉事宜考证》：

尝谓载籍极博，考信为难；荟萃綦繁，收储匪易。今之编纂四库全书，含茹渊洽，艺林盛事，千古为昭。愿有以善之于前，尤必有以慎之于后，则历代编目之法，校定之人，与夫藏书之地，典书之职，皆不可不事事参稽者也。

昔汉时光禄大夫刘向等之校诸书也，不特条其目已也，亦必述作者之意，以示后学。厥后向子歆继成《七略》，则有《辑略》《六艺略》《诸子略》《诗赋略》《兵书略》《述数略》《方技略》即班史删取指要者是也。而当时与刘向分任者，则步兵校尉任宏校兵书，太史令尹咸校术数，侍医李柱国校方技，盖各有专业焉。其后班固则又与校书郎傅毅等，依《七略》而为书部矣。魏则书郎郑默删定旧文，而论者谓其朱紫有别，晋秘书监荀勖之新簿已分四部，李充所校，但以甲乙丙丁为次耳。至于作者之意，殊无所论辩。即宋谢灵运之四部书目，犹未若王俭《七志》之祥且该耳。俭之所录，自经典、诸子、文翰、军书、阴阳、术艺、方技，图谱及附见之佛道，合为九条，然亦不述作者之意，则亦未为典则。厥后齐谢朏、梁任昉并辑四部之目，而阮孝绪之《七录》。则部分题目颇有次第，而词意浅薄不经矣……

然世又谓六经之后，作者众矣，虽质之圣人，或离或合，然其精深宏博，怪奇放舛丽，往往震发于其间。此其所以使好奇博爱者不能忘也。然磨灭者，亦不可胜数。岂果其华而少实，不足以行远欤？而俚言俗说，猥有存者，其亦有幸不幸欤？又叶石林谓："唐以前，未有模印之法，书写为难。而藏者精于雠校，故有善本。向后刊镂益多，士大夫不复以藏书为意，而学者易于得书，诵读亦因以灭裂。"诚有味乎其言之矣。

这篇《〈四库全书〉事宜考证》，全文较长，从三代开始对历代有记录的各类书籍进行了一一梳理，得出结论：只有精深宏博的书籍能够代代流传下来，那些华而少实的书籍，在流传过程经过各个朝代重新编辑就被淘汰出局了。

这个观点和他的诗论一脉相承，让我们看到封建时代知识分子的严谨操守。

## 赠封祖父两代

冯敏昌的学识和忠诚正直深讨乾隆皇帝欢心，总感觉奖赏给冯敏昌缎绸和蔡新的"黄扉宿彦"匾额相比，有些轻了，便找来和珅商量，和珅恭敬地听完乾隆皇帝的话，沉默了片刻，对乾隆皇帝说："冯敏昌今年才三十七岁，如果奖励太重，可能会骄傲自满，最好的奖励，应该是给他压担子。"

乾隆皇帝想想也对，沉吟了好一会，这才说："好，就给他压担子，明年，让冯敏昌担任会试同考官，让他经受考验。"

和珅一听，脸就青了。

他说的压担子，是想让皇帝给冯敏昌做些出力不讨好的事，谁知乾隆皇帝居然给冯敏昌安排了炙手可热的会试同考官。一着失算，可能就步步失算，他再也不能多言了。只好说："这个决定很好。"

乾隆四十九年（1784）二月，冯敏昌接旨，乾隆皇帝钦批冯敏昌为会试同考官。

会试同考官，可谓千万人中挑一人，所选之人一定满腹经纶，学识渊博，而且乾隆当政后，一定要翰林院出身才能有资格担任。当年任命的四名主考官，十八名同考官中，除了冯敏昌，很多都是七八十岁泰斗级人物，冯敏昌这么年轻，就担任这样重要职务，他真怕有什么闪失。

为了清心寡欲地做好考试工作，他给自己定了死规矩：

杜绝私事访客，严守考试规则，不吃请，不受礼。

为了杜绝说客和徇私之事，他提前搬到贡院去住。有些成绩不好，又想中进士之人四处打探他的住处，始终找不到他。他二月份接旨，到了三月十二日考试全部结束，除了主考官和同考官，他没接见过任何一个人。

三月十二日考完试，为了确保试卷安全，他彻夜守在贡院，协助主考官吏部尚书吴印溪弥封试卷。两人冷得直发抖，为了抵御寒冷，吴尚书拿出橘酒和冯敏昌共饮。

冯敏昌为吴印溪的平宜近人感动，有感而发，即兴作诗一首赠予吴尚书：

橘酒何从得，驱寒此更佳。
味还同著蜜，质本末逾淮。

公事慎毋旷，故乡良可怀。

与君非二叟，兹乐亦堪偕。

由于圆满完成考试任务，主考官和同考官都得到乾隆皇帝奖赏，乾隆皇帝还特别嘉奖了冯敏昌绸缎一端。

次年元旦，乾隆皇帝给冯敏昌全家一个大大的惊喜，敕赠冯达文为儒林郎，冯达文妻子林氏为太安人，过世多年的祖父母也蒙恩敕赠如例。

儒林郎是朝廷对某些职位高、贡献大的官员表示尊崇、恩宠、酬奖或特殊照顾给其家人的殊荣，享受六品官衔，一般只授予儒生出身的官员。

儒林郎不能直接领薪俸，但由于是皇帝封赠，始终都是士族子弟，尤其是儒生们趋之若鹜的清显之官和众多世人攀登的阶梯，得此恩宠实属不易。

## 黯然出局

冯敏昌的根生长在农村，从小就在农村生活读书，虽然通过自己的不懈努力进入朝廷为官，但心和农民阶层是贴近的。

而清朝在乾隆年间，在表面的盛世下，阶级矛盾已经表面化。政治腐败，社会黑暗。

为了巩固统治地位，清朝统治者采取"大棒加胡萝卜"的办法对付知识分子，大肆摧残汉族优秀传统文化，迫害不同政见者，年年实行文字狱。

乾隆当政年间，有据可查的文字狱就达六十三起，焚书坑儒，司空见惯。"胡萝卜"就是大力提倡朱程理学，通过科举，优待唯命是从的文人，以此来收买大批文人。以和珅为首的贪官把持朝政，中饱私囊，胡作非为。

冯敏昌从小就对贪官污吏极之厌恶，进入朝廷后，在各种利益的诱惑下，洁身自好，绝不同流合污，于是便成为和珅眼中钉，肉中刺。

乾隆皇帝对冯敏昌的恩宠，让和珅坐卧不安，一直想找由头将冯敏昌从皇帝身边赶跑。

正在苦思无策之时，他的线人向他透露了一个重大信息，令妃派丫环送了一个玉饰给冯敏昌。

令妃为什么要送玉饰给冯敏昌？

这得说说令妃此人。

令妃本姓魏，汉族，生于雍正五年九月九日，初为贵人，乾隆十年封令嫔，令妃时年十九岁，是深宫中比较年轻的一位。

这令妃善于谋事，深得乾隆帝宠爱，乾隆皇帝经常临幸她，这从她在短短的十年就接连为皇帝生了皇十四子永璐、皇十五子永琰（即后来的嘉庆皇帝）、皇十六子（未命名）、皇十七子永璘，以及皇七女和皇九女就充分说明了可谓万千宠爱集一身。

从皇后那拉氏担着被打入冷宫的风险在杭州断发抗议乾隆帝立令妃为皇贵妃历史事件中，就可以证明乾隆帝宠爱令妃到何种地步。

后来，那拉氏被打入了冷宫，令妃地位得到了最大的稳固。

令妃眼看形势对自己大利，便想重点培养永琰作为储君争大位。

由于冯敏昌才识过人，知识全面，民间传说冯敏昌曾经担任众皇子老师。令妃送玉饰给冯敏昌，间接证明冯敏昌为众皇子上过课。

宫中明争暗斗让令妃明白一个道理：做皇帝必须有雄才大略，有过人的智慧和纯正品格，而冯敏昌的正直，让她非常放心。

想到冯敏昌整天辛苦上课，于是便吩咐丫环专门送了一个精致的玉饰品给冯敏昌以示奖励。

令妃这样做，既是尊敬冯敏昌，也有巴结冯敏昌的意思。

封建社会，皇子的老师有着极高的地位，当朝皇帝考察那个皇子可以继位时，皇子老师的意见往往有一定的参考作用。

和珅虽然是个大贪官，但对皇帝忠心耿耿，加上密探众多，令妃的用意自然被他一眼看穿。如果直接说令妃送礼物是为了让儿子上位，乾隆皇帝会怀疑自己干涉内宫之事，于是，和珅想出了最毒的阴招，向皇帝告密，诬陷冯敏昌和令妃有染。

平时多疑的乾隆皇帝对这事却一笑了之。

乾隆皇帝相信，视名声如同生命的冯敏昌不可能发生如此苟且之事，但他又需要和珅这个看门狗看家护院，不能让和珅下不了台，于是没有说破，只是说："这事我知道了。"

和珅自讨没趣，一计不成，又生一计，陷害冯敏昌攻击朝廷和受贿。

冯敏昌担任会试同考官时，考官中有人收受贿赂和抨击朝政。此事被和珅获悉，他如获至宝，立即命手下告发冯敏昌，硬说冯敏昌是幕后指使。

和珅利用乾隆皇帝的弱点，兴风作浪，还把冯敏昌年轻时考试抨击贪官污吏的旧事也翻了出来。

乾隆皇帝虽然爱才，但任何人敢于动摇大清王朝的统治根基，他会毫不手软地铲除。乾隆皇帝明知这事不太可能，但为了杜绝后患，还是下旨严查严办。

和珅利用手中权力搜罗证据，严刑拷打被抓来之人，目的就是要指认冯敏昌。

折腾了三个多月，结果一无所获。

调查显示，冯敏昌自任同考官后，谢绝任何私事探访，而且经他手录取的都是有真才实学之人，参加殿试大都被录为进士。和珅阴谋再次破产。

经历了这两件事，多疑的乾隆皇帝还是对冯敏昌起了疑心，加上他十分信赖和珅，最后还是把冯敏昌从翰林院改"以部属用"。

聪明一世的和珅本来只想找由头打击冯敏昌，却实实在在地得罪了一个人，这人就是后来的嘉庆皇帝。

嘉庆皇帝即位后的第一件事，就是下了圣旨，列举了和珅的二十大罪状，赐白绫让和珅自尽。

当然，这与和珅罪大恶极有关，但谁又敢担保嘉庆皇帝不是为了报母亲被污蔑之仇？

一个翰林院文官改到"以部属用"，什么时间报到又没有明说，还不知要坐多长时间的冷板凳等待。冯敏昌决定外出旅行，于是便向皇帝请假。

乾隆皇帝想着既是闲职，就由他去吧，因此做了个顺水人情，大方地恩准了冯敏昌的请求。

冯敏昌跪谢了皇恩，离开了圆明园。

冯敏昌离开北京第二天，乾隆皇帝就后悔了。连忙下诏：任冯敏昌为户部浙江司主事。

冯敏昌想着人都已经离开北京了，就没有回去。

冯敏昌因祸得福，从此，中国历史上多了一个诗书画志集一身的教育家，少了一个弯腰驼背的官僚。

冯敏昌像放飞的笼中鸟，自由地飞翔于地天间。

# 勇登五岳

古代帝王认为五岳为群神所居，在诸山举行封禅、祭祀盛典。

魏晋南北朝时期，佛教和道教开始在五岳修建佛寺、道观，进行宗教活动，每个"岳"均尊奉一位"岳神"作为掌管该岳的最高神祇。五岳各具特色：泰山雄，衡山秀，华山险，恒山奇，嵩山奥。五岳成为中国以山岳自然景观之美而兼具佛、道、儒人文景观之胜的风景名胜区，留下了无数名人骚客的墨宝，同时也是中国佛教、道教中心。

乾隆五十年（1785）十一月初三日，冯敏昌带着弟弟冯敏曙，从人张钧离开京城，决心攀登五岳，饱览古人留下的墨宝，领略儒、道、佛教的精髓。

在古代，交通落后，道路崎岖，通信不便，冯敏昌却克服了常人难以想象的困难辗转大半个中国，征服五座大山，实属奇迹。

## 半空鸾鹤攀华山

冯敏昌第一个目标是登华山。

"自古华山一条路，登临犹比上天难。"民谣称"不吃豹子胆，只能望峰叹"。

冯敏昌没有吃过豹子胆，但他铁了心要登上华山顶。

他们在路上花了八天时间，十一月十一日到达山西绛州稷山署，拜访在稷山署任职的钦州同乡关榕庄。

关榕庄热情地接待了冯敏昌一行。

关榕庄劝冯敏昌说："你要登华山，靠这条毛驴，都不知什么时候才能到达，我借你们两匹马，你们返回时还我就行了。"

冯敏昌离开北京时没钱买马，出行又要驮行李，只好花了全部积蓄在京买了一条毛驴。现在关榕庄友情相挺，自然笑纳了。

冯敏昌看到交道工具解决了，很是开心，对关榕庄表态说："等我从华山下来，一定给你写一幅字，表达谢意。"

关榕庄正色说："那两匹马就不要还我了，算是润笔费。"

冯敏昌听了，脸色有些不悦。

关榕庄看出了，连忙说："我不是这个意思，我的意思是这个这个。"一时不知用什么恰当的话。

冯敏昌看见他这个窘相，善解人意地说："我明白关兄的意思不是用马来换字，放心吧。"

关榕庄这才松了一口气。

第二天，三人改骑马，有了两匹好马，当天就跑了一百多里，次日再往西走一百多里已经可以看见龙门山。

龙门山位于陕西省东北方向，山上有龙门洞。

三人在晚霞中到达龙门洞，下得马来，洞口两边的一副对联影入了三人的眼帘："崖悬三十六洞洞洞通仙界，涧系二十四潭潭潭透幽境"。

冯敏昌向弟弟和张钧介绍说："龙门洞有四大古迹，分别是汉娄景先生定日月的墨迹，金丹阳祖师创重阳会的遗址，元贺志真凿太上全真岩的鬼斧，陈野仙空际搬运的神功。金元时期，道教马丹阳、丘处机在此修炼传道。丘处机在山上七年，改山名为龙门洞，创立了道教龙门派，成为中国道教史上成就最大的全真高道，最后圆寂在龙门洞。"

冯敏曙听了，高兴地说："哥，我要这将这些古迹全拓片，下山后好好揣摩。"

冯敏昌说："要拓片的真迹多了，不用急。"

三人在龙门洞观摩古迹，晚上歇在山上。

第二天下山，过禹门，到达平阳府太平，已经是年末。此时大雪纷飞，很多道路都被大雪封盖，没法继续赶路。他们只好暂时住在同乡徐仰之府中过年。

立春当天，冯敏昌便迫不及待地告别徐仰之，走上了登华山之路，二月二十七日过了平陆，狂奔一百三十里到达三门峡，吃了晚饭继续赶路。

经过解州中条山天已经暗了下来，走到半道，出现了两条岔路，三人一时不知走那条道。

冯敏昌勒紧马缰绳，跳下马来查看。

冯敏曙也跳下了马，对冯敏昌说："哥，我们要不要找个人来问问？"

"这里方圆数里连点灯火都没有，肯定没人居住，到哪里找人问？"

兄弟正在踌躇，突然雷声大作，狂风暴雨说来就来。

冯敏昌跳上马，对冯敏曙说："我们走右边的道，找个地方躲雨再说。"

三人一路策马奔跑，路上居然没有找到一处可以躲雨的地方。狂奔了三十里，发现前面是一个大峡谷，路断了。

雨还没停，三人又饥又渴，只好仰起头喝雨水。

张钧自责说："都是我不好，上路前应该打听清楚。"

冯敏昌开玩笑说："我这个风水先生都不知道路，又怎么能怪你？没事，错了，我们从头再来就是。"

三人最后决定在峡谷边坐下休息，等雨停再上路。

就这样，不知迷了多少路，涉过多少滩，六月二十五日，到达了西安。

他们没在西安停留，只给马儿吃饱喝足，稍事休息便又出了西安往前赶，过了潼关直达华阴，到达华阴，夜幕已经遮蔽了天空。

冯敏昌说："我们今晚不赶路了，在华阴过夜。"

三人牵着马过城门，守城的兵勇看了他们的通关牌说："怎么现在才到，有人中午就一直在等你们。"

冯敏昌记忆中华阴没有老乡在此任职或做生意，也没有熟人，是谁在等自己？

正在纳闷，有个二十多岁的青年牵着一匹马急急上前问道："请问，那位是冯翰林？"

张钧走上前，指着走在后面的冯敏昌说："这个就是我家大人。"

来人自我介绍说："我是华州牧张大人的门人张映青，我家大人得知冯翰林到华阴，叫我务必请大人到府上歇息，休息好再登山。"

原来，华阴的父母官张君是冯敏昌任会试同考官时点的进士，此时正在华州任州牧，得知恩师来到自己地盘，自然开心，派了门人到城门迎接。

冯敏昌听了门人的介绍，突然想起面相有点像女人，斯斯文文的张君。当时听说张君被派到南方任职，想不到已经辗转到了北方。

门人领着冯敏昌一行回到官署。

张君正在门外焦急地等待。

看见恩师，急步上前，双手紧紧抱着，也不怕旁人笑话，居然喜极而泣，流着泪说："恩师一路辛苦了。"

冯敏昌拍拍他的肩膀，赞赏说："我一路走来，听老百姓议论，你这个州牧为老百姓办了不少实事，不错，我很高兴。"

张君伤心地自言自语："老师才高八斗，人格高尚，我想破头也想不出，为什么老师被下放到户部？"

"如果不是到户部，我也没有机会见你，你应该感谢我被下放。"

冯敏昌如此一说，张君高兴起来。

张君得意地说："我要给张孟浩、张辉堂一个天大的惊喜，今晚请他们来见您。"

冯敏昌这才知道，张氏兄弟也在华阴任官。

说话间，饭菜就摆好了，几个人正要进饭厅，突然传来一个声音："张君兄有何喜事，要请我们喝酒。"

声到人到，张家兄弟已经到了门口。

张君两手拉了兄弟两人，得意地说："请两位看看谁来了。"

张孟浩惊呼起来："怎么是恩师，太意外了。"

说着兄弟二人拥到冯敏昌身边，像机关枪扫射一样问个不停。冯敏昌淡然地笑着，回答着他们的诸多问题。

席间，得知冯敏昌要登华山，兄弟两既佩服又担心。

张辉堂说："恩师，你现在的样子不能登华山，路太难走，肯定吃不消。君兄公务繁忙，你干脆到我兄弟二人家一边休息一边锻炼，把身体锻炼得好好的再登山。"

冯敏昌听着学生的话，心里暖融融。但他却没有接受学生的盛情，而是说："这几天天气好，登华山是千载难逢的好机会，你们不要劝我了。"

老师发了话，大家自然不敢再多言。

冯敏昌在华阴住了两天，七月初一日正式开始登华山，张君不放心他们三人自己登山，安排了熟识山路的几个和尚陪同，又给他们备足了干粮，这才放心让恩师上路。

有了和尚带领，他们从东峰上金镵关，一路顺利。但在登南峰时，攀爬到一半，突然下起了大雨，山上的水滚滚而下，石头上的青苔经雨水滋润后滑不溜秋的，每攀一步都大费周章。

冯敏曙气喘吁吁地说："哥，我们下去吧，雨停了再攀登。"

冯敏昌鼓励说："一咬牙就上去了，千万不要放弃。"

冯敏曙听了，只好又咬牙坚持。

各人小心地抓住路两旁的杂树，借着杂树的支持一点点向上攀登。几个和尚不停地说着打气的话，大家在大雨中辗转攀爬，终于在夜幕降落前登上南峰，经过大树林，到达金天门。

大家东倒西歪地或坐或躺，张钧勤快地为大家准备晚餐，把背在身上的干粮分发给大家。好在张映青小心准备，干粮用油纸包了几层，没有被淋湿。

众人草草吃了干粮，张钧从山上的水窝子找了些还算干净的水，送给了冯敏昌。

冯敏昌对着靠在一棵大树下休息的冯敏曙说："我们讨论一下明天登上莲花峰的路线。"

冯敏曙咕噜了一声："有和尚在，不用我们操心。"

头一歪，人已经呼呼大睡。

冯敏昌看见冯敏曙累成这个样子，也就不忍心打搅他，想想他说的也对，自己折了几把树枝垫了屁股，也靠在树下休息。

第二天一早，冯敏昌叫醒了大家，吩咐说："大家抓紧时间吃点干粮就出发，争取中午登上落雁峰。"

冯敏曙毕竟年轻，休息了一晚，体力已经恢复，他踢着脚，开心地说："马上就要征服华山了。"

有个和尚笑着说："看你像娶媳妇一样高兴。"

冯敏曙回答说："娶媳妇有什么好高兴的。"

他的言下之意是说："如果娶媳妇是开心的事，那你们和尚为什么不娶媳妇。"

冯敏昌突然咳了一声，冯敏曙赶忙打住了话头，岔开说："今天的太阳真猛。"

这话倒是不假，太阳透过密密的树林，硬是从树缝中穿过，照在大家的身上，虽是早上，大家已经感觉到阳光的敌意。

大家简单吃了张钧分发的干粮，开始攀登莲花峰。

走到半道，看见有梵宇琳宫数十处，四壁绘画人物，衣服和帽子都是元朝的打扮，殿前灰尘不染，蛛丝绝影。门口有对联："梵释堂空清磬尚，留蕉下诞齐梁寺"。旁边刻诗歌一首：

> 华阳东峙五云间，一径迢遥次弟攀。
> 六诏山川开梵宇，千章树木隐禅关。
> 峰攒巍阁丹霞上，水绕平畴绿玉湾。
> 传自齐梁名最古，香林红叶晓斑斑。

这天是七月初三，正是立秋时节，众人在太阳最猛烈的正午登上了西岳华山绝顶落雁峰仰天池。

落雁峰也称莲花峰，因形如莲花包裹而得名，是华山绝顶，实现了中午登上落雁峰的既定目标。大家站在峰顶上，暴露在太阳下的面和双手，瞬间就出现了一层红斑。

陪同登顶的几个和尚都劝冯敏昌说："我们下山吧，先去找点水解渴。"

听了和尚的话，冯敏曙开玩笑说："如果这个时候有只大西瓜从天而降砸在我身上就好了。"

他的玩笑竟成真，西瓜果然从天而降。

原来张君在冯敏昌出门时，虽然提前交待门人为他们准备了干粮，但一直放心不下。

早上起来打算给他们送些水米，看到门人在搬运西瓜，一问，原来是有人送来了大梁出产的西瓜，张君想到攀登华山的冯敏昌，便急忙叫手下挑了一担上山。

他的手下一路追赶，冯敏昌登上落雁峰时，正好赶到。看到滚圆的大西瓜，大家自然高兴。尤其是冯敏曙，像个小孩一样抱着西瓜哈哈大笑。

冯敏昌亲手破开西瓜，招呼大家分享，大家吃了，都大呼好吃。

冯敏昌一时诗兴大发，吩咐张钧给他备好笔墨，在众人的围观下，一挥而就，作了此行的两首七律《立秋日华顶作二首》：

> 层霄谁共跨茅龙？绝顶遐观荡芥胸。
> 白帝西来行万里，黄河东去避三峰。
> 晴云肤寸收莲萼，楼阙千寻建鼓钟。
> 莫问惊秋还有客，从来登华正难逢。
>
> 不辞旬月住峰头，好胜他山作漫游。
> 高掌试看初上日，芙蓉新倚半天秋。
> 云冈独立应千仞，烟点遥分是九州。
> 岩壁一时聊为沏，鸿踪此后冀长留。

作完诗，意犹未尽，又在金天宫题联："万古真源高北帝，三峰元气压黄河"，并刻于石上，每个字足足两尺见方。右书"乾隆丙午立秋作"，左款"户部主事，前翰林院编修，钦州冯鱼山敬题并书"。

大家都赞不绝口，冯敏昌开心地说："诗是有灵气的，厚积薄发，多读多琢磨，灵感来了，一首诗就作成了。"

在峰顶盘桓多日，意犹未尽。

七月二十四日，大雨滔天，渭川河水大涨，断了补给，一行人饥肠辘辘挨了两天，冯敏昌只好吩咐张钧冒险下山寻找粮食。

张钧，临晋人，多年来一直跟随冯敏昌，对主人忠心耿耿。听了冯敏昌的吩咐，二话不说就下山了。

走到半山腰，被漫天大雾迷了方向，走了两天，都找不到下山的路，走着走着，居然又回到攀登落雁峰之路。

走到半路，看见地上有野菌，想着可以充饥，摘了一筐回到峰顶。一行人在山上靠着这筐野菌挨到大水消退。

水退后，得知冯敏昌还待在峰顶，附近寺庙的僧人、道士纷纷给冯敏昌送来米、大白菜、油盐。张君更是送来大量的补给，冯敏昌索性在华山顶安营扎寨下来，一连在峰顶住了四十多天，除了观赏风光，吟诗作画，就是在华山上搜寻各种前人古迹。

有一天，他们再次过玉女峰，看见在玉女峰祠前，有一个像大盘子的石臼，里面的水清澈碧绿，看一眼就让人有喝的欲望，冯敏曙双手捧起，就猛吃一起，后来，张均也跟着猛喝，但那石臼里的水却始终保持满满的，冯敏曙蹲在地上想找到答案，但没有看到什么泉眼之类，大称奇怪。

冯敏昌对两人说："书上有记载，华山、首阳山原来是连在一起的一座大山，挡住了河流，后来河神巨灵用手从中劈开了一条道，让河流畅通，从此，就有了这个石臼和石臼里的水。现在华山还保存有巨灵的手指形石头，在首阳山也有脚印。"两人听听都说大自然真是神奇呵。

冯敏昌在华山顶上盘桓期间，创作了《泰华小志》六卷，交给当地的道人收藏。

俗话说上山容易下山难。

在下山经过老君离诟这个地方时，在两块大岩石之间横着两根铁索，头上一根脚下一根，中间有一丈多宽，下面是万丈深渊。

和尚为了给冯敏昌几个壮胆，有一个先走过做示范。和尚不费什么力气就走过了，轮到冯敏曙时，他吓得脸都白了，对冯敏昌说："哥，摔下去就没命了。"

冯敏昌看着脚下如腾云驾雾，深不见底，也紧张得全身都出了湿汗，但为了给弟弟壮胆，他装成若无其事的样子说："脚下的铁索很坚固，你小心踏好，双手扶紧头上的铁索肯定安全通过。"

有个和尚在教冯敏曙如何开步，如何移动，鼓励说："过铁索时双目平视，平静地一呼一吸，很快就走过了。"

冯敏曙在哥哥的鼓励下，按照和尚教的方法，小心翼翼踏上了铁索，但只迈出两步，就退了回来，蹲在地上，痛苦地说："过这铁索桥肯定摔死，如要我过去，我干脆往下跳就一了百了。"说什么也不肯走了。

冯敏昌看着弟弟吓成这样，想着如何让冯敏曙顺利过去。冯敏昌看见山上有很粗的山藤，他用随身带的小刀削了一根，对冯敏曙说："我将山藤缚住你腰部，我和张钧在后面拉着，你只管放心往前走，万一有什么闪失，我们马上将你拉回来。"

冯敏曙看到要下山，只有这条道，痛苦地说："我这命就交给哥哥了，张钧，你要多用点力。"

冯敏昌将山藤缠了两圈在弟弟腰上，用力拉了拉，将一端绑在一棵大树上，这才说："敏曙可以放心走了。"

冯敏曙踏上了铁索，因为身上多了一根山藤，减轻了恐慌，壮着胆一点点蠕动，终于顺利过了铁索。

冯敏昌开始过铁索。

冯敏昌走过一半时，头顶上盘旋的飞鹰突然从冯敏昌身边飞过，冯敏昌分了神，身子摇晃了一下，张钧吓得"呵"了一声，身后的和尚眼明手快，用手紧紧地捂着他的嘴巴。

张钧的声音终于没有发出来，在大家提心吊胆中，冯敏昌沉着地走完了铁索。

大家走过后，有个和尚说："你们几个不错，胆大心细，前阵子，有一个摔了下去，当同伴到山下找到时，已经没救了。"

张钧说了一句："下次再也不来这个鬼地方了。"

这么恐怖的经历，冯敏昌和冯敏曙都不想留在记忆里，两人装成没有听到和尚的话，一路下山。

接着又上西峰，中午到达苍龙岭。

苍龙岭位于落雁峰右，西峰左侧，高五百丈，有铁索铁柱可上。

冯敏昌抬头望着高耸入云的岭顶，走到铁索上走了两步，对两人说："可以攀登，我要在岭顶勾勒几个字。张钧你准备好笔，跟我一起上。"

冯敏曙听了，劝说道："哥，这么高，人爬上去都难，要写字更难，算了吧。"

"愚公能把一座大山搬走，这几百丈高的铁索都攀不上，白来华山了，我会小心的，不用担心。"

冯敏曙听着哥哥的话，知道哥哥决心已定，多说也没用，只好说："那我也上，也许能帮点忙。"

张钧听到主人吩咐，麻利地把行李中的笔墨取下来，在山沟取了水，打开墨盘，开始磨墨。磨好墨，他手上抬着墨盘，对冯敏昌说："大人，让我在前面探路，你们跟在后面就好，万一有什么闪失，你们就不要攀爬了。"

于是，三人开始攀登苍龙岭。

张钧在前，冯敏曙断后，冯敏昌位于两人之间，三人小心翼翼地一点点蠕动，直到太阳西斜，才攀上苍龙岭。

张钧找了个稳妥的位置站定，一手托墨盘，一手紧抓铁索对冯敏昌说："可以开始勾勒字了。"

冯敏昌两脚叉开，稳稳站在铁柱上，目测了勾勒字的大概方位，左手扶住铁索，右手拿起笔饱蘸了墨汁，开始勾勒字。

站在身后的冯敏曙挨近冯敏昌，双手扶着哥哥的腰部，叮嘱说："你就用心勾勒吧，我一直顶着你。"

冯敏昌听了，说："敏曙，我今天和你说一下我最近比较有体会的执笔法。"

冯敏曙听了，开心地说："好呵，哥哥快说。"

冯敏昌笑着说："不用太心急，我会教你的。"说完，开始勾勒字。

他边勾勒边说："注意看我运笔的手势，写字时右手指要紧靠着笔管，以食指、中指头肉正面握笔，第四指及小指则略反，不使其着管。"

冯敏曙突然说："哥哥，这么宝贵的经验，不能在这个时候说，要到地上平平稳稳才能学到手。"

冯敏昌想想也对，现在连站着都怕摔下，冯敏曙确实不好分心。只好说："好吧。"

冯敏昌勾勒着字，时间一点点过去，夕阳下，从岭下向上望，三人与岭壁紧紧地融为一体，像三个大蝙蝠，成了点缀苍龙岭的花瓣。

勾完字时，已是暮色苍茫，在暮色的影照下，山峦叠立，孤悬天外。

冯敏曙站在身后欣赏着哥哥刚刚完成的"苍龙岭"三个大字，每个字字径足足有四尺，开心地说："哥哥这字，大得前无古人，后无来者，不出名都难。"

冯敏昌高兴地说："做什么事都一样，不要轻言放弃，你看我们的父亲，考了七次举人考不上，还在考，要说坚持，我们比父亲差远了。"

冯敏曙脸红到脖子根，检讨说："我就缺乏父亲和哥哥的韧劲。"

由于完成了勾勒字，三人开心，走下铁索时，感觉轻松了很多，也不像攀登时那样提心吊胆了。

三人下了铁索，冯敏曙四平八稳躺在地上，望着星星点点的夜空，有些伤感地说："北京今晚的夜空不知是否和华山上的一样，哥，我们离开北京转眼就几个月了，我有些想北京了。"

冯敏昌轻轻踢了他一脚，关心地说："快快坐起来，吃了干粮再睡。今晚好好休息，明天你和张钧攀上去将这字镌刻好。"

冯敏曙一骨碌坐起来，双手反复搓着腰部说："今天累死了。"

张钧笑着说："四少爷，你什么都没做，怎么累了？"

冯敏曙回嘴说："谁说我没做，我一直护着哥哥。"

冯敏昌制止说："省些力吧，明天好上去镌刻字。"

第二天开始，冯敏曙和张钧拿了工具，攀了上去，照着冯敏昌的字一点点地凿，用了二十一天时间，才把字全部凿好。大家欣赏着高高耸立在苍龙山上的三个大字，有些恋恋不舍地下山。

## 高陵鸟外登嵩山

乾隆五十二年（1787）二月初八，冯敏昌携五弟冯敏晖和从人黄中和夜行至开封府洛阳城，经过登封县嵩阳，开始登嵩山。冯敏曙由于要参加例考，登完华山就回钦州了，换了五弟冯敏晖接班。

嵩山以少林河为界，东为太室山，西为少室山；两座高山层峦叠嶂，绵延起伏于黄河南岸。

他们第一站登少室山，进入升仙太子祠，冯敏昌看着有关记载，心有所动，作了登嵩山第一首诗《升仙太子祠》：

> 昔时王子晋，闻说好长年。
> 年少偏遗俗，丹成竟上仙。
> 凤笙殊响彻，鹤驾信翩跹。
> 一与家人别，何能不惘然？

这首诗借周灵王长子太子晋化鹤成仙，周灵王日夜思念的故事抒发自己长期与家人分离的惆怅，借典说己，浑然天成，功夫了得。

冯敏晖细细回味，赞叹说："哥，你的诗歌都用典，这要有深厚的历史知识，这是我的弱项，今后我要加强。"

冯敏昌正色说："学无止境，知道不足才知道努力方向。意识到自己不足，就应该更努力。"

在少室山，古人留下很多诗和碑刻，黄中和全部进行了拓片，经过少林寺，进去谒拜并将隋唐碑碣拓片。

嵩山以一个"奥"字道尽了它的雄险奇秀。

嵩山留下了覆盖经济、文化、艺术、宗教、科技全方位博奥精深的"天地之中"世界历史文化遗产，"佛、道、儒"三教荟萃，"天、地、人"竞相生辉，"山、寺、貌"互补争艳。山上碑林众多，诗歌丰硕。嵩山曾有三十多位皇帝、一百五十多位著名文人亲临。留下大量瑰宝。《诗经》有"嵩高惟岳，峻极于天"的名句。

在少室山顶，冯敏昌指着东边的一座小山说："那边有一处名叫'槲孤突坡'的地方，是登封元年（696）武则天封禅颁布维新之令的地方。传说赦书就挂在了山坡的槲树梢上。我们过去看看。"

听了冯敏昌的话，冯敏晖和黄中和跃跃欲试，急急地向东走去。

冯敏昌接着介绍说："久视元年（700）秋，武则天又率诸臣于乐石之上宴会赋诗，并镌刻在大崖石上。人称'摹崖碑'，我们四处找找，或有收获。"

几个人一路走一路找，果然在一处名为"石淙会饮"的地方发现有很多诗刻。

冯敏昌介绍说："你们看，这就是武则天作的诗。"

众人抬头一望，果然发现石岩上有一首诗：

> 三山十洞光玄篆，玉峤金恋镇紫微。
> 均露均霜标胜壤，交风交雨列皇畿。
> 百仞高崖藏日色，千寻幽洞浴云衣。
> 且驻欢筵赏仁智，雕鞍薄晚杂尘飞。

大家细看，还发现了相王李旦、狄仁杰等人的《侍游应制》七言诗，一一细数，有十七首之多。看了这些古人的诗，冯敏昌感叹说："业有专攻，一心两用很难写好诗。不过，字倒是上品。"

冯敏晖来了兴趣，急切地问："哥，石刻的字是谁写的？"

"字为左奉宸大夫薛曜手书。薛曜书法得其舅祖褚遂良真传，瘦硬有神，用笔细劲，结体疏朗，但又有所创新，字较褚遂良险劲，更纤细，被称为瘦金体之祖，其字的最大特点是骨峰瘦劲。"

冯敏晖听了，羡慕地说："怪不得哥哥的书法进步这么快，原来研究了很多历朝历代的书家结字和结体。"

冯敏昌借机教育冯敏晖："要在某个领域有所建树，就得研究整个领域的高手，通过分类比较，找出适合自己特点的突破方向，不要重蹈别人覆辙。"

冯敏晖佩服地说："听四哥说你独创了一种执笔法，有时间得教教我。"

冯敏昌笑着说："游完五岳，就教你。"

他们边说边走，开始登太室山。

冯敏晖又开始问问题了："哥，为什么叫太室山，有什么典故吗？"

冯敏昌回答说："史记，大禹的第一个妻子涂山氏在嵩山生下了启，刚才我们路过的地方建有启母庙，故称之为太室，室就是妻子的意思了。中国的第一首诗歌和第一支歌都是涂山氏所作。因为大禹入赘涂山氏四天后就外出治水，一直不回家，涂山氏到南山苦苦守候，太想大禹了，不禁长叹一声，吟咏出这样的一句：候人兮，猗！现在史籍上能查到的第一首诗就是涂山氏这个'候人兮，猗'。"

冯敏晖和黄中和听入了神，冯敏昌说完，两人还没有回过神来。

太室山共三十六峰，他们想登上主峰峻极峰，但走到半路，天已经黑了下来，由于没有向导，走着走着，三人迷路了，肚子也饿得咕噜作响。

正在犹豫不决之时，突然发现路边有如豆的灯光射出，三人大喜过望，循着灯光寻去，发现是一座茅屋。

黄中和敲门叩问，有一老人出来相迎。

三人高高兴兴进入茅屋，屋中一锅豆腐脑正香喷喷地摆在桌上。

老人得知三人还没有吃饭，盛情邀请一起吃豆腐脑。

三人也不客气，便狼吞虎咽起来。

当晚，夜宿茅屋。

冯敏昌辗转反侧，不能入睡，干脆起来作了《宿少室山下人家作》纪念：

御寨云横磴，辗（车边）辕雨暗关。

崎岖策羸马，寂历住深山。

人道思先定，游仙梦亦悭。

还欣筋力健，明霁拟登峰。


第二天早上起来，吃了老人准备的早餐，冯敏昌把自己所作之诗交给老人留念。

一行人继续攀登，中午时分，终于登上峻极峰。

三人站在峻极峰远眺，西有少室山侍立，南有箕山相拱，前有颍水奔流，北望黄河如带。倚石俯瞰，脚下峰壑开绽，凌嶒参差，山峰间云岚瞬息万变，美不胜收。

冯敏昌心情大好，声色并茂地读了一首诗：

> 三十六峰危似冠，晴楼百尺独登看。
> 高凌鸟外青冥窄，翠落人间白昼寒。
> 不觉衡阳遮雁过，如何钟阜斗龙盘。
> 始知万岁声长在，只待东巡动玉鸾。

读完，考冯敏晖说："这首诗是谁写的？回答准确，下山就教你新执笔法。"

冯敏晖开心地说："这个难不倒我，《全唐诗》里有，是唐朝大诗人吴融的《望嵩山》。"

冯敏昌看到五弟回答准确，高兴地说："敏晖看来用功读了唐诗宋词，很好。你多准备些宣纸，下了山，保证教你如何执笔。"

冯敏晖自然开心。

后来他们在山上又看到一首刻于石上的诗：

> 三十六峰如髻鬟，行人来往舒心颜。
> 白云蓬蓬忽然合，都在虚无缥缈间。

接着他们下山参观中岳庙。

中岳庙始建于秦朝，是嵩山道家的象征。

接着进入太室山南麓游览嵩阳书院。

嵩阳书院初建于北魏太和八年（484），名为嵩阳寺，为佛教活动场所，僧多达数百人。是嵩山儒家的象征，是中国古代四大书院之一。

在嵩阳书院，冯敏晖请求说："哥，你的诗词越来越有风骨，作一首让我们学习学习。"

冯敏昌听了，也不推让，沉静了片刻，吟出了一首：

巍然巨镇屹天中，列岩遥宗势最雄。
秩祀汉仪昭盛典，降神周雅诵丰功。
灵坛肃穆风云护，圣主精禋礼数崇。
万岁声中还有庆，好章符瑞赞元穹。

冯敏晖细细地推敲着哥哥的诗，请教说："哥，这首诗有一处我不太理解，万岁声中还有庆，请你指点一下。"

冯敏昌侃侃而谈："我用了'嵩呼万岁'的典故，这个典故出自《史记》《汉书·武帝纪》，汉武帝登嵩山时，忽然耳边传来了'万岁，万岁，万岁'的声音，一连喊了三声。汉武帝问周围的人，你们谁喊的啊？随行的人说我们谁也没喊。汉武帝感觉挺奇怪的。正在犹豫，突然有个人站出来解释：'这不是人在喊，这是嵩山在喊啊。'汉武帝一听，龙颜大悦。马上下令去祭祀嵩山的山神。从此，就有了'嵩呼万岁'这个成语，到后来，嵩呼万岁也成了臣民觐见皇帝时候的一个固定的礼仪。"

冯敏晖听了，恍然大悟，连忙说："你一提，其实这个典故我是知道的，也是读过的，但一时想不起了。"

晚上，他们在太室山上穿行，每到一处景点，冯敏昌都详细地向弟弟和黄中和介绍，两人学到不少新知识。

期间，他一共作了十七首诗，其中《晚行嵩少间作二首》：

日暮归途绕碧嵩，嵩阳观下雨迷蒙。
当年居士何人问？惆怅相看似梦中。

拔地瑶峰拥夕阴，连天雾雨更难任。
神清洞府知何处，眼倦空岩乱藓侵。

第二天将要下山的时候，冯敏晖提议说："你的字功力深厚，何不留下几个在山上，让后来者学习。"

黄中和听了，开心地说："听张钧说，大人已经在华山苍龙岭留下了大字，可惜五少爷没能亲眼见。"

冯敏昌为了不扫五弟的兴，思量了一刻，对黄中和说："找个平坦的地方，我写几个吧。"

黄中和听了，站在峰顶环视了一下，跑到一块开阔的地方，用脚拨开地上的杂草，摆下一块土布，铺上纸，找来水，开始磨墨，待这些做好，高兴地招呼说："好了，好了，可以写了。"

冯敏昌走过去，思量片刻，深吸一口气，弯腰一挥而就，写下了"玉女峰"三个草书大字。接着退了两步，细细审视一番，这才收起笔，对黄中和说："剩下的工作就是你的了，将这三个字刻在玉女峰上。"

三人在峰顶待了三十多天，黄中和在最高峰的石壁上刻好字，落款："乾隆丁末户部主事前史官钦州冯敏昌同弟敏晖来谒岳庙因题。"

大家这才下山。

## 手摹红日游泰山

五月二十八日，冯敏昌一行进入山东界，过泰安，由壶天阁上南天门，登泰山绝顶日观峰，当晚在峰顶上过夜，第二天在峰顶上观日出。

看着鲜红的太阳从地平线上冉冉上升，越来越近，人站在泰山顶上，伸出手，好像都可以摸到了太阳一样。

冯敏昌感叹道："如果没有来过泰山，没有经历过在泰山看日出，就没法理解古人咏泰山时所作的'手摹红日登三观，袖佛黄埃看九州'的心境。"说完，随即作了《日观峰顶观日出作》：

> 天鸡一唱海潮翻，绝顶惊看晓日暾。
> 紫电掣时辉乍激，火轮飞出势难吞。
> 千寻绛阙应鳌拚，九点齐州尚雾昏。
> 我自希阳餐沆瀣，谁与高眺览乾坤。

接着进入玉皇祠，游东岳庙。

东岳庙的主殿是岱岳殿，殿内供奉着幽冥世界的最高主宰泰山神东岳大帝。冯敏晖不解地问道："哥，怎么北京也有个东岳庙？"

冯敏昌说："北京东岳庙是泰山东岳庙的行宫。很多人凭自己的想象给神鬼安排工作。泰山被视为距天最近的地方，与王朝的命运息息相关，故自秦始皇起便成为历代帝王封禅的圣地。但在民间，自东汉以来，即流传着泰山为治鬼之所的说法，认为人死归土，都要到这里接受审判，泰山神则被奉为冥界之王。人们传说，东岳大帝统领下的幽冥地府，有七十六个办事衙门，称为七十六司。各司皆有神主，俗称判官。北京东岳庙塑有七十六司神像，但因殿堂不足，有的殿只好让两个司合署办公，故七十六司共占用殿堂六十八间。"

冯敏晖"卟"的一声笑出了声："如果真是有一个地下世界，人们对死就少些恐惧，也好。"

冯敏昌严肃地说："人世间，哪有什么鬼，都是人为地想出来的。"

冯敏晖知道自己辩论不过哥哥，也就不哼声了。

他们身处的东岳庙，是泰山绝顶，也是最高峰，站在顶峰上，两旁峰峦竞秀、谷深峪长、瀑高潭深、溪流潺潺。真正体会到"会当凌绝顶，一览众山小"的宽广胸怀。

冯敏昌放开喉咙喊道："泰山，我来了。"冯敏晖和黄中和也放开喉咙乱喊，山的四周回响着阵阵"我来了"的声音。

山上所有名胜古迹如玉皇祠、唐明皇分书东封颂、秦皇无字碑等，冯敏昌都作诗述怀。

## 策马吟诗到恒山

六月二十四日，冯敏昌带着张钧再次出发，骑马游北岳恒山。

两人骑马经天井，下羊肠（北太行山必经之路），行经上党山，冯敏昌在马背上灵感突发，吟曰：

匹马迢遥去不停，独看秋山一千里。

一路跑马前行，路上，大雨不期而至，两人在雨中策马飞奔，冯敏昌灵感喷发，留下"太行日气随河曲，王屋雷声送雨来"等佳句。

经大伾山，至半山腰，又作诗：

黎水波涛马辞楸，大伾风雨剑开镡。

同时作《长子晚行遇雨》：

雨疏暮店偏多里，云转秋山第几峰。

大伾山上有观音寺、玉皇顶、太极宫。

观音寺又名观音洞，洞前有两柱一门石枋，石鼓夹持，顶部两横枋，中间字刻"观音洞"，建于明万历四年十一月吉日。上枋略出头。抱联有对：百品莲台惟贮月，千年香像只依云。

参观完观音洞，登上大伾山绝顶——玉皇顶。

玉皇顶旁是太极宫，太极宫乃大伾山之标志，八角攒尖顶，高三十三米，三层，八面，每面宽2.5米，八面墙上按方位饰以八卦符号。故又称"八卦楼"。宫门为卷形，门额上刻"众妙之门"。楼内有梯可供攀登，底层塑吕洞宾像，中层为文昌帝君，上层为三清列真。

下得山来，继续赶路，路上跑了二十多天，到达了恽源州的郭家庄，离恒山只有十多里路，远眺已经看见恒山，两人大喜，计划夜宿郭家庄，第二天即开始登恒山。

当晚，半夜狂风大作。早上起来，却是阳光灿烂，天气晴好，像春天般风平浪静，两人心情大好。张钧喂饱了马，两人即起程。

马跑近峪口，站在山下，抬头一望，只见自北向南高叠云霄，亲眼所见，和《水经注》所描述的恒山一模一样。

从此处登山，马已经没法前行。两人只好将马寄存在峪口边的农家，徒步登山。

两人开始摹崖跨岭，登大茂山，抵古祠，参观北岳庙，在北岳庙给黑帝元神上香谒拜。

此处极是奇特：在庙之上两崖壁立，中间是一个大洞，这个大洞叫飞石窟，一直通到曲阳县。

当晚，两人宿在庙中，借着庙中灯光观赏唐朝大画家吴道子创作的诸神真像。冯敏昌看了一会，心有所动，叫张钧研墨，临摹了吴道子的一幅神像图。

半夜，突然阴风怒吼，如虎啸，如猿啼，各种奇怪的声音不断传来。

冯敏昌抱着剑警惕地观看着四周，随时准备应对突发之事。一夜过去，除了风声恐怖，倒也没发生什么事。

第二天，两人在庙中简单吃了干粮，又继续攀登。

恒山号称一百零八峰，东西绵延三百里，横跨山西、河北两省。它西接雁门关、东跨太行山，南障三晋，北瞰云州、代州，莽莽苍苍，横亘塞上，巍峨耸峙，气势雄伟。天峰岭与翠屏峰，是恒山主峰的东西两峰。两峰对望，断崖绿带，主峰海拔高达2017米，是五岳中最高的一座，自古就有"塞北第一山"之称。陡峭的北坡遍布莽莽苍苍的松树林，林中飞瀑流泉，鸟啭莺啼，美景奇观随处可见。

他们攀上望仙岭，岭上有台，台上有坪。两人继续攀登上顶峰，实现了登临恒山的计划。

晚上，两人在顶上盘桓，当晚正是中秋佳节，冯敏昌诗兴大发，站在绝顶上吟了杜甫咏月诗：

满月飞明镜，归心折大刀。
转蓬行地远，攀桂仰天高。
水路疑霜雪，林栖见羽毛。
此时瞻白兔，直欲数秋毫。

吟完，意犹未尽，且歌且吟完成了《中秋北岳顶琴棋台对月》：

中秋云净月华团，岳顶仙台彻夜看。
不是琼楼兼玉宇，人间那有此高寒？

作完诗，冯敏昌站在山顶，仰望明月，心中感觉很欣慰。心里想道：这次游北岳恒山，能够在中秋之夜登上顶峰，真是三生有幸，这正所谓有胜必收，有奇必览。也就没有什么遗憾了。

想到五岳已经登临四岳，心情大好，于是叫张钧摆上酒，在顶上把酒临风，得意洋洋地吟苏东坡的《水调歌头》，张钧喝得酩酊大醉。

第二天，两人有些依依不舍地下山，出雁门关，跨长城，度紫塞，过分水岭，到达长平。

此处就是秦将坑埋赵国四十万降兵的地方。

一路上秋风阵阵，落叶积聚有数寸高，连马蹄都陷没了，路上不见一个行人，更没有投宿的店家，两人只好吃干粮充饥。

路过河阳（即孟县），钦州老乡仇序东邀请冯敏昌留在孟县过年，冯敏昌与仇序东素有深交，欣然接受了邀请，留在孟县过年。

## 矢志不移上衡山

过完年，冯敏昌接受了仇序东的请托，担任了河阳书院主讲之职兼修孟县志。

虽然工作繁忙，但他心中一直念念不忘要登临衡山，实现登临五岳的心愿。

乾隆五十六年（1791），冯敏昌到湖北拜访毕沅，向他汇报修《孟县志》

情况，事情办结后，冯敏昌座船过湘江，在江上作《湘江舟行》诗：

> 迢迢秋水望来清，日暮孤帆更远行。
> 新月一弯何事照，碧云千里不胜情。

　　船过合江亭，行船四十多里到达樟木市登陆，作诗《自合江亭放舟四十里至樟木市登陆，云三十里可至岣嵝峰，道中有作》：

> 江亭读韩诗，邂逅媚学子。
> 泥饮酒未醒，沿湘舟甚驶。
> 忽忆学子言，衡峰映湘峙。
> 欲至岣嵝峰，须从樟木市。
> 蹴然觅肩舆，不暇荐李行。
> 居人询者众，亦复顾而喜。
> 登程日未落，人山趣斯美。
> 稻田水淙淙，篁荫石齿齿。
> 不异桃源中，何如辋川里。

中途向路人打听："岳庙离这里有多远？"
路人回答："还要走很远，路也弯弯曲曲不好走。"
冯敏昌听了，有诸多感慨，作诗记叙：

> 嗟余抱微尚，岳游轻万里。
> 衡游愿夙抱，禹碑疑未已。
> 兹游先问碑，兹路幸得指。
> 虽无韩公祷，亦似祝融使。
> 凡事信有时，游山其一耳。

　　准备登衡山。在衡山县，冯敏昌专门拜访了老朋友文柳村，请他做登衡山的向导。
　　衡山绵亘于衡阳、湘潭两盆地间，主体部分在今衡阳市南岳区和衡山、衡阳县境内。衡山是上古时期君王唐尧、虞舜巡疆狩猎祭祀社稷，夏禹杀马祭天地求治洪方法之地。衡山山神是民间崇拜的火神祝融，他被黄帝委任镇守衡山，教民用火，化育万物，死后葬于衡山赤帝峰，被当地尊称南岳圣帝。主要山峰有回雁峰、祝融峰、紫盖峰、岳麓山等，最高峰祝融峰海拔 1300.2 米。

乾隆五十六年（1791）四月十五日，在文柳村的带领下，冯敏昌开始登祝融峰。祝融峰是南岳的绝顶，他们在顶上夜宿。冯敏昌创作有《登祝融峰作》诗：

鹑尾负南海，炎精烩天阍。
天南万里山，独耸兹峰尊。
我来踏鸿蒙，载瞩扶桑暾。
连峰锁龙背，九折升天门。
一跌更危崖，垂脉方蚨蝹。
遂起怒猊势，蹴向中天蹲。
云雷晦杳冥，阴阳错朝昏。
雄雄九千丈，朱鸟偕翔轩。
穹石负云台，青天正手扪。
日月来东西，两丸交吐吞。
罡风何猛烈，更似登昆仑。
群峰郁骈罗，浩若波涛翻。
芙蓉与天柱，玉友随金昆。
紫盖气虽骄，失势还东奔。
五转并来朝，湘江备南藩。
洞庭包九疑，重溟击鹏鲲。
精气所出入，大壑为之根。
古初竟何道？谷神会长存。
重华独何之？梧云结愁魂。
悟彼骚人忧，下为雨翻盆。
胡不纵远游，而自伤璧蟫？
云踪穷五山，灵台得本元。
人世自蜉蝣，万古同乾坤。
峰头久凝睇，一啸天何言？

除了作诗，凡是有古迹古字都拓片带下山。从四月十五日登衡山，到六月十五日，游览了衡山七十二峰中的三十六峰，三十多座寺庙。

至此，冯敏昌历经整整六年，终于以坚强的意志实现了登临五岳的愿望，创造了自己人生的奇迹。

游历完五岳后他作了一首诗表达自己的心情：

岳游符夙志，禹迹溯前经。
峰色余浓黛，崖碑闭古青。
湘流环曲曲，暮雨远冥冥。
独抱昌黎意，留诗寄翠屏。

# 重回京城

乾隆五十六年（1791），冯敏昌重回京城任职，先后任户部浙江司主事，吏部河南司主事。

## 十年分别今聚首

乾隆五十五年（1790）七月，在冯敏昌的多次请求下，冯达文拖着一个大家庭到北京来了。

和冯达文一起动身的，有冯敏昌的妻子潘氏、大孙子冯士载、二孙子冯士履、冯敏昌四弟冯敏曙、冯敏曙的大儿子冯士规。这次举家进京，是冯达文第一次来北京。

冯敏昌获悉父亲一行已经到达天津，便立马辞去孟县的工作，于十一日初九日从孟县北上，过怀庆府（如今的河南省沁阳市），转卫辉府到新乡县，十二月二十日抵达天津。

当冯敏昌急匆匆赶往同乡李载园家时，心里已经纠结成了一团乱麻。

他三十二岁考上进士，于第二年请假回过一次家，三十四岁进京，和家人已经有十年没有见过面。

他离家的时候，大儿子冯士载七岁，已经懂事，抱着他的大腿哭着不让他离开。现在回想当时的情景，他心里还在悸痛；二儿子冯士履在他离家四个多月后才出生，出生后就没有见过父亲。冯敏昌感觉自己愧对父亲，愧对妻子，愧对儿子。

每走一步，脚步都如千斤重。心里不停地想，大儿子还能认出我吗，潘氏见了面，肯定哭成泪人，我如何劝她，父亲应该也埋怨我吧。

当冯敏昌身影出现在李载园的院子里时，他看到一个男孩正在踢毽子，左脚踢右脚接，玩得不亦乐乎。

他估摸这男孩应该是他从没谋面的二儿子冯士履。

他走近那男孩，蹲下来问道："怎么你一个人在玩，你哥呢？"

那小孩看见陌生人，连忙停下来打量起冯敏昌，突然说："我知道您是谁了。"

冯敏昌急切地问："我是谁？"

那男孩响亮地回答："您是大伯。"接着男孩高声叫道："大伯回来了。"

原来这男孩不是冯士履而是冯敏曙的长子，冯士规。

冯士规这一喊，从里屋冲出了一群人。

冲在前面的是冯士载。

冯士载冲到冯敏昌面前，突现止步，轻轻地叫了一声："阿爸。"

就再也没有下文。

看着已经长得和自己一样高的儿子，冯敏昌悲喜交集，他伸出双手，搂着儿子说："士载，十年不见，你都长这么高了，如果在外面，阿爸都认不出你了。"

冯敏昌这一抱，冯士载便放松下来，向后招手说："士履，你天天吵着要见阿爸，快快来见过阿爸。"

此时潘氏正在往前推小儿子上前与父亲相认。

潘氏这年四十四岁，素日里她不喜欢奢华，穿着打扮都是素衣素服。可今天，她不但涂了淡淡的胭脂，一身粉红宫装穿在身上，虽然合体，但不知怎么却刺痛了冯敏昌的双眼。冯敏昌心里说：都变了，原来的妻子不是这样的。

冯士履两条小腿好像长进了地里，怎么推都一动不动。

冯达文笑呵呵地说："小孙子天天想你，吵着要我带他来见你，现在却不肯相认。你过去和他说说话吧，我们父子随后再详谈。"

冯敏昌谢了父亲，快步走到小儿子面前，伸手就想抱他，冯士履用力推开他，哭着说："你不是我阿爸。"

大家都惊呆了，潘氏紧紧拉着他说："二弟不得无礼，这就是你日日想着的阿爸，快叫。"

冯士履呜呜哭着说："你们骗人，说什么阿爸是翰林院编修，这个人一点都不像当官的。"

冯敏昌弯下腰，向他解释说："士履，翰林院编修的主要职责是诰敕起草、史书纂修、经筵侍讲。只是为了更好地储备国家需要的人才，还不是什么大官，级品只有七品，七品知道是什么吗，就是相当于我们钦州的州官，大家说阿爸当官，也不错，不过，不是大官。"

经冯敏昌解释，冯士履似乎理解了，懦懦地问："那我们以后可以和你住一起？"

冯敏昌用力点点头说："当然可以。"

冯士履这才说："我和哥哥天天想你，你怎么老不回家？"

冯敏昌不知如何回答，愣愣地站着。

潘氏解围说："你阿爸是国家的人，做国家的事，哪能经常和我们在一起，现在不是已经在一起了吗，开心点。"

冯士履这才平静下来。冯敏昌趁这机会，一把抱起他，用面颊磨蹭着他的小脸说："儿子真勇敢，小小年纪就能闯北京，一路上一定受了不少苦，阿爸今晚请你吃最好的，喜欢吃什么？"

毕竟是小孩子，听说有吃的，便高兴地说："我要吃猪肉。"

冯敏昌开心地说："好，今晚吃猪肉。"

晚上，果然有猪肉吃。不过不是冯敏昌请大家，而是李载园在天津最好的多福馆设宴欢迎冯敏昌一家团聚。

李载园既是同乡，又是好友，他此时正在天津任知府。席间，他向冯敏昌建议说："现在户部、吏部都缺人手，你原来算是请假外出，既然回来了，就应该到户部报到，等待安排工作。"

冯达文非常赞成李载园的意见，插话说："一个人要有大的作为，还是在京城当官好，回户部上班吧。"

冯敏昌说："这次担任河阳书院主讲，感觉教书比较适合我，但既然载园兄和父亲都认为留在京城好，那我就留下来吧。"

宴会结束后，回到李载园的家，当安顿好两个儿子，关起门来的时候，潘氏突然眼睛一红，嘤嘤地哭了起来。

冯敏昌羞愧地检讨说："对不起，让你和孩子们受苦了。"

潘氏擂了他一拳，不好意思地说："我是高兴的，听四弟说你攀登几万尺的高山，怕你摔下山，怕你掉下水，怕你被贼佬打死，整天提心吊胆过日子，现在看见你活生生地站在我面前，我都不知有多高兴。"

冯敏昌听了，轻轻搂着她说："如果我真在北京任职，你们就不要回去了，以后我们天天在一起。"

潘氏破涕为笑，开心地说："如果天天能和你在一起，就算吃糠咽草我都心甘。"

两人说着压抑了十年的相思话，心越来越靠近。冯敏昌这才下决心问道：

"你平时喜欢淡雅，怎么今天换了样？"

潘氏伤心地说："整天在家操劳，我已经老了，为了让你高兴，才穿的这一套。"

冯敏昌听了潘氏的解释，心放了下来，动情地说："我们都老了。其实我每天都想你，登泰山时，由于山洪暴发，差点没命，当时我想到可能再也见不到你们了，很后悔离开你们。"

冯敏昌放开潘氏，从随身携带的行李中翻出一首诗，递给潘氏说："不信，你看看这个，这是我几个月前写的，还来不及寄出。"

潘氏接过来一看，诗题为《寄内》：

> 离居又近十霜期，万感唯应病骨支。
>
> 何事年来心渐怯？被棱如铁夜眠时。

潘氏心痛地说："你一个人在外，也不容易，以后，我们一家可以团聚了，谢谢祖宗保佑。"

这对相知相敬的夫妻，没有海誓山盟，但他们的心是如此贴近，如此相通，这种相知相惜的感情，超越了夫妻之情。

在李载园家过完年，冯敏昌决定带全家旅游。

正月初十，冯敏昌带着全家登临天津望海楼。

望海楼是一座教堂名，又称圣母得胜堂。

教堂位于天津市河北区狮子林大街西端北侧，是天主教传入天津后建造的第一座教堂。

望海楼教堂坐北面南，为石基砖木结构，正面有三座塔楼，远望呈笔架形，具有欧洲哥特式建筑风格。

冯敏昌领着大家参观，边走边介绍："教堂中最值得看的地方是皇上留下的手迹。五十三年，皇帝第八次南巡路过天津，留下了好些墨宝。"

说到这里，大家刚好走到教堂山门口，冯士载指着山门上的"敕赐崇禧观"大字说："这字写得不好，功力比阿爸的差远了。"

冯敏昌听了，拍拍冯士载的头严肃地说："士载，这世间，字比阿爸好的多了。这字是皇帝的字，不要随便议论别人的作品。"

冯士载伸伸舌头，坦诚地说："我实话实说。"

冯敏昌借这个机会向弟弟、儿子和侄子传授书法知识，他介绍说："皇帝的书法以赵孟頫为师。赵孟頫书法特点是圆转遒丽，世称'赵体'。赵孟頫在继承传统书法的基础上，削繁就简，变古为今，其用笔不含浑，不故弄玄虚，起笔、运笔、收笔的笔路十分清楚，使学者易懂易循；其字体外貌圆润而筋骨内涵，其点画华滋遒劲，结体宽绰秀美，点画之间彼引呼应十分紧密。外似柔润而内实坚强，形体端秀而骨架劲挺。笔圆架方，流动带行。结构布白十分注意方正谨严，横直相安、撇捺舒展、重点安稳。乾隆皇帝十分欣赏赵孟頫的书法，心慕手追，身体力行。乾隆皇帝的字字体长，楷书中多有行书的笔意，行书中又往往夹杂着草书的韵味，点画圆润均匀，结体婉转流畅，总体不失四平八隐，但缺少变化和韵味。你们细看'敕赐崇禧观'几个字，各人自己揣摩，今晚回去想清楚，明天都谈谈。"

冯敏曙说："哥，我现在还在临摹翁师的字，想听听你的意见。"

"覃溪师对颜书、欧书下过很大的功夫。但他的书法过于强调笔笔有来历，影响了创新，而书法最大的特点就是要创新，你可以转一下笔峰，趁这个机会，我和大家说说执笔的方法。"

于是，就在崇禧观大门口，冯敏昌捡起一支掉落地上的枯枝，第一次公开自己独创的执笔法：他拿着树枝一边挥笔一边说："这个执笔法用大指甲右边紧靠着笔管，以食指中指头肉正面抱之，第四指及小指则略而反，不使其着管。所谓大指甲在右边者，一定要记住大指甲在上，指肉在下，以右一面甲肉相兼之处靠笔，则至紧之中，皆有凭虚架构之意，这是与现在所有执笔法都不同的地方。"

冯敏昌比画完，大家感觉非常新鲜，不停地问一些细节。冯敏昌一一解答。

冯敏曙高兴地说："哥哥前次在华山本来想教我的，但那时站都站不住，那还有心思学习新的知识，这下好了，我回去细细抄出这个执笔法，慢慢体会，以后专门拜哥哥为师。"

大家七嘴八舌讨论一番，冯敏昌看到大家学习热情高，很是开心。一行人走过山门的时候，冯敏昌说，皇上在此作过一首诗，我读给大家听听：

> 旋跸至天津，崇禧展谒申。
> 东巡蒙昊贶，肘雨望心寅。
> 无德惭调燮，有惄廑黑昀。
> 弗听宽解语，只觉忸怩身。
> 日五期诚迫，寸肤靳实频。
> 责躬虔九叩，尺泽救农民。

冯敏昌念完，总结说："皇帝一直关心老百姓的生活疾苦，是个不可多得的好皇帝。"

冯达文高兴地说："乾隆皇帝对我家有恩，你要吸取教训，好好工作，千万不要再惹事。"

冯敏昌听了父亲的话很不开心，他从来就不惹事，都是事找上了自己，他能有什么办法。

游完天津的著名景点，冯敏曙还感觉不够尽兴。

冯敏昌干脆把父亲托付给李载园照顾，带着弟弟和儿子、侄子游湖南岳阳楼。

一路上奔波劳苦，当大家登上岳阳楼时，便都一扫而光。冯敏昌向大家介绍了范仲淹作《岳阳楼记》的背景，他说："宋仁宗时期，官僚队伍庞大，行政效率低，人民生活困苦，辽和西夏威胁着北方和西北边疆，社会危机日益严重。庆历三年（1043），范仲淹、富弼、韩琦同时执政，欧阳修、蔡襄、王素、余靖同为谏官。范仲淹向仁宗上《答手诏条陈十事疏》，提出'明黜陟、抑侥幸、精贡举、择官长、均公田、厚农桑、修武备、减徭役、覃恩信、重命令'等十项以整顿吏治为中心的改革主张。欧阳修等人也纷纷上疏言事。仁宗采纳了大部分意见，施行新政。

由于新政触犯了贵族官僚的利益，因而遭到他们集体反攻、抹黑。庆历五年（1045）初，范仲淹、韩琦、富弼、欧阳修等人相继被排斥出朝廷，各项改革也被废止，新政彻底失败。

范仲淹被贬到邓州闲居。他的得力部下滕子京先一年已经被贬到湖南，滕子京在湖南努力工作，重修了岳阳楼，来信请他为岳阳楼作记，并附上《洞庭晚秋图》。

范仲淹此时身体很不好，没法到湖南，只好对着《洞庭晚秋图》创作了《岳阳楼记》。他借记述滕子京重建岳阳楼之事，表达了自己'不以物喜，不以己悲'，要'先天下之忧而忧，后天下之乐而乐''居庙堂之高，则忧其民，处江湖之远则忧其君'崇高气节。后来他被一贬再贬到杭州、青州、颍州，在赴颍州任途中客死于徐州，终年四十六岁。《岳阳楼记》用词精准，大气磅礴，明暗相衬，文辞简约，音节和谐，用排偶章法作景物对比，成为后人学习的榜样，你们要多揣摩，多练习。"

冯敏昌在岳阳楼上出诗题考大家学业，又带着大家参观岳麓书院，让晚辈见识了什么叫文化积淀；到了湖北，又登黄鹤楼，每到一处，冯敏昌便给儿侄辈恶补相关知识，弥补自己的愧疚。

两个儿子和他的关系也日渐融洽，这是冯敏昌最开心的事。

路上，冯敏昌对大儿子冯士载说："你今年已经十七岁，是时候要离开父母了，孟县知县仇序东叔叔是父亲的深交，学问深厚，我准备送你到他府上跟他学习，我和你妈决定娶他的女儿为儿媳妇，听听你的意见。"

冯士载沉默了好一会，这才说："父母相中的人，应该差不到哪里，我听你们的。"

冯敏昌心放了下来，接着说："仇序东在孟县知县任上为百姓办了很多实事，是个实干的官员，他家又是灵山望族，代代出人才，你要好好向他学习。"

冯士载说："我知道了。"

冯敏昌用了差不多一年时间，带着弟弟、儿侄游完湖南湖北著名景点，乾隆五十六年（1791）七月十一月，回到了天津。

回到天津第二天，潘氏为他生下了第三子。这是冯敏昌和妻子潘氏十年后相聚的生命延续。按照冯族辈分，冯敏昌给儿子起了冯士镳的大名。

儿子的出生，让冯敏昌有老树着新花的喜悦，这一年，他已经 45 岁，对潘氏又多了一份敬重。

生了儿子，整天又是尿又是屎的，再也不好意思住在李载园家，冯敏昌和父亲商量后，决定把一家大小全部接到北京钦廉会馆居住。

## 位卑未敢忘忧国

乾隆五十六年（1791）十一月下旬，冯敏昌到户部报到，此时的和珅在统揽了所有大权后，又担任了户部尚书。

冯敏昌想起几年前被陷害的经历，不想在此人手下工作。由于临近年终，他干脆没去上班。

每天早上起来教弟弟和儿子、侄子读书，临摹他游五岳带回的拓片字帖，和父亲探讨诸大家诗艺，偶尔帮助潘氏照料儿子，日子在平静中一天天过去。

过完年，各部会陆续开始上班，冯敏昌正在犹豫不决，接到皇帝圣旨："特授冯敏昌户部浙江司主事。"

皇帝下旨，不上班肯定不行了。

二月十九日，他正式上班。

经过西便门进入圆明园，看着熟悉的一景一物，想起离京六年的经历，感触良多：留下《二月十九日出西便门赴圆明园道中作》：

七年不到城西路，重到方当二月中。

万木待回新润泽，连峰不改旧奇雄。

备员趋走蒙宽政，报国蹉跎效小忠。

且为物花还得句，宁言秃笔竟无功？

其中颈联"备员趋走蒙宽政，报国蹉跎效小忠"，深切地表达了他当时的心境：自己离开朝廷这么多年，皇帝不但宽容自己，而且还重新任命自己为官，自己在报国的路上因为考虑个人的遭遇而犹豫不决，现在到了下定决心为国家尽忠的时候了。

尾联"且为物花还得句，宁言秃笔竟无功？"感叹自己通过考取功名进入朝廷，本想借笔墨文章报效国家，谁知生花妙笔成了秃笔，白白虚度了多年时光。整首诗充满了伤感，读后让人感同身受。

清朝乾隆年间的户薄，执掌管理全国疆土、田地、户籍、赋税、俸饷、财政等事宜，其机构按地区划分为江南、浙江、江西、福建、湖南、山东、山西、河南、陕西、四川、广东、广西、云南、贵州等十四个清吏司，并设有八旗俸饷处、现审处、饭银处、捐纳处、内仓等机构，办理八旗俸饷、捐输等事。当时的浙江司是最大的一个司，按清朝例，各部院主事是正六品衔，相当于现在中央财政部或公安部户籍司里的一个副司级官员。

这个主事叫着好听，其实就是个干活的，所有大大小小的事都要经手，一句话就是官小事多。

有人为冯敏昌鸣不平，冯敏昌不以为然，信心满满地说："不论官大官小，能为民众办事就是好官。"

他在户部任职的时候，经常思考如何才能确保国家的粮食安全，他思考的成果就是留下了《论积贮》。

在《论积贮》中，他开宗明义："盖闻国非财粟，不足；民非财粟，不生。故储蓄者，立国之大计，而民生之大命也。"他认为，耕作三年，其中要有一年的粮食用来积贮，耕种九年，就要有三年的粮食留下来以备不时之需。

他通过历史上例子，证明成功储蓄粮食的朝代，能确保国家稳定，繁荣，而不注意储备粮食的朝代就会经常出现动乱，说明储蓄的重要性。

最后结论是："盖在官者，以爱民为念；而在民者，以体上为心。既实力以奉行，自实心而考核。稽胥吏之奸，自不至于烦扰；严社正之选，又何至于侵鱼？夫如是，而在官在民，均为实惠。利国利民，胥在其中，而积贮之道矣。"

他在户部任职的时候，虽然不直接管理新疆，但他对新疆的粮食供应提出了自己的意见，也就是《论新疆屯田》。

在《论新疆屯田》中，他认为，新疆离内地千里迢迢，要养活当地的军民，必须靠当地开垦种植。"地有余壤，人有余力，使其得尽力于耕作，以勤民于生谷，将资财充足，百货往归，不必从枕席以过师，而自见幅员之广大。此新疆屯田之法所以为新疆积贮之规者也"。

他进一步说明，依靠国家扶持，总有出现不足的时候，而允许当地民众自己开垦种植，就可以保证粮食供应。同时建议要建立平仓作为国家储备粮食的主要渠道，丰收时可以用国库银两大量收购粮食布匹，歉收时则开仓平价销售。社仓，义仓只能应急一时，不是长久办法。"义仓之弊，贵与言之。岂法久而弊生哉？亦行之者之或未得其人耳。夫苟不得其人，则虽姬公之官礼，不可遽期于后人；而三代圣王之良法美意，不可复明于后世也。此有治法无治人之谓也。苟得其人，则虽以常平仓之兼储布帛麻丝，富人折中惠民等仓之各见乎得失，而未尝不可参互裁酌相辅而行也。此有治人无治法之谓也。则甚矣，操之者之贵得其人也。"

他的这个观点，与新中国建立后，国家建立新疆生产建设兵团开垦新疆有异工同曲之处，可以看出冯敏昌的高瞻远瞩。

他在户部主事的岗位上勤勉办事，勤于思考，为国理财，当年财政收入白银 4359 万两，这笔钱保证了国家正常运转，虽然不是他一个人的功劳，但也有他的一份付出。

同时，他始终对和珅抱着敬而远之的态度，办事能躲则躲，不能躲过，就直接面对，保持不卑不亢态度。

那时，和珅由于专权，树敌太多，要对付的人太多，冯敏昌这样的小虾米一时还排不上日程，这让冯敏昌能够集中精力投入工作，但他还是时时提防着和珅。

他怕在京游学的弟弟冯敏曙给自己惹祸上身，于乾隆五十八年（1793）四月二十一日，专门写了一副对联给弟弟冯敏曙："三缄其口，再思而行。"叫他时时带在身上。

我们后人没法想象他当时写这副对联的心境，但从文字推敲，他内心应该非常无助，深感官场险恶，人人自危，怕弟弟言多必失，故有此对联留下来。

乾隆五十九年（1794）五月二十四日，冯敏昌因在户部工作表现突出，被乾隆皇帝下旨补任到吏部任职。

一个六品官，按清朝官制，根本没有机会见皇帝。

乾隆皇帝此时正在热河巡视，突然下旨要冯敏昌到热河迎驾。

冯敏昌一头雾水，不知道乾隆皇帝唱的是哪一出，他当时连一身好官服都没有。

当务之急要赶做一套新官服，又不知见面时乾隆皇帝要问什么问题，心里很烦。为此，专门作了一首诗给自己的弟弟冯敏曙，题目是《夏至作示季光弟》，表达当时的心境：

> 愁情如海浩茫茫，况此人间日最长。
> 望断云霓新雨色，眼昏松柏旧山岗。
> 求仙自古嗟无验，却病何人更有方？
> 屈指移官应面圣，仍闻出口待治装。

愁情如海道尽了他的无助，下句诉说着度日如年的惶惶不安，最后一联，算算要接驾的日子近了，新官服还没有做好。

如果是其他官员，巴不得有机会见皇帝，说不定见了一次皇帝立马便可以鸡犬升天，但冯敏昌却是如此战战兢兢，如果任由他选择，想来他肯定不愿见皇帝。

六月，冯敏昌在热河以职事身份被乾隆皇帝召见。

冯敏昌跪拜了皇帝，心里不停地想着：皇帝要问些什么呢？乾隆皇帝没有让冯敏昌跪着，而是说了声："平身。"

冯敏昌谢了隆恩，站在一旁等候乾隆皇帝发话。

乾隆皇帝高兴地说："爱卿游五岳创作了很多很好的诗歌，像'天鸡一唱海潮翻，绝顶惊看晓日暾。紫电掣时辉乍激，火轮飞出势难吞。千寻绛阙应鳌抃，几点齐州尚雾昏。我自煦阳餐沆瀣，谁与高眺览乾坤。'这首就很好，气象宏大，眼目高远。"

这首诗是冯敏昌登日观峰顶观日而作，想不到皇帝手上有自己的诗，心里暗暗吃了一惊，连忙说："臣不学无术，只是写写风景而已。"

乾隆皇帝接着说："诗书画，爱卿都很出色，朕想听听爱卿对为官的看法。"

冯敏昌思考了一下，诚实地回答了乾隆皇帝的问题。

他说："为君的人，接受天的意志治理国家，而大臣，就是为君治理天下而做事的人。上天寄大任给君王，君王再将职能分给大臣。君臣各尽其责，官吏各守其位，考察大小官员的能力，就看他为老百姓带来什么实惠，大官守正道，小官就会效法，所有官吏进而尽忠，退而思过，那么国家就会达到政通人和，长治久安。"

冯敏昌的回答让乾隆皇帝龙颜大悦，当即下旨，实授冯敏昌为吏部河南司主事加两级，享受从五品待遇。

冯敏昌回答乾隆皇帝关于当官的论述完整地保存下来，题目叫《论官方》，收集在他的文集中。

在热河见乾隆皇帝之事，冯敏昌留下了诗歌：

> 老骥长登路，神鹰必下鞲，看君投笔意，还足取封侯。

吏部是专门管犯人的机构，犯罪人员为了减轻罪责，尤其是死刑犯，为了活命，很多人会不择手段请客送礼，在贪官眼里，是个肥缺，来钱快。

冯敏昌却不喜欢这个岗位，对户部依依不舍，不想到任。在上头的多次催促下才勉强上任。

他在这个岗位上工作了十八个月，冯敏昌常常对同事说："吏部责任重大，处处关系着民命，我们如果工作不慎之又慎，一条无辜的生命可能就葬送在我们的手里。我们一定要仰体皇上好生之德，俯思朝臣折狱惟良。"

经他手的每一个案件，他一定再三审核，有错必纠，能平反的给予平反，能减刑的给予减刑，只要罪不至死，他一定会给犯人新生的机会。

那些十恶不赦要判死刑的，他总是心怀怜悯，签了状，到秋后大决时，往往心神不宁，坐卧不安。回到家还唉声叹气，闷闷不乐，可见他是个仁慈的好官。

## 儿子郑州结良缘

这年，在京的大儿子冯士载已经二十岁，自己十九岁成婚已经算迟了，儿子比自己还迟，这婚不结看来是不行了。

儿媳现在人在河南，冯敏昌没法带着一对新人回钦州举行婚礼，到北京来办仇序东亲家又不一定同意，他们去河南更不现实，一时间，左右为难起来。

十月的一天，他收到仇序东的来信，信中东拉西扯，没有什么主题，但最后一句话，让他多了几分心事："小女近来心事重重，茶饭不思，想来应该是想你龙儿了，作为父母的，最大的幸福就是儿女成双成对。"

读着这封信，他这才猛省，仇序东是催婚来了。

这事也不能怪仇序东，两家有婚约已经多年，是应该办婚事了。

十月五日晚，他下班回到钦廉会所，烧了一壶茶，叫来冯敏曙说："你来京城差不多四年了，我整天忙于事务，也没能很好地指导你学习，连谈谈家常都难挤时间，好在覃溪恩师收你为徒，我也就放心了。"

冯敏曙听了他的开场白，诚恳地说："哥，这几天，我看你心事重重的，我在京城这么多年，一直得到你的多方照顾，有什么需要我的，你只管吩咐好了。"

冯敏昌沉思了一会，为难地说："几年前我们已经下娉仇序东女儿给士载，姑娘一天天长大，应该举办婚礼，了却大家的心事。但现在回钦州办婚事不切合实际，仇序东也不可能送女儿进京来结婚，都不知如何是好。"

冯敏曙听了，淡定地说："这有什么难？仇亲家来北京不方便，我们又回不了钦州，这婚礼干脆在郑州操办就行了。"

"来回郑州起码得三个多月，我没法参加。"

"哥哥不能去，我和大嫂送士载去，请哥一万个放心，当年哥哥结婚的场面我见过，程序都记得，我的婚事也办得没有任何差错。士载的婚事肯定办好。"

潘氏给他们续茶，听了冯敏曙的话。也劝冯敏昌："姑娘一天天长大，我们不急亲家急，我看就按四弟的意见，我们送士载到河南结婚。"

冯敏昌听了两人的意见，又请出父亲征求意见。

冯达文本是个守旧之人，对大孙子不在老家成婚有些想法，但看到冯敏昌为难的神色，知道回钦州结婚有难度，这才说："一辈有一辈的福，这事你们决定就行，我没有意见。"

冯达文同意了，事情就好解决了。

冯敏昌立即写信给仇序东说了自己的打算，过了一个多月，收到了仇序东回信，同意他们送冯士载到郑州结婚。

冯敏昌自己看了黄道吉日，择了乾隆五十九年（1794）二月初八起行。

冯敏曙、潘氏、冯士载和随从张钧一起上路，到达河南郑州。[①]

仇序东和冯敏昌本来就是表亲关系，现在又结成儿女亲家，自然大喜过望。知道冯敏昌因工作关系不能亲自参加婚礼，仇序东对结婚大大小小的事都亲自安排，生怕有闪失对不起冯家。

大婚当天，一切按古礼操办婚事。

---

① 仇序东因在盂县成绩突出，口碑好，此时已经离开盂县，到郑州任知州。

当时河南的头面人物纷纷前来参加婚礼，送上祝福。已经离开河南的毕沅也赶来参加婚礼，给足了冯敏昌和仇序东的面子。

婚后，冯士载按约定留在郑州跟仇序东边工作边学习，为来年应试做准备。

# 祸不单行

都说人有三灾六祸，月有阴晴圆缺。

熟读《周易》的冯敏昌自然知道自然规律不以人的意志为转移，生与死，离与别，人生不能幸免。

乾隆六十年到嘉庆二年，对冯敏昌来说，是一段不堪承受之重的日子。三年间，他最敬重的父亲，最相知的弟弟，最亲的儿子相继病亡。最达观的人也经受不起接二连三的打击，冯敏昌差点丧命。

## 父亲儿子相继过世

乾隆六十年（1795）对冯敏昌来说是个凶年。

二月初七，他下班回到家，张钧给他递上一封信，对他说："这是早上送来的，夫人外出办事，一直没有回来，这是亲家的信，不知有什么事。"

这样的信一年有很多封，他像以往一样拆开，慢慢看着。突现两眼一黑，就不知人事了。

冯敏昌本能地死死抓紧信，倒坐在地上，头已经撞破，正在流血。

外出办事回家的潘氏看到这个样子，吓得连忙冲上前紧紧抱住他，潘氏惊慌地大喊："张钧，张钧，大人受伤了，快快拿药来。"

张钧此时正在书房整理主人的稿件，自从方德才病死后，他就成了冯敏昌的贴身秘书，冯敏昌写的诗歌、字画他每天都收拾整理。

听到夫人呼叫，拿了放在书房的小药箱，冲出来看到冯敏昌头上的血，吓得"呵"了一声，急忙为冯敏昌包扎止血。

潘氏用尽力气按压冯敏昌的人中，又用指甲掐他的脚心。

一番折腾后，冯敏昌终于"呵"的一声喊了出来。他伏在潘氏的肩膀上痛哭流涕，他内疚地告诉潘氏："士载在郑署病亡了。"

潘氏听了，脸色苍白，全身发抖，但她不肯相信这个残酷的现实，她坚决地说："这不可能，我儿子一直好好的，上个月亲家来信，还直夸他诗艺大进，怎么可能发生这种事。"

冯敏昌抹着眼泪说："儿子发急痧，一天内就没了。"

潘氏这才痛哭起来："儿子，阿母对不起你，本不该送你到河南的，如果你不到河南，就不会发急痧，就不会走上黄泉路，老天爷，让我替换我儿子吧，求求你了。"

这声声的哭诉，听在冯敏昌耳里，好像有个重锤一锤锤敲打在他的心上。

仇序东视冯士载如己出，女婿没了，他的痛肯定不比自己少，还有媳妇，年纪轻轻的就守寡，以后应该怎么办，这连串的问题，让他的脑子没法冷静。

闻信赶过来的冯敏曙看见哥嫂悲伤过度，想到最迫切的问题就是要处理侄子的后事。

他小心地说："哥、嫂，请你们节哀顺变，仇亲家还等着你们的话，士载的后事要抓紧处理，我跑一趟河南吧。"

冯敏昌听了，动情地说："四弟，有你这个好兄弟，真是我的福。郑州离钦州万里之遥，一时三刻也没法运回钦州。我自己没法离开北京，你嫂子也没法面对士载，只好麻烦你跑一趟，到郑州帮忙处理后事。你对仇亲家说，一切后事由他作主，但儿媳妇我要带回北京，不能让她在郑州那个伤心地。"

冯敏曙深知哥哥内心的痛苦，安慰他说："哥，你放心，我会尽最大努力处理好士载的后事，你也注意保重身体。"

冯敏曙第二天就急急忙忙离开北京直奔郑州。

在京的冯敏昌回忆起少年老成的儿子，正是人生最好的时光，在仇序东的悉心指导下，诗词书法都大有长进，已经通过了秀才考试，多次表示要以父亲为榜样，争取早日考上进士。冯敏昌对这个大儿子寄予厚望，想不到却成了白发人送黑发人。想起儿子，他就伤心欲绝。

那段日子，他既要上班，又要照顾因伤心过度而卧床不起的潘氏，冯敏昌整个人都憔悴了。

他拼命工作，想用工作的满负荷来冲淡悲伤。

三个月后，冯敏曙带着仇氏回到北京。

冯敏昌看见媳妇，不敢相信这就是那个乖巧、贤淑的媳妇。

大家原以为仇氏见到婆婆公公会哭得死去活来，潘氏连救急药都准备好了。

谁也想不到，她居然一滴眼泪都没有，神色镇定地给公公婆婆请安。

行完礼，看到潘氏哭得死去活来，她反而安慰婆婆说："士载托梦给我，说他已经成仙了，母亲不用悲伤，如果你哭喊，他在天上看着会难过。"

冯敏昌听了，只有暗自悲伤：儿媳是伤心过度，变傻了。

他吩咐潘氏说："安排个人专门照顾媳妇的起居饮食，好好调养。"

仇氏听了，摇着头说："父亲，母亲，我没事，真的没事，不用照顾我。"说完，居然拿起扫把扫起地来。

潘氏想劝她，冯敏昌用眼色制止了潘氏。

冯敏昌知道，如果现在儿媳什么也不做，说不定就崩塌了。

风尘仆仆的冯敏曙拉冯敏昌离开大家的视线，这才说："士载媳妇一路上哭得很悲伤，见了你们，怕自己哭起来勾起你们的痛苦，强忍着的。士载没有留下一儿半女，以后怎么办呢？要不要尽快给她领养一个孩子？"

这些事冯敏昌都想过，但现在不是说这事的时候。

于是，他对冯敏曙说："这事我自有安排，这次辛苦你了。你回去好好休息吧。"

仇氏按族规，开始在北京守制。

守制期间，她天天念经，吃素。

冯敏昌夫妇怕她身体吃不消，多次劝说，让她吃些肉菜，可她还是坚持着，人越来越瘦，只剩下一张皮包着骨头。

全家人悲伤的眼泪还没有擦干，十二月二十八日，突然接到噩耗，冯敏昌最最敬重敬爱的父亲冯达文已经在十月初十辞世，由于北京离钦州路途遥远，这消息到北京晚了两个多月。

冯敏昌的天真要塌下来了。他按《礼记》中规定父母死后"水浆不入口，三日不举火"严格要求自己，把袜子脱了，寒冬腊月赤脚踩在地上，只过了一天，两只脚就生满了冻疮。

由于禁食，加上伤心过度，身体出现了应激反应，先是整天呕吐，接着每天咯血。人的身上能有多少血？咯着咯着，冯敏昌已经起不了床。很多朝中的老乡，同事到他家去探望，看到他已经奄奄一息，任谁劝说都不肯进食。

大家都说，冯敏昌看来是挨不过年了。

恩师翁方纲获悉噩耗，到府上来探望，看见他这个样子，训了一顿："身为长子，全家人都等着你回家为父亲处理后事，身体发肤，受之父母，你糟蹋自己的身体，如果死了，就是大不孝。你给我起来吃饭，尽快恢复健康，快快回家，母亲，弟弟都在等着你呢。"

翁方纲这一顿训，冯敏昌猛然想到现在自己还不能倒下。

为了能活着回家，冯敏昌只好穿上袜子，开始进食米汤，身体也慢慢恢复元气，总算捡回了一条命。

为了纪念父亲，他请恩师翁方纲为父亲写墓志铭，请大司寇吴谷人为父亲写传。这些做好后，已经是第二年六月份，能为父亲做的事都做了，他决心回家。

于是向皇帝告假回家丁忧，想到这次回家，不知什么时候才能回京，又想到儿子冯士载棺材还在河南郑州寄存，内心充满了忧虑。

由于经济拮据，没法请人帮忙，简直是一筹莫展。

在他最困难的时候，同乡林梅堂先生伸出了援手，他对冯敏昌说："我帮你到河南运贤侄的灵柩回乡，你安心回家吧。"

冯敏昌感激得泪水都流了出来，紧紧抓着林梅堂的双手说："你这个情，我记住了，那我们分头行动，到维扬会合后一起回家。"

估摸着林梅堂到河南后，冯敏昌才带着潘氏及幼子士镳、儿媳仇氏及从人上路，两路人马直到九月二十四日才在维扬会合，同回钦州。

由于沿途艰辛，无钱雇请帮工，林梅堂和张钧劳累过度，双双死在路上。

冯敏昌只好分拆棺椁，将两人装棺带回钦州。

冯敏昌缺人手，缺钱，历尽了千般苦，尝尽万般难，一行人回到马岗村，已经是父亲死后第三年的五月初五。

冯敏昌一行灰头土脑回到家，老母亲看到孙子的灵柩已经哭成了泪人。

冯敏昌看见母亲，立即跪在地上请罪："不孝儿在外漂泊，不能为父亲尽孝，走前又不能见最后一面，是最大的不孝。"

母亲扶起他，劝他说："你父亲走得很安详，他叫我转告你，世道复杂，如果做官太难，以后就教书立言立德。"

冯敏昌哭着说："孩儿谨记父亲教诲。"

## 再次赐封

嘉庆皇帝登基后，为了显示自己对臣子的关怀，特别给予一些成绩突出的臣子送上厚礼，尽忠职守的冯敏昌获得了极大的荣誉。

嘉庆元年即恩赐冯达文为奉政大夫，其妻子林氏为太宜人，冯敏昌的祖父也同时赐赠，祖父赐奉政大夫，祖母赐太宜人。

全家人接到这个喜讯的时候，已经是嘉庆二年。

宣读诰命的官员来到南雅乡，冯敏昌穿着黑色的丧服，和母亲率全家迎到南雅乡的官道上接旨。

当宣读诰命的时候，全家人虽然压抑着，但还是有人忍不住哭出了声，好在传旨的官员没有怪罪。

冯敏昌手上捧着圣旨，悲喜交集，心里想：一生不得志的父亲，要是能看到自己被诰封为奉政大夫，那应该有多高兴呵。

但父亲已经不能再生。

又想到儿子冯士载离开了自己，更让他悲从中来。

回家祭拜了祖宗，冯敏昌郑重地将圣旨奉到冯达文的坟墓前，流着泪告诉冯达文："父亲，皇帝诰授你为奉政大夫，这是何等的荣誉，你已经是正五品官了，我会对母亲尽最大的孝，你好好安息吧。"

冯敏昌说着说着，意识突然恍惚起来，似乎看见父亲深情地向自己微笑，就像当年登文峰卓笔鼓励自己一样。

想到和父亲的一路走来的往事，想到父亲临死时没有见上最后一面，冯敏昌感觉自己的心脏在一点点收紧，让他喘不过气来，他突然双腿下跪，在冯达文坟墓前，号啕大哭。他发誓说："父亲，我会尽快为你寻觅到好风水，将你进行二次葬。"

二次葬，是古代百越地区重要的丧葬文化，认为人死后，只有通过第二次下葬，后辈才能更好地尽孝道。现存最早的文字记载来自《墨子·节葬》记载，"楚之南有啖人国者，其亲戚死，朽其肉而弃之，然后埋其骨，乃成为孝子"。

## 四弟暴亡

想到为父亲二次葬，当务之急是寻觅风水地。

冯敏昌强忍悲痛登山寻觅风水地。

冯敏曙怕哥哥劳累过度，一直跟着哥哥跋涉。

有一天，两人走到丽城山时，冯敏昌拿出罗盘四处测量，对冯敏曙说："这地方不错，北面有蜿蜒而来的群山，南面有远近呼应的低小山丘，左右两侧护山环抱，像护卫重重拱卫。中间堂局分明，地势平坦，且有屈曲流水环抱。整个风水区构成一个后有靠山，左右有屏障护卫，前方开阔的相对封闭的环境。我看就选这处。"

敏昌只顾自己说话，背后的冯敏曙一点都没有反应，他感觉奇怪，回头一望，冯敏曙倒在草丛中，全身大汗淋漓，口吐白沫，已经没了知觉。

冯敏昌扔下罗盘，把冯敏曙抱到一棵大树下，猛用力陷人中，折腾了好一阵，冯敏曙才发出了呵的一声。

冯敏昌看弟弟的样子像是发急痧，想到前不久因此病死去的儿子，急忙将冯敏曙背在背上，急匆匆地跑下山，一路上摔了几跤，全身多处受伤。

回到家，全家被这突然飞来的横祸吓呆了。冯敏昌派人请来了村上的郎中，那朗中看了，摇摇头说："急痧已经进入脏腑，我医术浅薄，不敢开方子了。"

冯敏曙的妻子哭得晕了过去，又得救人。

一时间，全家鸡飞狗跳。

正在大家束手无策之时，突然有个人提了一桶水，分开众人，直接冲到冯敏曙睡的床边，哗啦一声，全部倒在了冯敏曙的身上。

冯士规双手死死地抱着来人，大声呵斥："你要干什么？"

那人理直气壮地说："我在救人。"

冯士规气得全身血脉暴张，呵斥道："有你这样救人的？"

冯敏昌拉开冯士规，毕恭毕敬地对来人说："多谢先生出手相救，看来先生有把握救回小弟一命。"

那个人努努嘴，得意地说："你弟弟喘气了。"

冯敏昌回头一看，冯敏曙真的有了呼吸，全家人都松了一口气。

那先生说："这病说重不重，说不重也重，就看各人的造化，其实是热毒攻入肺腑。因太阳猛烈，身上热气太盛，散发不出来，在体内乱窜，得不到及时消除，就攻入肺腑。时间长了，不及时救治，就很难好了。"

冯敏昌听了，似乎说得很有道理，弟弟可能有救，心情突然大好，请教说："先生刚才往病人身上倒水，是什么道理，有什么说法？"

那先生说："就是给病人降温了，让热毒尽快散除。"

大家听了，都感觉先生说的话有道理。

先生叫人拿出一个大木桶，两手一伸，将冯敏曙抱到木桶里，往桶里倒满水说："让病人在水里浸泡三个时辰，如果能说话，病就没有大碍，如果过了三个时辰还不能说话，只能准备后事了。"

有人听到准备后事，又哭喊起来。

冯敏昌蹲在地上，不眨眼地盯着冯敏曙。想到冯敏曙跟随自己登五岳，想到自己用山藤缠着他腰部过铁索的往事，想到弟弟对自己的言听计从，他心里责备自己：我关心敏曙太少了，如果这次他有个三长两短，我怎么面对他的妻儿？

到了下午，冯敏曙在木桶内突然大喊口渴。

大家听到冯敏曙能说话，想着应该是转危为安了，全家都放下心来。

冯敏曙不停地吵着要喝水，已经喝了十多碗，还吵着口渴。

冯敏昌心里又开始不安起来。

四处找那个先生，那人却没了踪影。冯敏昌急忙安排五弟冯敏晖务必将那人找回，由于天色已晚，不知此人是何方大神，冯敏晖像无头苍蝇到处乱撞。

到了晚上，冯敏曙脸上已经出现了浮肿，冯敏昌知道是水喝多了，他制止说："不能再给敏曙喝水了。"

可冯敏曙还是一个劲地吵着要喝水，子夜时分，他大喊一声："渴死我了。"

说完，两眼一翻，倒在水桶里，家人千呼万唤再也没有醒过来。

这天是嘉庆二年（1797）六月初六日，前后三年，一家走了三个亲人。

冯敏曙从小就跟冯敏昌亲，冯敏昌二十八岁进京复习准备参加会试，就将他带在身边一起在法源寺苦学，冯敏昌游五岳，他在鞍前马后效劳，冯士载到河南郑州大婚，也是他前后操劳。在冯敏昌言行影响下，冯敏曙品行文章都为时人推崇，得到翁方纲赏识，已经收在门下，折桂只是时间问题，想不到英年早逝，让冯敏昌悲伤得又开始咯血。

好在有母亲和诸后辈日夜照顾，冯敏昌又死里逃生了一回。

连续死人，全家整天笼罩在悲伤中，冯敏昌最难过，也不能倒下。

他硬撑着病身，四处为儿子和弟弟物色下葬之地，分别埋葬了儿子和弟弟，追思父亲的往日教诲，悲痛入骨。

第二年正月，他在冯敏曙出事的丽城山确定了父亲下葬之地，决定为父亲举行"圆满葬"。

父亲七十一岁往生，亲人虽然不舍，但在普通人眼里，已经是高寿。得到皇帝诰授奉政大夫，儿孙满堂，尘归尘土归土，父亲的一生应该画上一个圆满的句号。

下葬日期是冯敏昌选的，定在正月初七日。

冯敏昌选了对自己没有禁忌的时辰，初七日早上六时起骨，七时下葬。

头晚，他召集弟弟们来商量下葬之事，他说："明天日出前，所有事情都要办妥，日出了就会冲撞日神。父亲捡骨，我决定自己来，下葬也是，父亲为了我们全家，操劳了一辈子，我不想假手于人来处理父亲的后事。"

父亲死了，长兄为父，弟弟们当然都得听哥哥的。但下葬在农村有很多的讲究，万一冲了太岁，影响哥哥，那可是关系到全家的命门大事。

五弟敏晖说："哥，我来吧，你是家里的主心骨，不能出错。"

冯敏昌说："没把握的事，我不会做，你们就按前几天的分工，分头去行事就好了。这事不要再说。"

第二天一早，冯敏昌在一班师公的陪同下，到了父亲墓地。领头的师公说："冯大人，我们都知道你对易经研究很深，对丧葬文化也娴熟，但业有专攻，如果信得过我们，还是让我们操办吧。"

冯敏昌诚恳地说："我不是信不过你们，而是要为父亲最后尽一次心，他过世的时候我不在身边，这一直是我心头的痛，这次一定要弥补。"

"冯大人既然这样有孝心，那我们就帮打下手吧，也借机偷点艺。"

冯敏昌考虑到时间紧张，也不和师公多说，便拿出罗盘，先念罗盘口诀：

"精精灵灵，头截甲兵，左居南斗，右居七星，逆吾者死，顺吾者生，九天玄女急急如律令。"念完，测量了方位，师公准备动土，他说："让我先念破土口诀。"

"天上三奇日月星，通天透地鬼神惊。诸神咸见低头拜，恶煞逢之走不停。天灵灵，地灵灵，六甲六丁听吾号令，金童玉女首领天兵，何神不伏，何鬼不惊，钦吾符令扫除妖精，时到奉行，九天玄女急急如律。"

读完，师公们都暗暗吃惊，只好心服口报地听从冯敏昌指挥，小心谨慎地挖土。黄土一层层挖开，棺材慢慢露了出来。

看见棺材，冯敏昌忍不住，两行泪水长流不止，有个师公提醒说："冯大人，赶快擦干眼泪，千万不要流到棺材上，要不，往生者就一直恋着家里，升不了天。"

冯敏昌用衣襟擦干眼泪，跳进坑里，搬开上面的棺材板，看见父亲的骨骼整齐地排着，心里说："一生循规蹈矩的父亲，就算死去，都这么规矩，真是个大好人。"

想着想着，忍不住又流泪。

想着流泪不好，又急忙擦干眼泪。

坑里散发着泥土的潮湿味，没有一点腐臭味，这让冯敏昌感觉很宽慰。

他按父亲生前坐姿置骨架在金坛中，以朱砂洒于骨上，用一张红纸写了父亲的姓名，生卒年月，盖上盖子。

弟弟冯敏晖撑了一把红色雨伞遮盖着，冯敏昌怀中抱着金坛，好像听到了父亲的心跳。

丽城山的墓室早已经挖好。

冯敏昌小心地抱着金坛，移步进入墓室，将金坛轻轻放下，默念说："父亲，你就安息吧。"

说完，倒退着离开墓室。

师公们往墓室填了泥土，冯敏昌在墓前立碑：赠儒林郎翰林院编修奉政大夫冯君（达文）墓。

立碑时，冯敏昌念道："我今把笔对天庭，二十四山作圣灵，孔圣赐我文章笔，万世由我能作成。点天天清，点地地灵。点人人长生，点主主有灵。点上添来一点红，代代儿孙状元郎。进呼，发呼！"接着祭拜龙神。

又作法："蝴蝶双双翻玉树，黄莺对对舞金枝。清光丽日千花放，灿烂祥云百彩垂。永庆流芳传系远，长欣遗德显基丕。佳城完峻须恭奠，满眼儿孙展墓时。吉日良时礼敬茶，五方更请墓神龙。青龙左拥招财宝，白虎右操富万钟。墓前朱雀人丁旺，墓后镇明玄武堂。廿八山家星宿在，罗经二山山琳琅。降临后土应先申，继请娲星杨救贫。白鹤仙人表乌到，有名有德莅降真。墓中父亲尊魂，请与诸神驾一群。今朝俎豆儿孙仔，齐上墓堂同尊敬。一奠请醴酒满卮，应将莹荫子孙儿。螽斯衍庆千丁旺，显达光明早读书。二奠酒来喜满前，龙神同嚼福人天。从今日实三宝贵，必出儿孙个个贤。三奠馨芳酒满杯，欢呼共飨众坟台。龙社同酌祭筵过，大振家户福自来。四奠诸薰酒满巡，佳城峻日祭先坟龙神同鉴祖先德，好把儿孙跃禹门。"

接着又举行散五谷仪式。

当时，冯族后人排排跪在墓前，孝子孝孙跪第一排，其余按亲疏内外层层跪着。

前来吊唁的宾客大都已经到达，里三层外三层都站满了人，从四面八方起来参加葬礼的人少说也有两千多。

冯敏昌主持散谷仪式，所有孝子在墓前排排跪下。冯敏昌领着大家读散五谷口诀：孝子跪墓前，进斗礼义尊。抚丁添福寿，散谷出儿孙；葬在荣华池，长居富贵门，灵魂归佛宇，千古德犹存；东方甲乙属青龙，化雨栽培五谷浓。财丁两旺长富贵，儿孙世代显荣宗。南方朱雀丙丁发，添得财多福寿绵，和气一堂珠玉满，春秋五谷播良田。西方白虎属庚辛，化作黄金万斗春。五谷丰收丁大进，满门福禄自天伸。北方壬癸称玄武，招得财源滚滚来。五谷满仓丁满户，百子千孙出贤才。中央戊己土成黄，东西南北管四方。鹿起鸣山衣食富，马来秀岭子孙昌。狮钟灵气邀丁贵，象展神威致吉祥。千顷田园收五谷，万贯钱财进高堂。五谷散落地，子孙房房发家伙。五谷散高高，子孙房房福寿全。

人们对冯敏昌的道行议论说：真不愧是进士，口中的每句话，都蕴涵着丰富的人生哲理，大开眼界了。

又有人悄悄说，冯进士研究易学已经几十年了，这些只是小菜一碟，以后说不定我们可以看到更精彩的。

在人们议论时，程序已经做到躯龙环节，冯敏昌又念念有词：手把罗经八卦神，盘古初分天地人。九天玄女阴阳法，曾度凡间扬救贫。南山石上凤凰飞，正是冯公安葬时。年通月利无禁忌，今日打开生龙口，轻轻引进大封君，前面有山山拱秀，背后有屏镇墓基。手把罗经摇一摇，二十四山都来朝，手把罗经照一照，二十四山都荣耀。前有朱雀旺人丁，后有玄武镇明堂。左有青龙送财宝，右有白虎进田庄。禄到山前人富贵，马到山后旺儿孙。此是我葬听我断，一要人丁千万口，二要财宝自盈丰。三要子孙螽斯盛，四要头角倍峥嵘。五要登科及第早，六要牛马自成群，七要南北山府库永无，八要寿命好延长，九要家资石崇富，十要贵显永无疆。

丧礼圆满结束。

下山的时候，听到两个老伯议论，一个说："达文兄生出这样的儿子，死而无憾了。"

另一个接着说："钦州几百年才出一个进士，能考上，肯定样样精通了，听说冯进士帮皇帝编过书，想想就知道有多厉害了。"

安葬了父亲后，冯敏昌领着两个儿子为父亲在丽城山守制，按习俗，守制期间，不得剃发和胡须，不得吃荤腥，不得近女色，不得入街市。

到了三月份，三年期满，冯敏昌把父亲的木主迎入宗祠，至此，守制算正式结束。

冯敏昌由于营养严重不足，整个人脱了相。

那天早上，他为父亲敬了守制的最后一支香，从坟地回家，当他打开家门，潘氏看见门前站着一个胡须拉碴的男人，吓得尖叫起来，接着就是急急将来人推出门外。

冯敏昌被关在门外，只好嘭嘭敲门，一边敲一边喊："我是冯敏昌，快快开门。"

听到熟识的声音，潘氏确认是丈夫无疑后，这才打开门。

冯敏昌洗浴一番，理了头发和胡须，这才出来见过母亲。

# 一代宗师

冯敏昌当官不顺，四十二岁开始在河南河阳书院任教，以后虽然回京做了七年的官，但由于在户部和吏部担任的都是小官，很难有大的作为。他从乾隆六十年（1795）回家为父亲守制后，就再也没有回到官场，一直在教书育人的岗位上拼搏，成就了"河汾礼乐"的教育佳话。

## 成就"河汾礼乐"

冯达文乾隆六十年（1795）七十一岁在家乡病逝，冯敏昌第三年回到家，安葬了父亲。

按清朝制度，守制期满后可以回京就职。

广东方面的父母官获悉冯敏昌回到钦州，一直派人来游说他到广东书院任院长。

冯敏昌每次都拒绝了，但广东方面还不肯放弃，不但分管教育方面的官员亲自到南雅乡来做动员工作，连两广总督吉有斋、中丞陈简章都亲自写信，希望冯敏昌为桑梓培养人才。

冯敏昌深感为难，对母亲说："以前我求学的时候，在省城多家书院受过教育，现在省里多次来人来函请我到端溪书院任讲席，我一时拿不定主意，想听听母亲的意见。"

母亲大人这年已经七十三岁，她本来就出身于大家闺秀，又一直在冯家沐浴深厚的文化，算是见多识广，世事练达。

听了儿子的话，淡然地说："你内心纯粹，一直不适应官场的钩心斗角，既然广东父母官看重你，教书育人也是好事。"

母亲的话让冯敏昌开始犹豫，由于春节将近，冯敏昌心里想：一切都待过了年再说。

为了减轻母亲的悲伤，冯敏昌决定过年好好操办，一扫冯家接二连三办丧事的晦气。

因此对潘氏说："今年过年要尽量搞得热闹些，让母亲忘记伤痛。"

潘氏听了冯敏昌的话，从腊月开始，指挥从人对冯家进行了大扫除，媳妇仇氏忙于做年糕，炸扣肉，准备供祖的鸡鸭。潘氏还叫从人买来很多大大小小的灯笼，挂在冯宅，一下子，就有了新年的气象。

年三十晚，冯敏昌看着喜气洋洋的一家人，总感觉少点什么，冯士履正在贴对联，他突然说："我写几个字，镌刻在木板上，以后过年，拓字就行。"

说完，找来纸笔，一挥而就，写下了"福寿鹅魁"四个大字，一家人都围过来欣赏，母亲也高兴地过来凑热闹。

冯敏昌开心地说："福寿两字专门送给母亲大人，祝母亲大人福如东海，寿比南山；鹅字送给冯家妇女，希望合家妯娌像鹅一样，同声同气，相夫教子，友爱族人；这魁字专门送给冯家所有求取功名的男儿，愿大家向祖父辈看齐，争取科举夺魁。"

大家听了都很开心，这四个字的模具，冯家人视同珍宝，一直珍藏着。

过了年，是到广东教书还是回京任职？

正在举棋不定之时，元宵节第二天，突然官道上来了一队人马，到了冯家，冯敏昌见了来人，大吃一惊，原来是两广总督吉有斋、中丞陈简亭在一帮教育官员的陪同下，亲自到马岗村来请冯敏昌到广东任职。

大家寒暄过后，吉有斋开宗明义："冯翰林的学识和人品岭南独树一帜，端溪书院目前教育处于不温不火的状态，必须由学识渊博，人品高尚之士来主持，恳请冯翰林帮这个忙。"

陈简亭也附和说："端溪书院是广东四大书院之一，但现在书院管理和教学都严重不足，请冯翰林无论如何帮这个忙。"

冯敏昌一时左右为难，正在踌躇间，母亲大人开口了："鱼山，你就答应两位父母官吧，办教育为国家培养人才，比回京任职重要。"

母亲发了话，想到如果到端溪书院任职，可以就近侍养母亲，也不是什么坏事，于是冯敏昌说："谢谢吉总督和陈中丞抬爱，我答应到端溪书院任职，但有个条件，你们不能干扰我的工作，我想按自己的想法办教育。"

两位主官听他同意到端溪书院任职，早就高兴得手舞足蹈，异口同声地说："这个条件我们保证做到。"

两位官大人达到目的，高高兴兴地走了。

由于马上就要开学了，冯敏昌必须及早动身到书院。他对妻子潘氏说："父母亲一生恩爱，父亲突然走了，母亲很伤心，这段时间你要早晚小心侍奉，我先过去，等安排妥当，你和大嫂（仇氏）带母亲过去，我们好生侍养，让她老人家安度晚年。"

潘氏说："好的，你放心走吧，我会像对待亲妈一样对待母亲。"

嘉庆四年（1799）正月十八日，冯敏昌带着书童上路，走了十天，正月二十八日到达梧州，突然看见街上很多人都穿白衣戴白帽，冯敏昌对书童说："乾隆皇帝升遐了。"

说完，停止走路，突然跪下就朝着北方叩头，叩完头，对书童说："今后三天，都不用为我准备食物，只给我准备些水就行了。"

书童担心地说："大人，你守制期间由于不吃肉荤，身体已经很差了，不吃三天饭，可能连命都没了。"

冯敏昌说："按我说的办就行了，其他不要多说。"

住下来后，冯敏昌回想起当年在翰林院工作时得到乾隆皇帝的多次嘉奖，在热河迎驾时乾隆皇帝对自己的肯定，内心不能平静，关在旅馆作诗四首怀念乾隆皇帝，其中三首为：


稽古明王作，云谁后福膺？
天心原有待，圣德实钦承。
世仰重离照，人思寿宇增。
宁知华封祝，真见白云乘。


六十年宵旰，皇王总大成。
圣文如日丽，神武并天声。
十见蠲租赋，长看洗甲兵。
儒生侈三代，宁及此升平？


凤鸟来何日？龙髯已上天。
金桃思汉代，玉鹤怆尧年。
孝礼储皇备，哀情率土缠。
小臣无报称，泣血望高圜。


冯敏昌在旅馆静哀三天，这才上路。

二月初八日，到达端溪书院。

他和书童两人到达时，是在傍晚，夕阳下，冯敏昌用手摸着厚重的书院山墙，回想当年自己与父亲到此求见陆大田先生的经历，还历历在目，转眼间，父亲已经作古，自己也步入了老年，人生真短暂。

冯敏昌心里暗暗发誓，在自己有限的生命里，一定要让端溪书院成为教书育人的真正殿堂。

决心定了，他郑重地推开了端溪书院的大门，端溪书院的历史也从此改写。

冯敏昌的到来，自然让学子们欢呼雀跃，奔走相告。

大家以为这个名声在外的翰林会发布什么重大演说，对教学有重大安排，但一连数天，书院静悄悄的，书生们经过打听，原来先生是在找人谈话了解书院情况，一个个谈话。

冯敏昌所处的时代，正是清朝实行书院教学的兴盛时期，当时的书院教育，虽然由讲席（院长）自己决定教学内容，但万变不离其宗，书院的办学宗旨，基本以传播儒学为主，通过传授经史考据、古文诗赋、时文制艺，间接传授儒家思想。

清代书院面向地方社会的儒学传播，几乎辐射到当时整个社会，影响了各个阶层的人员，对当时社会产生了广泛而深远的影响。

冯敏昌作为中国传统文化培养出来的优秀知识分子，对教书育人的道理有着深切的体会。

在一个风和日丽的早上，当学子们像往常一样上早课时，发现书院的山墙上贴了一张大大的布告，学子们走近一看，原来是冯敏昌制定的新学规，他自己亲自抄写，工工整整地贴在墙上，题目叫《端溪书院学规并引》，学子们一目十行地读着：

盖闻治学之道，经师难得，人师尤难。是以圣人有无言之教，而颜氏有心齐之学。学而至于讲授，抑其次矣。又况立为规条，多为诚约。其不至强人以所难，数进而不顾其安者几希矣。然而子弟之职，《曲礼》为多；大伦所教，《学记》尤谨。则学规之立，自古而然。亦视乎其所向方者为何如耳。

端溪书院，为吾粤育才最盛之区。省西五郡人士之去会垣远者，胥于此就学焉。忆岁壬午，昌尚在垂髫，随先君奉政公执经于陆老夫子大田先生之门，仰惟师范之尊，课士之勤，经师人师，于是乎得，故登龙门而成为伟器者不一。昌既喜过庭，兼承绪论，并得随诸君子后，敬业乐群，忽忽不知其乐也。后余竟赖师教，幸成进士，入史馆。旋以非才改官比部，思尽心于所职，而旧学益芜。重以先君讳归里，忧患之余，诸无睯省。服阕后，养疾赋闲。不自意，忽柱方伯西林常公，专致制宪尚书觉罗吉公之聘，属主讲于斯席，彷徨避席者久之。重以贤宗臣为国养士之勤，复不以庸虚无所先容而物色之。用是感激，思竭其不肖之遇心，以副大贤之意，遂来斯宇。复承观察前辈诚齐包公暨贤太守小眉马公暨高要贤令尹新旧诸尊，雅度优容，加以延接，兼所以为斯人士地者甚厚。适于二月杪启馆……是用敬绎旧闻，参酌时古，编成学规十六则，冀与同学共勉焉。

十六条学规如下：

正学宜先讲也；品行宜先敦也；义利宜先辨也；礼文宜先习也；五经宜背诵也；书理宜疏通也；史事宜约观也；文体宜先正也；诗赋宜究心也；书艺宜用功也；诸学宜兼及也；训诂宜先通也；课程宜各立也；应课宜自勉也；出入宜节少也；事非宜力戒也。

十六条学规，每一条都有详尽的解释，如在"品学宜先敦也"这条中，他是这样诠释的：夫人若能究心正学，岂犹虑其品行之不敦？然正学之说，初学抑或未能尽究，而品行必宜先敦，故复出此一条与下二条也。人之立品，制行不一，要以谨言慎行为先。圣人《易》谓"言行，君子之枢机、荣辱之主，君子之所以动天地"。则言行之要，为何如？然言行之实，不外于孝弟忠信。人能孝弟忠信……其言其物。此以德行为文章大道耳，国家亦何须此等人才。以其为栋梁之任哉？即小而论之，言行有阙，见非于乡邻，不比于人数。且或不能畏威而寡罪者有之矣。则皆不知先敦品行之过也。也生常谈，尚无忽诸。

他把学生品行，道德放在首位。

为了让学子对前贤有敬重之心，他操办了一次盛大的秋祭大典，七月十日早上十时，大典正式开始，孔子大成乐奏响，全场师生肃穆。

冯敏昌身穿汉服执主祭之职，他依次向至圣先师奉印、奉剑、进香、进献花篮、行礼鞠躬、宣读《端溪书院率诸生祭先贤先儒词》：

嘉庆五年，岁次庚申，孟夏朔癸未，越祭日己酉，端溪书院掌教、候补刑部主事，前翰林院编修，后学某率肄业诸生童等，谨以香烛清酒，刚鬣柔毛，粢盛庶馐果核之仪，致祭于先儒宋元公周子、先贤宋徽公朱子神位，既乡贤明翰林院检讨谥文恭白沙陈先生，南京吏兵礼部尚书赠太子太保谥文简甘泉湛先生神位，曰：

在昔圣贤，间代挺生。微言既绝，大义难明。实赖儒先，远承道脉。寻源溯流，扶持羽翼。唯我元公，儒学大宗。天人默契，昭如发蒙。亦越朱子，视公后起。佐佑六经，其心一耳，逮于我乡，秀炳南离。白沙甘泉，是弟是师。况诸先生，咸志斯道。俎豆儒林，用垂则效。窃惟圣道，浩瀚汪洋。思欲利涉，必仗津梁。猗哉儒先，功垂名教。凡我后学，宜申祭报。牲肥馔洁，登降陈篚。神既歆止，惠我无疆。尚飨！

通过祭祀的形式，让学子对前代圣贤多做了解，知道要在学问上有成就，就得效法古人，为天地立心，为生民立命。

古代的教育，先生有至高无上的权力，所谓师导尊严，冯敏昌却主动融入学子之间。

当时端溪书院有学生600多人，冯敏昌采取大班统一上课和分小班上课两种方式，因人施教，因材施教，注意激发学生的主观能动性和学习积极性，德育为先、日记教学、教研结合、寓教于乐、关注实学并重办学。

他在课堂上课时是个威严的老师，课堂下又是平易近人的师长，为了帮助学子领会教材内容，他自己编制了《七经解说》《四书讲义》，将两种讲义刻在《端溪课艺》上供学子学习时思考，同时选编了中国古代优秀诗文赏析如《古今文赋》《诗选本来》等十余种，让学子在学习时少走弯路。他和学子一起讨论诗文，高兴起来手舞足蹈，全没了教师的威严。

有一次，他为全体学生上大课，内容是《论圣门实学》。他开门见山地说："圣门之学，大抵就事上见心。由、求、赤之兵、农、礼、乐，要是日日讲求，此自全在用着力。即仲弓之'见宾''承祭'，亦于出门使民上见。虽颜渊之'克己复礼'，亦于视、听、言、动上见。且敬恕之功，必考之于邦家无怨；而克复之效，必验之天下归仁。此则心体亦于事上见者，且其大要在于求仁。而求仁之要，尤在于审富贵、安贫贱，以训至终食之无违，而造次颠沛之必于是。若是，则圣门论学之大指似亦不外是矣。若夫春风沂水，疏水曲肱[1]，箪飘陋巷[2]，此自是胸次洒落，归于自得。然非日日以此为事。盖此则无事之可言。若专以此为事，则空无实际，将失其所以焉已，而乐非真乐矣。夫

---

[1] 子曰：饭疏食饮水，曲肱而枕之，乐亦在其中矣。不义而富且贵，于我如浮云。出自《论语·述而》。

[2] 子曰：贤者回也。一箪食，一瓢饮，在陋巷，人不堪其忧，回也不改其乐。贤哉回也。出自《论语·雍也》。

圣人之道，平易近人，只在日用常行上见。总之，顺理成章，至公无我，可处处推广、世世通行，而又知权达变，无歉于己，而有济于人。此之谓仁耳，而岂其日日枯坐，语语空谭，游其心于无用之域，敝其神于困苦之地，而且侈言坐中救度之功，造为身后荒忽之趣也哉！又岂其爱惜躯命、贪图水久，以为自私之见，即使推原清净、溃决防闲，亦匪无弊之方者乎！夫论道至于夫子，则亦可以止矣。然夫子诵法文王，文王自朝至于日中昃不遑暇食，而诗人美仲山甫之'夙夜匪懈'，夫子删诗而取之，其为空言无实者乎？抑不为空言无实者乎？歧路所关，愿以质之有道者。"

冯敏昌在这一课中，向学子们郑重地提出，孔学是一门实学，其"实学"是指"大抵就事上见心"。并用孔子疏水曲肱，乐在其中；颜子陋巷单瓢，不改其乐，文王自朝至于日中昃不遑暇食来论证。从中知道，冯敏昌办学思路非常明确，就是培养"实学"之人，而要实学，作为学子，重要的是在治学的同时加强修身。

由于冯敏昌上课讲究实用，解释自己的观点让学子非常容易听明白，受到众学子的崇拜，教学工作逐步进入正轨。

他当即行书回乡，嘱咐潘氏带母亲到端溪书院俸养。

潘氏接信，不敢怠慢，即携婆婆和两个儿子、三个媳妇加上冯敏曙的大儿子士规等十二人前来端溪书院，经过十多天路上奔波，八月十四日终于到达端溪书院。

冯敏昌按照古礼亲自到大路上迎接母亲进书院，沿路都是参观的老乡。大家都很羡慕他的母亲。

母亲到书院后不久，发生了一件天大的喜事，突然有诰命到，全家人整装到端溪书院的大门口迎接，官员已经在门外准备了宣读圣旨的高台。

冯敏昌率妻子、母亲并全家人恭恭敬敬地跪地迎旨，官员登上高台宣读圣旨《奉天诰命》：

奉天承运，皇帝制曰：弼教详刑，首重简孚之任；察辞蔽狱，聿推明允之司。尔，原任刑部河南司主事加二级冯敏昌，职兹邦禁，隶在秋官。用罚宽平，克赞好生之德；宅心矜恕，式宏止辟之体。兹以覃恩授尔为奉政大夫，锡之诰命。于戏！贲恩纶之有赫，期执法以无愆。宠命其求，恪勤弗替。

制曰：勤宣声绩，聿微服采之才；茂著规型，式奖同心之嫩。尔，原任刑部河南司主事加二级冯敏昌之妻潘氏，凤谙内则，作配名门。训典娴明，允协珩璜之度；礼仪纯备，克彰萍藻之凤。兹以覃恩封尔为宜人。於戏！荷天宠以流芳，鱼轩焕采；被国恩而锡誉，象服增荣。

嘉庆四年四月初八日

圣旨是四月初八颁发的，到广东端溪时已经是九月初了。

一家人自然十分高兴。但冯敏昌却多了一层心事，感觉皇帝这么恩宠自己，自己却不能为皇帝尽忠，思想有了波动。但又不好意思提出辞呈。

想到万一进京就职，就不能侍奉母亲，唯有抓紧时间对母亲尽孝。

母亲到书院后，他不论教学多忙，每天必亲自照顾母亲的饮食起居。

母亲劝他说："有媳妇和孙媳妇照顾我，已经很好了，你不用这么累的。"

冯敏昌执拗地说："我没能在父亲身边侍奉，留下了一生的遗憾，我不想在母亲身上也留下遗憾。灵山亲家公七十一岁还天天亲自端茶倒水给九十一岁的母亲，我现在只有五十四岁，比起他，我差远了。"

冯敏昌口中所说的亲家公，是其亲家仇序东的父亲，一生孝敬父母，是乡人楷模。

母亲听了，伤心地说："如果你父亲多活几年，多好，说不定他也能考上进士。"

冯敏昌知道自己提起父亲，让母亲想起父亲，伤心了。他很后悔。

晚上躺在床上，越想越不安生，坐起来他对潘氏说："今天母亲心情不好，得想个办法让她高兴起来，你有什么好的办法？"

潘氏说："办法倒是有，就怕母亲不同意。"

"你先说说。"

"过几天就散馆了，我们可以带母亲外出走走。她肯定高兴。"

冯敏昌想这个主意不错。

十二月初散馆，他开始张罗带母亲去旅游，十二月初九，分别游了浴日亭、南海神庙，在苏东坡诗碑旁题字，由侄子冯士规刻："丁未十二月二十四，钦州冯敏昌奉慈谒庙、登亭，因题。时弟侄、两男眷属等十二人从行，侄士规刻。"

当时正逢母亲七十四岁寿辰，冯敏昌在船上为母亲祝寿，当时广州的官员都上船祝贺，让母亲非常开心。

第二年，冯敏昌继续任端溪书院讲席。

他安排了专门的课程培养学子的欣赏水平和写作水平，其中有《论文体》《论韵学》《论乐府》《说诗》等等，在《说诗》中他认为："汉魏以还，言诗者，必溯源于三百。李唐而后，言诗者，必仰宗乎少陵。此其源流升降之故。盖犹可约略稽参也。"指出了作诗需要追寻的源与流，为学子们指明了努力的方向和效法的榜样，让学子少走弯路。由于他博采各家之长，又独尊杜少陵等大家之诗作，有创作经验和切身体会，学子们进步很大。

这年进行岁试和科试两种考试，他教授的学子中，共有三十六人考上，恩科考试中有六人考上。

这个成绩让广东当局喜出望外，立马写来贺信，称"有河汾礼乐"之盛。

"河汾礼乐"出自隋朝王通在汾河设馆开办学校培养人才的典故。

王通处于人文传统失落已久，隋朝政治腐败暴虐的时期，为了承担起为千载以上往圣继绝学，以道德文化扭转现实政治，为千载以下生民开太平的历史文化使命，他选择在黄颊山白牛溪一处天然山洞里设帐办学，针对现实以明王道，培养王佐人才，灌输"得人才者得天下，道德为轴帝天下，施仁政者安天下，顺民心者定天下，公而忘私昌天下，刚柔相济顺乎自然治天下，田不荒废民不缺具货不堵塞富天下，邦交睦邻强天下，选贤任能合天下，贤臣当政民富国强稳天下，功过分明赏罚严明统天下，精兵简政居安思危康天下"的思想。志在研讨兴国富民，以著书立说来开启一代风气，天下太平之大道，不以老师的身份招党聚众。

他的办学理念深受学子欢迎，名声日隆，有志报国的四方学子前来投师求学者越来越多，由数十人至数百人，最多时达千人。

王通的学生中，最著名的有魏征、薛收、陈叔达、杜淹、房玄龄、李靖等。据《文中子世家》记载："河南董恒、太山姚义、京兆杜淹、赵郡李靖、钜鹿魏征、太原温大雅、颍川陈叔达等，咸称师，受王佐之道焉。"

这些人中，不少后来成为唐初的开国重臣，其中魏征等人就直接参与了名传千古的"贞观之治"，使王通的"河汾之学"得以传播和延续，使王通的治国理念和方略得以发挥。从此，"河汾礼乐"成为培育杰出人才的代名词。

虽然教学上取得如此突出成绩，但冯敏昌一刻都不放松学习，他自己立下学习规定：经史，皆不可一日而不读；杜诗，亦断不可不读；字则王右军（王羲之）诚心摹手追此人而已；山水，须仿诸大家，务于精细入手。

总之在诗文、书法，作画都有追赶的对象，务必使自己日有所进。

他正在运筹下年端溪书院的教学，突然接到广东当局的咨询函，请他到省城粤秀书院任院长。

他有些错愕，但还是服从了广东当局的安排。

## 粤秀书院任院长

有感于冯敏昌办学的成功经验及其取得的突出成绩,嘉庆六年(1801年),广东当局把他调到学子多、学校管理混乱的粤秀书院。

端溪书院的学子得知他要离开端溪书院,一百多人联名给广东当局写信挽留,无奈木已成舟。

学子们在挽留无望后,请求冯敏昌为大家再上一堂课。冯敏昌答应了学子们的请求,在端溪书院的爱莲亭给全体学子上课,同时答应每个学子赠字一幅。

消息传出后,全城的人都来请求他赠送字画,一时"洛阳纸贵"。

正月十八日,是他离开端溪书院的日子,全城举办了盛大的欢送仪式,学子及当地乡绅摆酒吟诗相送,连接起来有十里长,观看的百姓人头攒动。

全市罢市,赠诗相送有两百多首,冯敏昌一一读完,创作了《移讲粤秀别端州诸同好四首》。其中:

> 一片骊驹就道声,况张祖席出重城。
> 生徒已愧留馀意,朋友何堪送我情。
> 光弼入军应有色,廉颇将楚恐无成。
> 惟余广肇途还近,好看贤书接俊英。

在这首诗中他作了两处注释,其一,粤秀之聘将至,诸生联名呈请制军,欲留余数年之议,会未允所请。其二,谓邑中唐明府汝风,梁昌运、王宗烈、黄惟,梁树四广文,莫元伯,何其英两孝廉并诸人士,俱广陈饯馐,极其缱绻,故云。

从这首诗和注释中,可看出两点,冯敏昌作为师长深受欢迎,作为朋友情意深重。

粤秀书院创办于清康熙四十九年(1710),为广东四大书院之首。原址位于现在广州市的北京路书院街,正南门内盐司街原盐司旧署。

清初,康熙皇帝鼓励各省、府、州、县兴办书院。各地方官员积极捐资办学。康熙四十九年(1710),两广总督赵宏灿、广东巡抚范时崇、内阁学士满丕均率先捐银兴办起该书院,随后,各级官员纷纷出资支持。因书院位于粤秀山之南,故名粤秀书院。

雍正皇帝登基后,对如何办好粤秀书院专门下了谕旨,要求督抚认真抓好办学工作，并赐帑金壹千两，作为士子群聚读书的膏火费，不足部分，可在存公银内支用。

由于有了皇帝厚看一眼，从此，粤秀书院成为省级书院，受到中央和地方政要的关顾，迅速发展成为省的文化教育重心。

粤秀书院在雍正年间进行了重修。

重修后的院舍有四座：前座为大门，二座为大堂，三座为讲堂，后座为御书楼，两厢有东斋一间、西斋一间。另左列有堂室三十四间、正监院室一间、福德祠一间；右列有堂室四十一间、先贤堂一座、书楼一座、副监院室一间。主管单位是广州府，乾隆九年（1744）改由粮道主理。

乾隆二十年起每年额取正课生八十名、童生二十名，每名月给膏火银一两半，遇乡试之年，增取正课生监四十名。每年于二月十五日前甄别取生，除考取者外，其他书院尚可保送肄业生之优秀者入读，由于慕名入读的人很多，学子人数经常超过六百人。

冯敏昌是粤秀书院第二十三任院长。

粤秀书院教史馆中这样记载第二十三任的冯敏昌：冯敏昌，号鱼山，广东钦州人，乾隆戊戌进士，官至主事，岭南知名学者，书法家，"岭南三子"之首，执掌广东各书院十数年，对粤秀书院贡献巨大。

他的贡献巨大，体现在实践上。

他上任之初，对粤秀书院的现状进行了大量深入的调查，写了题目叫作《粤秀书院事宜管见陈答》的一万四千多字的建议书给广东当局，历陈粤秀书院的弊端，其中认为当局实行一年一次甄别学员的做法是最大的弊端，"夫二月甄别，三月出榜，去者已定。新者四月然后搬入；而留馆者亦必四月以后，然后说用功。则一年之内，已去其四个月矣，至于十二月初又散馆，则十月以后亦已强弩之末，是每年稍稍读书者，只有五六个月而已"。

同时对粤秀书院的积弊进行了大刀阔斧的改革，除了公布学规十六条要求学子们遵守，他还采取每个学子发一本读书登记簿，每日读的书要登记在簿上，五天一查，凡是遵守学规好，又按时读书登记的学子选为斋长，做得不好的，用现时的话来说就是诫勉谈话。

摘录一段他到任时训诫学子的告示，标题叫"示粤秀书院生童文"：

今方启馆之始，谨与诸生约：凡入院读书者，务须实力用功，不可舍业以嬉，纵情自逸。大抵先须遵照宪定馆规，每日将院门封闭，以时启放水菜，每日辰刻、末刻。此外诸生有事出入，必须报明，然后酌启，毋许非时混行出入，俾其稍收放心，至于日逐课程，掌教当酌示程式，遵照用功。倘其仍前怠纵，必当启宪量示惩警。若其别有非为，查知，必当移启逐出，毋许溷乱院规。即使有失士心，亦所不恤。盖亦正非得已也。

他在这个训诫中开宗明义，先礼后兵，遵守规矩的，安心读你们的书，如果违反了，对不起，"即使有失士心，亦所不恤"。

各种弊端找出来了，制度有了，诫示也公布了。得找个切入点改变学校面貌。

冯敏昌从自身做起，用事实感动学子。

粤秀书院原来缺桌缺椅，经常有一半的人站着听课，他从自己的俸禄中拿出钱，添加了一百多张桌椅，让学子们读书有桌椅。

他公布了上课日程，每月逢二、八上堂讲解四书、五经、诸史，接受学子提问，每月考课三次，初三为官课，十三、二十三为馆课。官课由督、抚两院于四季孟月轮课，司、道于仲季两月轮课。馆课由他主持。考课内容为"四书"文一篇、试帖诗一首，夏天日长之时加试经文策论或律诗经解。

上课期间，学子们天亮就要进入课堂，向院长请求赐坐。考试的时候，关了大门发试卷，当日交卷。

改卷的时候，如果发现有两张试卷一模一样的，作废，要重考，如果不能答完卷的，在正课外，要补课。每课名列前茅者按等给奖纸笔银，以示鼓励。连考三次后五名者，正课降外课，外课、附课皆除名；连考优等三次者，外课升为正课，附课升外课。诸生因故不能应课者，先日告假呈明院长，每月准假一次，三日销假。若不告假而擅去及临时规避，一经查出，将本生除名、监院官记过。

为了将制度落到实处，他每天五时就起床，自己做早课，完后巡查学子早读，遇到学子有疑难问题，他深入浅出辅导，让学子们很快抓住问题的实质。

有的学子缺衣少穿，他从自己的口粮中挤出一部分，帮助穷困的学子渡过难关。

按照乾隆年间定的规矩，每名正式录取的学子每月有膏火银一两半，凡上大课，学子们有"饭食银"八分津贴。

冯敏昌接任院长时，广东当局以财政困难为理由，停发了"饭食钱"，冯敏昌上任后，奔走呼吁，不断找广东教育机构反映情况，在他的不懈努力下，广东管教育的官员采用了灵活办法，批准将书院余额四千余两作为"饭食银"发放，并答应次年恢复正常供给渠道。

冯敏昌的行动，让学子们感激在心，有了学习的动力，这年考试，考上的学子比头年多了一倍。

由于他的教学成绩太突出，这年散馆后，广东当局想尽了办法挽留他继续留在粤秀书院任院长。

后被聘为越华书院院长。

嘉庆元年（1801）十二月二十九日，母亲在老家病逝，人在马岗的冯敏昌托人带了辞呈到粤秀书院辞职，带着妻子为母亲守制三年。期间，广东当局留着越华书院院长一职虚位以待，冯敏昌守制指来，碍于情面，只好于嘉庆九年（1804）四月到越华书院任院长。

他在越华书院任教一年，兼修《广东通志》，他想抓紧时间修好《广东通志》，对有恩于他的桑梓有个交代，自己便可以放心进京任官。嘉庆十年（1805）广东当局再次聘位他为粤秀书院院长。他想到《广东通志》还没完成，想着一边任教，一边修通志，修好后无论如何要进京任联，报答嘉庆皇帝对自己的恩赐。

他夜以继日地工作，十分的疲劳，两个儿子看见他累成这样，都劝他说："父亲，你守制时身体亏欠太大，现在还处于恢复阶段，这样拼命，身体会吃不消的。"

他回答说："答应别人做的事，就一定要做好，我要赶在明年底修好志书，不努力不行。"

接着，他谆谆教育两个儿子："做事一定要脚踏实地，不能浮在表面上，凡成大事者，都不会看重虚名，而是排除一切杂念专心做自己喜欢的工作，天长日久，就会自然而然出成绩。"

两个儿子听了，不敢反驳，只好帮他整理资料，分担他的部分工作。

嘉庆十年（1805 年），他再次受聘担任粤秀书院院长。

为了庆祝冯敏昌重回粤秀书院，广东教育主管部门搞了个非常隆重的欢迎仪式，开学当天，省上来的官员，当地乡绅，学子，家长全部站在粤秀书院的院子里，中间设了座席，冯敏昌在官员的陪同下，居于正中座位，锣鼓喧天，礼炮鸣响，先是主宾四拜，接着是司道四拜，府县四拜，接下来，是众学子四拜，尊师重教成为流传至今的佳话。

冯敏昌受此礼遇，决心以加倍的努力来回报桑梓，他全身心投入到教学工作中，每天早上五鼓就起床，先是自己学习，接着去巡视学子们的早读。晚上忙于收集编通志的材料，每天睡觉很少。

这年散馆，他铁了心要辞职。

正在这时，广东巡抚孙雅将自己两个儿子送到书院来就读，拜冯敏昌为师，他碍于情面，不好意思再辞职。

加上上年的上课费还没有发下来，就是想走，也没有盘缠，只好继续留在粤秀书院任教。

# 末世大儒

按照诸葛亮的话来说，所谓大儒，就是忠君爱国，守正恶邪，务使泽及当时，名留后世。

按照这个标准衡量冯敏昌名副其实。他一生忠君爱国，守正恶邪，泽及当时，名留后世；忠孝两全，典范乡邦，友爱朋友，关心兄弟和后辈，大力做公益事业，留下很多光耀千秋的感人事迹。

## 潜心儒学

儒家思想的核心，就个体而言，是仁义礼智信；就社会而言，是博爱、厚生、公平、诚实、守信等。冯敏昌从小就受到儒家思想熏陶，其父亲冯达文，祖父冯经邦，曾祖父冯应祥都是钦州本地的儒家学说捍卫者。

冯达文在乡间广做善事，修宗祠，救灾民，守护村庄，对自己言行操守要求严格，对目标追求执着践行，十次考举人不第还痴心不改。

这样的家庭熏陶，使冯敏昌受到深刻的影响。他在《论仁、恕、诚、敬》一文中，对儒家思想有了自己的视角，也就是：

> 己欲立而立人，
> 己欲达而达人。
> 己所不欲勿施于人。
> 恕以仁为本体。
> 表现在具体的行为上，
> 对父母为孝对兄弟为悌，
> 对朋友为信对国家为忠，

对人则有爱心。

他是儒家学说的坚定拥护者和实践者，而且在儒家学说中，他旗帜鲜明地独尊孔子。

他在《读论语日劄》中这样评价《论语》：

《论言》之书，乃圣人总究天下之旨，荟萃六艺之精，作为圭臬，以示后来，俾得循坦途而窥间奥者也。故人之为学，必以圣人为归。而圣人之学，必以《论语》为断。至于读《论语》者，尤以圣人之言为断。今《论语》中，虽杂记诸子所言，亦未尝无可以羽翼圣论者。然而气质之纯杂，规模之广狭，相云远矣。且道术分列，本固末异，极其所至或且相背而驰，而且为圣道之累者，亦未尝无也。其故皆由于不明圣言之故，而以当时诸子学之为圣学，或且以后儒之学为圣学，而总不深观服膺于圣人之言以至此也。故愚谓读《论语》者，但专究心于圣言。其诸子之言，不可以并进。必不得已，则颜子之言，与记颜子之学者，可为究心。庶几别白黑而定一尊，不致学术有偏，过与不及，转滋弊漏，而总无当于圣人之学耳。圣人论学，首标时习，所以植学基也。学者，当于此二字深念而实践焉。

有子之言，抑扬其词，近于支蔓，甚非圣人明白直截之比。本立道生，孝弟为仁之本之说，尤不可晓。

曾子之行以至孝，称其三省之言，亦近笃实。然其用心，但在于师友之间，亦且未及于孝弟也，则亦非为道要矣。今开卷即以二子之言次圣言之后，毋乃使人不得其门而入也乎？

在这篇札记中，冯敏昌提出要学圣人之道，就必须把重心放在孔子的观点上，抓住孔子观点的核心。他弟子的言论，只是为了佐证孔子观点的正确性。不能把精力花在他弟子的言论上，而忽略了孔子观点的本义。否则，读《论语》就很容易陷入枝枝蔓蔓中，甚至误入歧途。

可见他对儒学研究之深，领会之透，真正吃透了孔子学说的精髓。

## 为民求雨

嘉庆三年（1798），钦州全城大旱，三个月没下过一滴雨。

钦州官府在全城多次举行求雨仪式，并没有感动老天，每天依然阳光灿烂，江河断流了，水塘干涸了，先是一批批小鸟小鱼缺水而死，接着是大生畜倒毙，大地上的作物一批批枯死。

民众开始还苦苦熬着，到了七月，很多人已经没米下锅，卖儿卖女之事时有发生，大批的民众放弃家园拖儿带女逃荒。

冯敏昌看到这个惨状，悲悯之心油然而生，虽然他以前从来没有求过雨，但在他读过的书中，看到过求雨的有关记述。

为了救民于水火，他决定自己作法求雨。

于是，他凭着记忆，在他几千册的藏书中，翻箱倒柜寻找那本求雨的书，结果给他找到了。

书名叫《春秋繁露》，由西汉思想家董仲舒所著，就是那个提出"罢黜百家，独尊儒术"的祖师爷。

冯敏昌在求学期间和任《四库全书》分校官期间，大量阅读和研究过董仲舒的儒家学说，对董仲舒提出的"大一统的王道政治，奉天而法古，正而天下和美。为人君者，正心以正朝，正朝廷以正百官，正百官以正万民，正万民以正四方及天人感应思想"极为推崇，冯敏昌认为这是国家强盛的根本。

他找到书，反复细读《求雨》里面的有关程序和主要注意事项，做到倒背如流。

冯敏昌按照求雨描述的祭品和祭祀程序，开始做着祈雨的筹备工作。

按照《求雨》所述，求雨前要将八名年轻女巫和六名畸形人曝晒八天，这样才能对上天表示诚敬。

他反复细读，两个声音老在打架，一个说，若要求雨成功，必须严格按规定进行；另一个反驳说，将女巫和畸形人曝晒八天，这些人肯定被晒死，都说老天有好生之德，求雨是为了解救村民苦难，如果将人用来做祭品，那就失去了老天悲天悯人的本意。先一个又说，不按规定来求雨，万一失败了，你的声名就完了。另一个又反驳说，求雨是为了救人，而现在反而害死十多个活生生的人，这肯定有违老天的意志。

经过痛苦思考，最后他决断，就算失败也不能用活人祭祀，他决定摒弃用活人，改用木偶代替。

于是，便请了木工来雕刻木偶。这些木偶代替女巫和畸形人。

潘氏看见他整天乐此不疲地东奔西跑，劝他说："人家官府多次求雨都不成，你想凭自己一个人来求雨，怎么可能成功？"

冯敏昌说："心诚则灵，虔诚地做好准备，战战兢兢地祈祷，说不定真能感动老天。"

潘氏知道无法劝说他，也就从中给予一些必要的协助。

冯敏昌选定求雨的位置，位于南雅乡神农庙后约一里的一处开宽处，这里靠近神农庙，便于作法。

他组织村民在选好的位置用泥土建了一座四通八达的祭坛，高八尺，在坛四周挂上黑色的绸带八条，把自己收藏舍不得给别人看的吴道子真迹大墨龙安放在奉少昊金天氏位，制作大小白龙九条，在庙与祭坛之间挖了一个水池，在水池中蓄水并放入蛤蟆九个，按照八个方位插满各色旗帜。

他给木偶女巫穿上纸做的大红裙袍，给畸形人木偶穿上黑色正装，提前八天摆在祭坛四周曝晒。

求雨前天，他在村中选了十六个七到八岁的儿童，给他们分发了已经准备好的服装。

八月初二日，一早，十六个儿童在父母的陪同下，提前到了祭坛，他们既兴奋又紧张。

冯敏昌引道他们各自站好位置，对他们说："你们现在可以开始唱我原来教你们的歌，大家围着祭坛一边唱一边跳，一圈下来，当太阳升起的时候，改成四个人一班，每班两个时辰，如果有谁不适，主动退下来，大家听明白了吗？"

孩子们响亮地回答："听明白了。"

"好，你们现在可以开始了。"

冯敏昌一声令下，孩子们且歌且舞。不间断地跳着舞着。孩子们由于得到充分的休息，又感觉很新鲜，个个都非常卖力。这样一来，既敬献了老天，又不至于晒坏孩子。

一早，得知冯敏昌在南雅乡求雨，全钦州的人都来看稀奇，连州官也赶来了。

祭坛四周里三层外三层站满了人，大家都在焦急地等着主角出场。

站在场外的潘氏看到这么多人，紧张得全身都出了冷汗，她对儿子冯士履说："如果求雨不成功，你爸一世的英名就没了。"

冯士履抓着母亲的手，安慰说："母亲不用担心，父亲认准的事，做了，就算不成功，也了却了心愿。我们就静静地等着，别让父亲分心。"

潘氏听了儿子的话，心里说："儿子已经长大了，他说得对，不试又怎么知道能不能成功，丈夫做了，也就了却心愿了。"

太阳积满了能力，天刚放亮，就迫不及待地向人们展示它的威力，它张狂地将白晃晃的毒针射向大地，霎时，大地上掀起一层层的热浪，空气里全是植物被太阳曝晒发出的痛苦呻吟声。

等着看稀奇的各色人等虽然因好奇来到这里，但恶毒的太阳却让他们实在受不了，大家纷纷躲到树后。

有人摇着头说："看看这太阳，就算神仙也没法让老天下雨，如果今天能下雨，我家母猪都可以上树了。"

有人说："别乱说话，小心犯了老天的禁忌。"

在大家的议论声中，吉时到，村里长老宣布："求雨时辰到，请冯大人为万民求雨。"

在阵阵锣鼓声和十六名儿童的载歌载舞引领下，冯敏昌身穿黑色礼服，头戴黑色礼帽，神情严肃地登上祭坛。

他面向东方，双手合十前伸，向着大地苍天叩拜三次，接着宣读祈祷文："昊天生五谷以养人，今五谷病旱，恐不成实，敬进清酒、肉脯，再拜请雨，寸幸大澍。"

冯敏昌读祈祷文之时，十六个儿童围着祭坛且歌且舞，祈祷老天开恩降雨，大小九条白龙龙头摆动，龙尾纷飞。

冯敏昌继续读祭词："噫，我侯社，我民所恃，祭于北牖。答阴之义，阳亢不返，自春殂秋，迄冬不雨，嗣岁之忧，吏民嗷嗷，谨以病告，赐之雨雪，民敢无报！神食于社，盖数千年，更历圣主，圪莫能迁。源深流远，爱民宜厚，雨不时应，亦神之疚，社稷惟神，我神惟人，去我不远，宜轸我民。农民所病，春夏之际，旧谷告穷，新谷未穑。其间有麦，如喝得凉，如行千里，驰担得浆。今神何心，毖此雨雪，敢求其他，尚悯此麦。"

读完祈祷文，冯敏昌接着上清酒、肉脯，对天地万物进行了敬献。

冯敏昌一丝不苟地求雨。苍天还是岿然不动，太阳毒辣辣地曝晒在人们的身上，主祭的冯敏昌全身早已经湿透，脸上的大汗一串串往下掉。

有人已经开始离开祭坛四周。

此时，冯敏昌走下祭坛，凿开水池，将水池中的水引向祭坛，他背向祭坛，喃喃念着祭词，一步步后退，当他再次登上祭坛时，奇迹发生了：

原来晴空万里的天空突然乌云翻滚，云海从四面八方涌向祭坛，所有观看的百姓都惊呼神奇。

当他再次登上祭坛时，雷声怒吼着，轰鸣着，闪电噼啪噼啪响着，吓得众人乱作一团，大家正不知如何是好的时候，突然间，倾盆大雨哗啦啦地下着，一时间就淹没了大家的脚踝。

围观的民众从惊慌中回过神来，高声呼喊着："下大雨了，下大雨了。"

民众因兴奋而忘情，在祭坛四周自发跳起了傩舞。

雨越下越大，但没有一个人离开。这雨，乡亲们等得太苦了，生怕一离开，雨立马就停了。

人们都在高兴地议论："冯大人真是神仙呵，居然求雨成功，连做梦都想不到这雨说下就下了。"

有人说："你看人家作法的样子，一招一式，地道老到，这是替天行道，是仙人了。"

冯敏昌此时走下祭坛，对大家说："都回去吧，抓紧时间抢种，下半年还可以挽回损失。"

大家听了，这才急急回家。

这雨一直下了三天三夜。河里、溪里储满了水，南雅乡所有田地都喝饱喝足了，垂死的庄稼又焕发出生机，逃难的人纷纷回家。

这事，成了钦州的一桩奇闻，成为代代相传的故事。关于冯敏昌求雨之事，在《先君子太史公年谱》有翔实的记载。求雨之事发生于嘉庆三年（1798）八月初二。

## 忠孝两全

冯敏昌对儒家学说的理解，不仅仅停留在文字上，而是努力去践行。

他的一生，做到了忠孝两全。

封建社会，皇帝代表国家，忠于国家，表现在具体行动上，很多时候就是忠于皇帝。

冯敏昌对皇帝的忠诚，发自内心，他一生每逢初一十五，不论身在何处，一定面北叩谢，一直坚持到过世。

他到端溪书院任职的路上，得知乾隆皇帝驾崩，即自行举哀，素衣素服，禁食三天。

在报答皇恩和报效桑梓的选择上，他曾多次动摇，五十九岁暮年，还决定上北京任职，如果不是书院欠薪资，让他没有盘缠上路，说不定，他已经到了北京任职。

孔子认为孝悌是仁的基础，孝不仅限于对父母的赡养，而应着重对父母和长辈的尊重，认为如缺乏孝敬之心，赡养父母也就视同于养猪养狗，这是大逆不道。这些思想正是中国古代道德文明的体现。

冯敏昌的孝发自于内心，外化于行动。

乾隆五十五年，他把父亲冯达文接到北京侍养。为了让父亲开心，在回京任职前专门携父亲游览望海楼。

乾隆五十六年二月二十九日，他就要正式回户部上班了。头天晚上，他专门找四弟冯敏曙来商量："父亲今年已经六十多岁，我想请你带他到西山散散心，你先不要告诉他到哪里，要是他知道外出要花钱，可能就不肯去了。"

说完，把一个鼓鼓胀胀的钱包递给四弟，叮嘱说："只要父亲开心，钱你只管花。"

这样的关心细微、贴心，不事张扬。

冯敏曙为了完成哥哥的任务，二话不说，第二天便哄了父亲上路，带冯达文到了西山抚戒坛、潭柘等景点，将景点碑刻制拓片带回家。

为了让父亲开心，冯敏昌出了高价请当时的画界名人专门为父亲绘画，有宋芝山《西山览胜图》、雷雨峰的《雪夜听琴图》。

在那个年代，画一幅人像不容易，冯敏昌这样大费周章请名人为父亲作画，都是为了让父亲开心。

乾隆五十七年七月，是冯达文六十八岁生日，为了给父亲一个惊喜，冯敏昌给父亲办了一个场面盛大的生日宴，请了当时的名人为父亲题写生日祝寿文，制作大锦屏。那些得知冯达文生日的上司、同学、世交、乡亲纷纷前来祝贺，生日宴连摆了三天，宾客车水马龙。

冯达文从乾隆五十五年七月到京，到乾隆五十七年十一月回钦州，在北京生活前后三年，冯敏昌尽心尽力侍奉三年。

父亲过世后，为了更好地就近照顾母亲，冯敏昌放弃了回京任职机会，受聘担任端溪书院、粤秀书院、越华书院院长。他在嘉庆四年（1799）二月担任端溪书院院长，八月即接母亲到书院侍养。

为了更好地照顾母亲，把儿媳妇仇氏也接到端溪书院。他不只在物质生活上无微不至地照顾母亲，更在精神上想尽办法让母亲愉悦，为了让母亲开心，端溪书院散馆后，他硬是带着七十四岁的母亲到广州、南海散心。

嘉庆六年，他在粤秀书院担任院长时，得知母亲犯病，即辞馆回家，十一月中旬带着妻儿不停赶路，到十二月十九日早上四更天才赶到家。回到家，母亲已经卧床不起，他尽心服侍，日夜守在床前服侍母亲。

十二月二十二日是母亲生日，为了让母亲开心，冯敏昌决定给母亲祝寿。

这一天，冯家张灯结彩，冯敏昌穿着官服，命令家人个个穿新衣服给母亲祝贺。

母亲被冯敏昌搀扶着进了大厅，坐在一把大师椅上接受众后辈的祝福。

老母亲非常开心，对冯敏昌说："生出你这么优秀的儿子，我一生满足了，你年纪也大了，要保重身体。"

冯敏昌含泪说："不孝子一直在外面奔波，没能好好尽孝，这次回来，我决定一直陪在您身边，什么地方也不去了。"

母亲说："自古以来，忠孝不能两全，不能为了我影响你的正事。"

全家人看到老人家心情好，病情有了好转，都很开心，冯士镳甚至弹琴庆祝祖母生日。

谁知到了二十九日，老人家竟过世了。

冯敏昌一直自责自己不早点回来服侍母亲，安葬了母亲后，他守制三年，买了两顷田为墓田，在山上搭建了一个草棚，带着两个儿子上山守制。

由于担心家中收藏的字画无人照看，他干脆把所有藏书都搬进了草棚天天临摹学习，冯家的后辈不时到草棚请教于他。

当时由于他没了工作，家里的经济支柱一下子崩塌，全家生活极其艰难，为了减轻家庭负担，他在山中采摘野菜充饥，粗茶淡饭打发时光。

贫困的生活并没有消磨他对知识的追求，每日早起读书，思考人生意义，正是在守孝期间，他结合几十年的人生经历，总结出了人生十一大耻事：一是行迹鄙秽，二是学籍旁落，三是功名蹭蹬，四是家事削弱，五是子弟失教，六是受恩莫报，七是省运不振，八是效忠无述，九是正世无才，十是没世无称，十一是总成不孝。

这个十一耻，成为冯敏昌行为规范，他一生都在告诫自己不要犯这样的错误。

嘉庆七年八月，南雅乡发生大暴雨，大水滔滔而来，眼看就要淹没了草棚，父子三人急匆匆撤出草棚，顷刻草棚就被大水冲垮，如果走得迟一步，连命也难保。

他们倦宿在高坡上，没有食物，没有干净的水，一直饿了三天，待水退后家人赶来，三人早已经饿得奄奄一息。

饥饿可以忍受，最让冯敏昌痛悔的是他收藏了一辈子的珍贵书画被冲走了大半，他在山上晒着剩下的残书，忍不住泪如雨下。

为了尽孝，他又重在高坡处搭了两间草棚，自称为"仰思堂"，两边挂杜甫的诗联"子规夜啼山竹裂，王母书下云旗翻"以表达自己对母亲逝世的哀伤。

在守孝期间，他坚持每天自己学习，同时定时给两个儿子和四弟的儿子冯士规上课。

为了让子侄能正确看待人世间的各种事物，他利用守制的时间，为他们讲授《周易》。

嘉庆八年（1803）五月初六夜，他写了一篇《读〈易〉自记》，感觉道理比较浅显，便把儿侄召集在一起讲解。

他说："读易首在观象。古圣人作《易》并非空说道理之比，心观于象，而后成有知。乾坤六子是其胚胎，六十四卦是其作用。八卦胚胎无人不知；重卦作用，各有《易》见，有如《复》《临》以至于《泰》《姤》《遯》以至于《否》，此积渐而成之象，既非人所难知。又如《泰》之九三、四六为平陂往复之理……读易者但从易观者观之，当知有炳若日星者焉，初非深僻难明，而示民以疑也。而至于其中取象，亦未尝不有（人卒合成）难领会者。然能知者，知之；不能知者，阙之。一则以俟他日之知，再则即不必尽知，亦可也。"

这篇《读〈易〉自记》比较长，还有七段没有抄录。摘录的这段大概意思是："《易》是一部博大精深、穷通天下奥秘的著作，不是那些空话连篇的书可以相比的。我们不妨引用孔子的言论来理解，孔子说过：'书不尽言，言不尽意'，圣人立象以尽意，设卦以尽情，圣人利用一阴一阳等符号来穷尽思想，利用卦爻来穷尽世间复杂多变的事物。一般的书是做不到的。钻研《周易》可以知天命，知天下之道，《周易》不仅能使人学到知识，它还教人懂得仁义。"

通过向子侄训诫人生"十一耻"和帮助他们理解《周易》的深厚思想，为子侄成长剪枝修叶，促使他们健康成长。

三年间，他作出了最好的榜样，坚持每天早晚为母亲烧香，有时外出办事，回到岭上，立即向母亲坟墓禀报。

山坡上所有被冲毁的冯家先人墓，他带着冯士履、冯士镰花了两个月时间一一修好。父子三人粗菜淡饭三年，不吃荤腥，坐卧不据高位，足迹不到城市，不骑马不坐轿，严格守满三年。


## 乡邦典范


冯敏昌在弟兄关系上是个完人。

他全方位地照顾七个弟弟，其中冯敏昭、冯敏晟在廉州随棚读书迎考时，当时已经考上拔贡的冯敏昌为了鼓励两位弟弟学习，自己也到廉州陪同弟弟一起学习，亲自照顾他们的生活起居。弟弟参加考试，他一直站在考场外守候，由于是冬天，站的时间太久，两条腿全麻木，最后倒在地上。

他在乾隆三十五年到广州参加乡试，得知弟弟冯敏晟病重，决定放弃功名回家照顾弟弟，在父亲和同门、老师的极力劝阻下进了考场。

冯敏晟病死后，他悲痛欲绝，自责没有尽到长兄的责任。为了弥补遗憾，他一直把四弟冯敏曙、五弟冯敏晖带在身边，让两位弟弟入翰林院随读。同时带着冯敏曙、冯敏晖游五岳，开阔两人视野。冯敏曙操劳过度病死后，冯敏昌一直把他的长子冯士规带在身边教育，视同己出。父亲小妾生的七弟、八弟，他也平等对待，多方给予照顾，他们搬离南雅乡到犀牛脚定居后，他还经常送米送钱给两人及他们的后代。

冯敏昌认为建书院教化一方子弟，是不朽之功。

经他的手修建或重修了两座书院，这都有史记载，《州城万寿宫先农坛凌云书院建修小启》《州城回澜书院劝修小引》详细地记述了修两座书院的经过。

先农坛本来是百姓祭祀农神的场所，但由于多年失修，庙宇破败不堪，百姓没了敬神之所。

冯敏昌认为，老百姓不敬神，就没了诚心，没有诚心，又想农事获得丰收，祈祷老天降福，这是不可能的。"夫富而不教，则近于禽兽。小人有勇而无义为盗，圣人之矣。"认为人如果富裕了，却没有文化，和禽兽没有什么两样，如果没有文化，光有勇气而缺少做人底线，随时都可能成为为害人民的盗贼，由于他充分认识到文化对人的重要性，他一直致力于文化事业建设。

为了让老百姓敬畏天地、让钦州子弟受教育，于是便发起重修先农坛，并同时在城外建凌云书院。重修了鳌州书院，即回澜书院。

他在《州城回澜书院劝修小引》中对建书院的功德进行了充分的论述：

盖闻不朽之一，在于立功。故立功者，可以立不朽也。然功之既立，亦且有久而渐朽者，又在有人焉以维持之，使其欲朽者，仍为不朽。则庶立功之人，长此不朽。此事之所以待于人为，而人之所以不可以不事事也。

吾钦城之东南有鳌州者，中江而出，大浸不没。故老相传，此地为肺浮金之类。五十年前，吾州耆旧，聚国人而谋之，议作阁于其上，以为州城内锁匙，若砥柱于中流然。于是鸠工庀材，百堵皆作。其少壮之趋事赴功，父老之运筹布算，盖有视众事如家事，几忘其兴竣之绵历岁时者，是为州中之一大兴事。

迨阁既然，云楣绣拱，鸟革翚①飞，其光气熊熊照耀于中流两岸，而上烛于霄汉，回映于州城者千万状焉。真奇构也。

阁既成，复建讲堂三楹，院门魁楼三楹，缭以群房，甃以砖道，众名之曰回澜书院。于是州之子弟，读书于其中，弦歌间作，波涛答乐，其乐无方。而

---

① 有五彩羽毛的雉。

不知其父兄之尽心竭力，劳神疲精者，亦已极矣。于戏！吾钦耆旧，大率皆有隐德，惜多未为世用，而此则其不朽之功之一也。

由于对办教育有深刻认识，他才多方奔走倡建了两座书院，让失学的学子有了重新入学读书的机会，为培养钦州人才造福一方。

冯敏昌一生不论身在何处，都念念不忘桑梓。

早在1782年他三十六岁在京任官时，看到很多来京求官求学和做生意的钦廉人氏无处落脚，便萌生了建个会馆让乡亲们上京有地方安身的想法。

在同乡李载园的鼎力支持下，他起草了《合建高廉会馆捐资启》，他不但自己拿出了第一笔经费，还四处发动同乡同事捐款，于乾隆四十七年四月初七日在粉坊琉璃街买下了一块地皮动工建高廉会馆（后改钦廉会馆），八月建成后座，十一月建成中座，十二月建成头座。从此钦廉乡亲上京终于有了落脚点。

冯敏昌在京期间，凡有钦廉老乡在京过世，他都会排除一切困难，帮助把死者运回家乡下葬，据史料记载，共有十多宗。

在乡居钦州期间，凡乡人有亲人过世，没钱买棺材和办理下葬之事，他都会出钱出力帮忙，甚至亲自为丧家寻访吉地。

## 对朋友重义

冯敏昌的内兄也是他最好的朋友潘振起，是钦州本地武生，他在北京任职的时候，潘振起曾经到北京看望他。但那时他已经起程游五岳，人不在北京，潘振起扑了空，怅惘地离开北京。

为这事，冯敏昌一直感觉很内疚。十年后，他回到钦州，潘振起和岳父岳母及三个内弟均已经过世，只有最小的五内弟振珩，抚养哥哥遗下的三个侄子，他到潘振起的坟前祭拜朋友，写了祭文《武学潘君小传》，在潘振起的坟墓前发誓说："潘兄，我会负责培养你的儿子成才，你就安息吧。"

冯敏昌到端溪、粤秀书院任院长，一直将潘振起的次子潘埩带在身边培养，潘埩在冯敏昌悉心教育和培养下，考取了功名，冯敏昌兑现了自己的承诺。

他和李勺海是情义相投的好友，李勺海考上举人后，一直在广东任职，而冯敏昌则在北方颠沛流离，两人难得见一面，但常有书信来往，当李勺海病死消息传到北京时，李勺海已经下葬多月。

由于路途遥远，没法到坟墓前吊祭。冯敏昌画了一张李勺海的画像，挂在一棵树上进行祭拜。把自己二十岁时与李勺海在中秋夜因没法回家而作的诗

《中秋夜雨同勺海作》抄了带来，边吟边烧给李勺海，诗为：

> 眼底寒灯黯黯青，秋情依旧两难停。
> 月沉葭菼云摇漾，雨截帆樯夜杳冥。
> 佳节转怜愁里过，归心徒向醉中醒。
> 故园应有人惆怅，可为飘蓬一涕零。

    同时净身素服禁食三天，并挥泪写下《明府李君勺海先生祭文》，在祭文中把他和李勺海的友情比作鲍叔和管仲，为好友的过世痛哭流涕。显示出他对朋友之情的真挚。

    乾隆六十年（1795），好友张药房病逝，当时冯敏昌自己也是丧事连连，父亲、儿子、弟弟接连过世。但当张药房的儿子来信请他为父亲写墓志铭时，他忍着极大悲伤，写了《太史张君墓志铭》，在墓志铭里有这么一段："张君卒于里门。讣至，余哭之于京邸别室，恸不自胜，为之再不食，悲罔旬月，若醉若梦，家人无不怪之。呜呼，余与张君，相须若左右手。张君焉可没，而况其更有深悲者耶。"

    从这段文字中看出，冯敏昌对朋友的逝世痛彻心扉，一个月都不能自持，认为自己的悲伤比张药房的亲人还要惨痛。

## 视从人如亲人

    为冯敏昌服务的从人，有史可查的有三个，即张钧、方德才、黄中和。

    方德才服务冯敏昌七年，一直追随冯敏昌左右，鞍前马后效劳。冯敏昌第二次回京任职后，有一年，方德才突然染上一种怪病，整天呕吐不止。方德才不想连累冯敏昌一家，趁着冯敏昌不在家，自己住到寺庙里等死。

    冯敏昌回家知道后，直接到庙里将方德才接回，请郎中早晚诊治。

    方德才病逝后，他从北京辗转将方德才的灵柩运回上思安葬，在棺材将要上船时，他亲自检查，"时将归其柩于里，由楚取道返粤"。作诗《至潞河视从人方德才柩登舟作》如下：

> 余事祇若此，汝魂何所依？
> 七年五游从，万里一棺归。
> 讵惜临河送，那无悲涕挥？

精灵当不昧，好忍故山扉。

除了写诗，他还专门写了《记故童方德才事略》，他深情地追述方德才陪自己登临五岳，不离不弃的感人事迹，对他的死深感痛心，感情真挚。冯子曰："人其为勤作苦不可胜言，而至于身为童仆可谓不幸者也。是以其人，类多愚暗，无复本末之思。今德才能以孑然之身，思孝其亲以及其弟，而所以为余者死而后已，可不谓难得哉？其三十余岁尚不能为其婚娶，使无一线之裔，余心其何以安耶？"因方德才还没有结婚就死了，没有留下血脉，冯敏昌深深自责，深切地表达对方德才的负疚之心。

他的贴身书童黄中和早年家庭十分贫穷，根本没法维持生计，他同情黄中和的遭遇，为了解决他的生活，收他作书童，并成为终生挚友。

后来，黄和中在孟县病逝，冯敏昌辗转两千多里将他运回大寺安葬，并写了情真意切的悼念文章纪述黄中和的一生。

为从人的逝去这么奔波，而且写下依依不舍的诗歌和文章来痛悼，足见冯敏昌视从人如亲人。

在封建社会等级森严的制度下，弥足珍贵，没有高尚的品格，根本不会做这样的事。

## 首倡村民自治

当时的南雅乡，地处闭塞，恶人横行，村人遇到不平之事敢怒不敢言。

冯敏昌戊午年（1798）为父亲守制期间，有一天，他下山取书，路过村口的时候，看见一个阿婆哭晕在路上。

经了解，原来，昨晚土匪进村抢劫，打伤了老人的儿子，抢走了唯一的耕牛。

阿婆哭了一天，谁都劝不止，最后晕了过去。

冯敏昌获悉阿婆的遭遇，非常气愤，除了请郎中急救阿婆，决定发起村民联保。

于是，他在当天晚上即起草了《马岗乡约规条并引》，把附近九个村都列入了乡约范围。

约些什么呢，他开宗明义：仿三代井田之遗意，遵朝廷保甲之成规，厚人伦，兴礼让，敦本业，劝贤能，惩奸倭，弭盗贼，大指皆欲崇善行以杜乱萌而已。条约共十六条：上谊宜宣读；官法宜凛遵；伦纪宜力敦；本业宜先务；子弟宜教导；闺门宜整肃；礼乐宜共兴；奸恶宜共杜；守望宜相助；邻里宜相恤等等，其中第十三条为"文会宜渐兴"，第十四条："射事宜常习"。

可见他对整个村民自治有着科学的构想，崇文百姓受教化知廉耻，重武可抗击侵犯村庄的敌人。

但当时村人由于害怕土匪，参与联保的人寥寥无几，冯敏昌为打消大家的顾虑，先是发动本族冯姓兄弟全部加入乡约，并组建了护乡队。

他发动冯族人自动捐力，在村口修了一座瞭望台，冯家人首先站岗放哨。

九个村的村民看见他做得有板要眼，对他充满了信任，全部都加入了联保。

参加联保后，村民有了主心骨，担惊受怕的村民立马安定下来。

由于严密组织，轮班武装站岗，土匪慑于冯敏昌的声名，加上惧怕村民武装，从此不敢在冯敏昌老家出现。

# 文化泰斗

嘉庆十一年（1806年），冯敏昌累了，他永远地休息了。他静悄悄地告别心爱的讲台，给家人留下三十多张借钱的字据和当铺凭证。在物质上，他是地地道道的穷人，但在精神上，他又是个富翁，他一生诗书画志样样精通，样样成精品，他留下的文化遗产高山抑止，功在千秋，成为几千年中华文化源远流长的河流。

## 诗词创作比肩中原

冯敏昌是土生土长的钦州人。

冯敏昌所处的岭南地区，古代曾经是流放犯人的穷山恶水之地，中原人谈岭南而色变。封闭的地理环境，落后的文化现状，岭南文化拼了老命追赶，也只能望中原的背影兴叹。

好不容易出了屈大均为首的岭南三家，但他们不屑于以朝廷为伍，整天抒发亡国之悲或密谋抗清之计，根本无心与中原诗坛比高低。

这个重任正好落在冯敏昌这一代人身上，六十年的风雨岁月，冯敏昌用了五十一年写诗，以超越常人的刻苦与执着，为岭南诗歌争得了一席之地。

目前确认冯敏昌诗歌共两千多首，收录在《小罗浮草堂诗集》的有一千九百八十三首，这些诗歌大都以歌颂祖国大好山河、亲情、友情、师生情为主题，饱含深情，意蕴深厚，是文学史上的一座丰碑。

文坛巨匠钱载看到冯敏昌二十五岁时创作的诗歌，就给予了高度的评价："实有天才，加以博学，在所必传。若岭南诸先正，皆得偏方之音，而此独否，精进不已，横绝古今，固当拔戟于三家之上，并驱中原，扶轮大雅。"①

钱载敏锐地预测到，冯敏昌旺盛的创新精神，加上博学，其诗歌成就一定会超越赫赫有名的岭南三大家屈大均、陈恭尹和梁佩兰，一定让岭南诗歌大放异彩，和中原诗歌平分秋色。

几年后，由于诗歌的出类拔萃，时人就将新崛起的顺德胡亦常、张锦芳与钦州冯敏昌并称"岭南三子"，而且冯敏昌排在两人之前，成为超越岭南三大家的诗坛新星。

他的好友伊秉绶直言："以故粤人知与不知，皆有一鱼山先生在意中，而爱之敬之。海内之士，仰之如白沙甘泉也。"②

翁方纲更是大赞冯敏昌为"南海明珠"，"中外士大夫无不知有冯鱼山者"。

这些泰斗级人物的评价，充分说明了冯敏昌的诗词成就已经有实力与中原诗歌并驾齐驱，实现了历史性的跨越，成为岭南诗歌崛起的扛鼎之人。

冯敏昌诗词在思想上大致分为以下几类：

### 一、以讴歌祖国大好山河为基调，抒发自己的家国情怀

冯敏昌一生喜欢游历祖国山山水水，尤其是登临五岳后，写出了很多非常有厚度的山水诗篇，用词精准，读后让人有身临其境之感。如：

重登岳阳楼

湖水太茫茫，重来到岳阳。
楼瞻三楚阔，人感十年忙。
雪浪群山涌，云帆众叶狂。
还随仙侣去，飞渡醉余觞。

诗歌从范围、波浪、船只等多个方面，表现了洞庭湖的气势磅礴。

日观峰顶观日作

天鸡一唱海潮翻，绝顶惊看晓日暾。

---

① 《冯敏昌集》470 页《先君子太史公年谱》。

② 伊秉绶所撰《清故奉政大夫、前翰林院编修冯先生墓志铭》。

紫电掣时辉乍激，火轮飞出势难吞。
千寻绛阙应鳌抃，九点齐州尚雾昏。
我自晞阳餐沆瀣，谁与高眺览乾坤。

诗人化用宋诗人圣俞和乾隆皇帝的诗句，表现了泰山观日出的壮丽景色。

蛾眉山（二首）
江影沉沉日暮时，弯环真见两蛾眉。
一天风雨愁何处，惟有羁人独自知。

孤帆飞处首频回，倦眼低回为尔开。
记得晓空明镜里，忍寒曾画一双来。

这两首诗把蛾眉山的秀丽像工笔画一样展示出来，通过写景，抒发诗人对前途的忧虑，"风雨忧何处，惟有羁人知"。

江上望金山
江影蒙蒙外，孤峰宛在心。
楼迎朝日上，钟带水云沉。
舟楫迷来往，波涛自古今。
妙高台最好，惆怅失登临。

金山最早建于春秋时期，由伍子胥建城称东京县。由大金山、小金山、浮山三岛组成，大金山顶峰高 105.03 米，是上海市地面最高点。明洪武建金山卫，清雍正建金山县，均以金山岛得名。这首诗道尽了诗人对金山历史更替的感慨，用"舟楫迷来往"来应照"波涛自古今"，以抒发自己站在金山上看尽天下事的胸怀，同时也道出了自己离开官场后的惆怅心情。

卢沟桥
停鞭愁绝倚长桥，此日家园万里遥。
无奈驱车过桥去，禁城风雨暮潇潇。

## 陶然亭

小亭连古寺，临望意彷徨。

客里无余事，愁中有夕阳。

游情空寂寂，暝色自苍苍。

惆怅归来路，飞尘几处黄？

这些写祖国山水的风景诗词大都以景抒情，通过写景，表达自己孤寂的心境，借景抒发自己的家国情怀，意蕴隽永，让人常读常新。

### 二、对家乡的山水情有独钟，成为钦州风景的代言人

在《小罗浮草堂诗集》中描写钦州山水的诗歌有 50 多首，每一首都非常有特色。

## 天涯亭

不信愁边天有涯，茫茫飞日但西斜。

诗词易起流亡怨，肝胆难为楚越夸。

山外几黄茅岭瘴，亭前空白佛桑花。

儿童不踏长安陌，莫到长安更忆家。

这首诗歌作于乾隆三十四年（1769），冯敏昌时年二十三岁，已经多次外出游学，他借钦州宋朝遗迹天涯亭切入，表达出对家乡的满怀深情。古代钦州为流放犯人之地，又被称瘴气弥漫之地，很多流放之人到了钦州都担心客死钦州，所谓的"流亡怨"也在于此。但在冯敏昌笔下，流放之地开出了"佛桑花"。佛桑花，学名朱槿，全年开花，红白两色，非常艳丽。用佛桑花比喻钦州风景秀美，山川秀丽，并不像传说的那么荒芜和死气沉沉，表达了"月是故乡圆"爱乡情怀，同时劝勉钦州青少年要有远大志向，长大后要到祖国各地游历，增长见识，报效家乡。

## 龙　门

惊浪到龙门，连山大海吞。

楼船撑日裂，火器进天昏。

已见南交宅，真同砥柱尊。

鲸鲵还可憾，形胜数东蕃。

钦州龙门群岛历来是兵家必争之地，地理位置非常重要，在冯敏昌的生花妙笔下，起联就把龙门气吞万里如虎的气势淋漓尽致地表现出来，接着描写龙门在国防中的重要位置，表达了钦州人民有力量保卫家园，建设美好家乡的愿望。

**钦州八景**

文峰卓笔插浮虚，元岳凌云步帝衢。

三石吐奇光殿策，一江横带束朝衣。

灵潭沛雨开时化，玉井流香濯素珠。

龙径还珠来故地，鸿亭点翠庆盈余。

钦州到处是美景，在古代，就评出了钦州八景，在明清时期，有诸多文人骚客歌咏钦州八景，留下了很多美丽诗篇，但都是一个景写一首诗。

一首诗写尽八个景，不是一般人能驾驭的，冯敏昌却轻易地做到了。八句诗中，每句前面四个字就是钦州八景之一景名称，而且传承转合非常自然，不着一点痕迹。品读这首诗，让人如亲临其境，钦州的美丽山水一幕幕展现。这首诗，是写钦州山水的集大成，让人久久吟咏，代代相传。

**马 岗**

极目高楼上，凭栏意惘然。

马岗三十里，处处起秋烟。

爱国的前提是爱家乡，如果一个人连生养自己的故土都不爱，还谈什么爱国？冯敏昌生于斯长于斯的马岗自然成为他歌咏的对象，这首诗写尽了马岗作为乡村代表的袅袅炊烟，一副农村宜室宜家的安宁景象，三十里的马岗，处处秋烟，是和平的象征。虽然有点淡淡的惘怅，但这个惘怅，是诗人屈居于马岗无法报效祖国的淡淡忧郁。

### 三、对亲情友情师生情的深情吟唱，显示作者人格操守

冯敏昌作为一个耕读出身的进士，农村中淳厚的亲情、友情在他的身上有着深入骨髓的印记，在他的成长过程中，得到很多老师的提携和教导，他铭记于心。于是，在他的诗中，歌咏亲情友情师生情就占了很大的篇幅，而且情真意切，读后让人有如临其境的切身体验。

亲情诗：

冯敏昌和潘氏育有四个儿女，二十一岁长女阿寅出生；二十七岁长子冯士载出生；三十四岁二子冯士履出生；四十五岁最小的儿子冯士镳出生。由于冯敏昌长年奔波在外，养儿育女的重任全压在潘氏身上，冯敏昌想到自己没能尽父亲责任，经常自责。

长女阿寅从小玲珑可爱，全家人视同明珠，阿寅七岁时，一场大火将她全身烧伤，虽然经过祖母悉心照料捡回了一条命，但从此左耳粘连，长到十八岁，不幸染急病而死，冯敏昌非常伤心，当时他身在北京，回不来，作了题为《二月九日悼殇女阿寅作六首》怀念，其中之二为：

> 汝昔方弥月，吾方事远征。
> 隔门聊拊额，在道若闻声。
> 闲作经年返，还能绕膝行。
> 欢余家住少，七载更留京。

之三为：

> 汝命亦何苦，汤燖火燎时。
> 宁知父母罪，还费老人慈。
> 僻远无医术，辛勤但保持。
> 可怜重一割，伸耳不颦眉。

对女儿阿寅的早逝充满了内疚和自责。

车中梦与诸弟入深竹读书堂感赋（二首）
> 风尘一路总茫茫，
> 旅邸何堪忆故乡？
> 惟有梦情难断处，
> 依然身在读书堂。

> 竹影横窗风满棂，
> 书声长入梦中听。
> 十年兄弟读书约，

梦得成时亦易醒。

　　这两首诗，都是作者怀念与诸弟在深竹读书堂读书之作，冯敏昌在考取进士到京城就职前，为了参加各种考试，在深竹读书堂苦读，时间长达十多年，深竹读书堂既是他人生起航的码头，又是他知识积累的摇篮。

　　读书的酸甜苦辣，让他点点滴滴在心头，因此，就算奔波在考试的征途上，前路茫茫，但梦到读书堂，心情就会好起来。这两首诗没有用典，好读、易懂，读起来特别亲切。

　　冯敏昌和潘氏一生恩爱，为潘氏创作了很多诗词，感情真挚，让人读后久久不能释怀，如《寄内》：

　　　　渺渺关河怅远离，凄然犹尔动归思。
　　　　三春花柳应怜汝，五色肝肠欲寄谁？
　　　　愁梦风前还许共，别魂灯下杳难期。
　　　　天涯回首空怀望，水远山长独自悲。

　　这首诗作于乾隆三十一年（1766），冯敏昌时年二十岁。乾隆三十年（1765）十月，十九岁的冯敏昌迎娶了钦州潘秀才之女为妻，新婚燕尔之时，为了功名，只好告别妻子到广州参加乡试，但却名落孙山。二十岁这年春，他以拔贡身份上京参加殿试候选，在途中创作了这首《寄内》，诗中既有离别的忧伤，又有想念妻子的煎熬，更有担心考不上愧对家人悲叹，表现忧虑的字满眼皆是，如"应怜汝""杳难期""空怀望""独自悲"等等，是一首伤离别恨之诗。

　　《出关作寄家人》更是字字用情：

　　　　别时不执手，此怨留房帏。
　　　　房帏岂无萱？慰子愁依依。
　　　　仓皇履周道，感激成孤抱。
　　　　乡园渺天末，长安几时到？
　　　　九月到黄湾，十月古台关。
　　　　木叶落孤棹，梅花销旅颜。
　　　　铭功罕长策，岁月坐虚掷。
　　　　明发不成寐，中夜只叹息。

诅忆盛年日，子颜如桃红。
踟蹰不得去，我情如春风。
独夜千山外，往迹翻成再。
裁诗远寄将，五噫同增慨。

冯达文过世后，冯敏昌历尽艰难从北京历经两年才回到马岗村的家，守制期间，潘氏因眼疾带小儿子冯士镳回到钦州外家治病，冯敏昌十分思念，创作了《内子携幼儿就外家治眼经月未返偶作寄之》：

中年儿女剧关情，小别无多病欲成。
内院深沉人不到，庭榴委地乱红明。

一句"内院深沉人不到，庭榴委地乱红明"道尽了没了女主人家庭的凄凉景象，间接表达了对妻儿的思念之情。
友情诗：

武虚谷同年暮过小酌即别
故友如明月，风吹向晚来。
笑谈千里共，怀抱百年开。
绕径捎红槿，临街倒绿杯。
碧云看稍合，送尔复徘徊。

这首诗是冯敏昌为同年武虚谷饯别而作，用明月比故友，表达真诚的朋友之情，就算暂时别离，风也能把真情互送，思念之心明月可鉴，语出自然、平淡，比拟恰当、巧妙，最后道尽朋友分别的依依不舍"送汝复徘徊"。

饯仇明府汝瑚姻亲于都门
昔日河阳地，曾劳饯我行。
今君来报最，复此送回旌。
士有题与望，人看展骥荣。
长亭一樽酒，未足尽亲情。

仇汝瑚（名序东）是灵山人，在河阳（今孟州市）任知县，后调到郑州任知州，是冯敏昌亲家。冯敏昌长子冯仕载娶仇汝瑚的女儿为妻，但结婚不久，就因病而死。

乾隆五十年，冯敏昌被和坤陷害离开北京，人生转入低潮，在冯敏昌最落泊的时候，仇汝瑚于乾隆五十三年邀请冯敏昌入主河阳书院，在河阳书院主讲三年，两人从此结下了深厚友谊。

这首诗作于乾隆五十七年，冯敏昌四十六岁，刚刚回到北京复职。这首诗明里写在河阳时亲家送别自己，今天在京诚自己饯别亲家，但暗里却是写人与人之间的友情。

师生情诗：

题耳山师《武夷览胜图》遗照二首（之一）

京师重见雪纷纷，梁木歌声不忍闻。

羽化竟同辽海鹤，神游应作武夷君。

魂招宋玉愁难口，书写长康妙出群。

三十六峰最高顶，姓名终古共氤氲。

陆耳山是冯敏昌的恩师，评价冯敏昌为"天下异才"者。陆耳山乾隆五十七年春奉乾隆之命离京办事，路上因感冒不治过世，冯敏昌非常悲伤，创作了六首挽诗，高度评价陆耳山，《题耳山师〈武夷览胜图〉遗照》之二作于乾隆五十八年，是陆耳山过世后一年所作。

冯敏昌在京任职期间，看见纷纷飞舞的雪花，便想起仙逝的恩师，想象恩师已经成仙，像武夷君[①]一样神游天下，就算自己想效法战国时期的宋玉作《招魂》赋，也难开口了，最后用"三十六峰最高顶，姓名终古共氤氲"达观地为恩师定论，表达了对恩师的学识、人品的高度肯定。

**四、以忠孝为主题，对国家忠诚、对父母尽孝是冯敏昌诗歌思想又一特色**

冯敏昌作为封建时代的知识分子，忠君爱国思想是其做人做事的行为准则，虽然他不被朝廷重用，但他却念念不忘皇恩。

据记载，每逢初一十五和重大节日，冯敏昌总是十分虔诚地向着北京方向跪拜，一直保持到过世。

乾隆帝七十寿辰时，冯敏昌写了《恭庆皇上七十旬万寿五言律诗六首》。

---

① 武夷君是中国民间信奉的神仙之一，属于福建武夷山的山神、乡土神。

类似"人生富贵本浮云，只要丹诚不负君"等忠君诗句，在很多诗中常可见到。

在《归途敬作》中他如是写：

> 不力文章报至尊，放归田里亦深恩。
> 何期宽政收陈列，尚令从公入省门。
> 贯雪柏松宁易叶，向阳葵藿莫伤根。
> 由今勉效驰驱节，更勿重将鄙拙论。

冯敏昌六十岁时，还念念不忘皇帝，创作了《正月三日复登御书楼遥叩高宗纯皇帝圣忌节并撰四句》：

> 卫社知无力，瞻天讵有时？
> 惟当常此拜，不敢更称诗。

可见冯敏昌的忠君是发自内心。

冯敏昌对父母非常孝敬，在《入夜又作》中写道：

> 独夜恋慈母，儿时此际饥。
> 天寒谁久侍，有梦不如归。

此诗表现了诗人常思母入梦的景况和深情，恋母之情表现得特别情真意切。

### 严君诞日遥祝

> 草堂佳气若为临，遥识堂中桂醑斟。
> 龙鹤尚期身共健，山林应念岁初深。
> 十年偕隐兹闱志，七载承怀仲氏心。
> 惟有西风晨起处，依依南望岭云沉。

对父亲的感情非常真挚，让人动容。艺术特色突出，成为后人效法榜样。诗歌景与人相互烘托，平实中见功力，以《耕夫》为例：

> 苍苍一望是平田，劳你耕夫晓不眠。
> 截水冷偷前夜雨，透云寒断古原烟。

才听鹧鸪愁何处？偶尔登楼亦悄然。

遮莫更寻图画看，凌晨喝犊只堪怜。

本诗中，主角为耕夫，景是田、鹧鸪、牛犊。这些本来没有必然联结的景物，通过诗人巧妙的布局，形成了一幅立体图。春天到了，播种的时候到了，鹧鸪的声声啼叫，让耕夫坐卧不安，凌晨急急忙忙催喝着牛犊耕田，既写了耕夫的勤劳，用心农事，又道尽了耕夫的辛劳，不着一字说辛苦，但耕夫的劳苦跃然纸上，诗人的功力可想而知。用典精准，处处有来历。

金陵怀古诗十首（之一）

龙蟠依旧见金山，王气消沉若等闲。

何事乌衣深巷口，春来双燕尚能还？

这首诗借用刘禹锡《乌衣巷》"朱雀桥边野草花，乌衣巷口夕阳斜。旧时王谢堂前燕，飞入寻常百姓家"的典出，乌衣巷自东晋以后，即为王导、谢安两大家族聚居之地。以往繁华鼎盛的乌衣巷，而今野草丛生，荒凉残照。诗人通过这个典故，精准传达作者对沧海桑田、人生多变、朝代更替的感慨。

舟过乌雷门望伏波将军庙作

楼船横海伏波回，海上旌旗拂雾开。

自古神人当血食，谅为烈士岂心哀？

山连铜柱云行马，地尽扶桑浪吼雷。

漫语武侯擒纵略，汉家先有定蛮才。

这首诗是冯敏昌当年到廉州探望随棚读书的弟弟敏晟和敏昭后，从海上回马岗村路过乌雷时所写。这首诗以汉朝伏波将军马援统领水路大军剿杀叛汉的征侧、征贰姐妹，直追到交趾而斩首，并在防城司古森峒立下铜柱，在铜柱上书"铜柱折，交趾灭"的典故。通过歌颂雄才大略的马援将军平乱事迹，表达作者对英雄的无限崇拜和敬佩。

**五、继承了岭南诗风雄浑开阔的优良传统**

冯敏昌的诗歌以雄浑开阔为最大特色。现以《舟泊平塘江口漫兴》为例：

平塘夜泊舟，江水正悠悠。
星落月沉嶂，灯微人上楼。
乡情千里路，旅况一轻鸥。
独坐推篷望，萧然枫树秋。

这首诗由在江水中泊船起手，像光束由近而远散射，视角也跟随变换，自下而上，更上层楼，"乡情千里路，旅况一轻鸥。独坐推篷望，萧然枫树秋"两联，深厚雄浑，境界开阔，诗歌写景抒情严丝合缝，滴水不漏。让人想到杜甫"飘飘何所似，天地一沙鸥"的超然与洒脱。又如《重登岳阳楼》：

湖水太茫茫，重来到岳阳。
楼瞻三楚阔，人感十年忙。
雪浪群山涌，云帆众叶狂。
还随仙侣去，飞渡醉馀觞。

这首诗气象开阔，"太茫茫"道尽了无边无涯之势，"雪浪群山涌，云帆众叶狂"把气势进一步推高，为最后引出吕洞宾当年登临岳阳楼时在此大醉三天不醒，最后成仙飞渡洞庭湖收笔蓄势，无怪乎求才欲渴的翁方纲在"岭南三子"中特别欣赏冯敏昌，读了这首诗，让人心生敬仰。

## 独创执笔法

冯敏昌精力过人，勤奋好学，一生除了留下 2000 多首诗，九卷文，书画更自成一家，成为和当时名重天下的大家翁方纲、钱载等人比肩的一代书法家，翁方纲甚至说冯敏昌书法"仙风道骨我不如"。

翁方纲对冯敏昌书法的评价，一点也不夸张，从后人的评价来看，冯敏昌书法的价值确实比翁方纲高，翁方纲虽然在书法上曾经做过冯敏昌的老师，但翁方纲的书法存在致命的缺陷，过于强调笔笔有来历，这妨碍了他在书法上的创新，而冯敏昌师从翁方纲又不循规蹈矩，敢于大胆创新，这是他书画能达到高境界的必然结果。

经过几十年的潜心学习和琢磨，他独创了一种新的执笔法，被时人命名为"鱼山执笔法"。

这个执笔法，冯敏昌在给自己弟弟的信中有比较详细的记述："千百年来，书家林立，而直追晋魏书法竟难其入者。以笔作书，第一执法，此不得，终身皆无入处，吾力追古人，以求古人牖我以笔力之灵，不知竭力冥心，探索几许时日，始幸遇古人不传之妙，今传以吾弟。颜鲁公求笔法，张长史先使颜北面敬立，而后授之。敬慎如此而后能成就家法。吾为弟言，他时亦不知有成否，而今固不得已也。其法用大拇指右边紧靠着笔管，以食指、中指头肉正面抱之，第四指及小指则略而反，不使其着管。所谓大指甲在右边者，必记明指甲在上、指肉在下，以右一面甲肉相兼之处靠笔，则至紧之中，皆有凭虚架构之意，而全与世之所谓执笔者不同矣。"后面还有一大段详尽的解释。

也就是说，冯敏昌经过长年摸索，刻苦练习，不但把历代诸大家的书法精髓学到手，而且在前人的基础上，他独辟蹊径，创立了一种新的执笔法。

他的学生谢兰生在《鱼山先生传》中这样记载冯敏昌教育后学之人如何执笔："手腕须和，笔头须重，字宁拙毋巧，宁苍毋秀，宁朴毋华，宁用秃笔，不用尖笔，若徒事师心，则为野战；专工摹古，则为家奴。"

这段话除了注释冯敏昌执笔法的内核，同时论述冯敏昌对学书法的见解：专门学一个老师，不会有大的成果，如果只限于临摹古人的字帖，只能学得皮毛，不会有什么大的成果。

这种新的执笔法助推他的书法达到上乘之作，张维屏称赞说："粤东百余年来，论书法推四家：冯鱼山敏昌、黎二樵简、吴荷奇荣光、张懒山岳崧"。他的书法能排在粤东四家第一把交椅，成为令后人敬仰的书法大家实属名副其实。

## 书法作品价值连城

冯敏昌一生钟情搜寻古代诸大家的石刻字帖，他在游五岳期间，凡是名家字帖，全部拓片，回来后细细临摹学习。他的书法效法东晋王羲之、王献之父子与初唐的褚遂良。平生喜欢收集历代名家的书法，潜心临摹研究，最后将自己所收藏的历代名家书法临摹刻成《寿石轩贴》一部，还在孟县志中专门有一篇名为《金石录》共十万字，供后人学习效法。

由于他既学前人，又善于创新，因此，他的"书法，恂恂有儒者之风。盖得法于兰亭，而参与山谷，多用方折之笔，而敛其锋芒，便处处皆有含蓄之意，其字势似奇反正，故能温文尔雅，有书卷气"[1]。

---

① 摘自《广东文物》中册第123页。

冯敏昌现存的书法作品，以行书、草书为主，其行书以王羲之、王献之为本，吸收了苏轼、黄庭坚等名家的创意。他的草书也是以二王为师，又融入了自己的创新，起笔灵动奔放，运笔拙中藏巧，收笔气吞山河。足见功力的深厚。

　　冯敏昌的书法字主要是行书和草书，楷书、隶书也多涉猎。草书苍劲绌朴，干脆利索，结字洒脱中透着稳重。

　　他的隶书受赵孟頫的影响，其字体外貌圆润而筋骨内涵，其点画华滋遒劲，结体宽绰秀美，点画之间彼引呼应十分紧密。

　　冯敏昌的书法成就，钱载高度肯定，他在自己所作的一幅画中，就专门请冯敏昌签名，和当时的翁方纲、蔡新并列在一起，足见冯敏昌当时在书法界的盛名。他留下的字，成为后人临摹学习的教材。

　　冯敏昌留下的部分书法真迹：

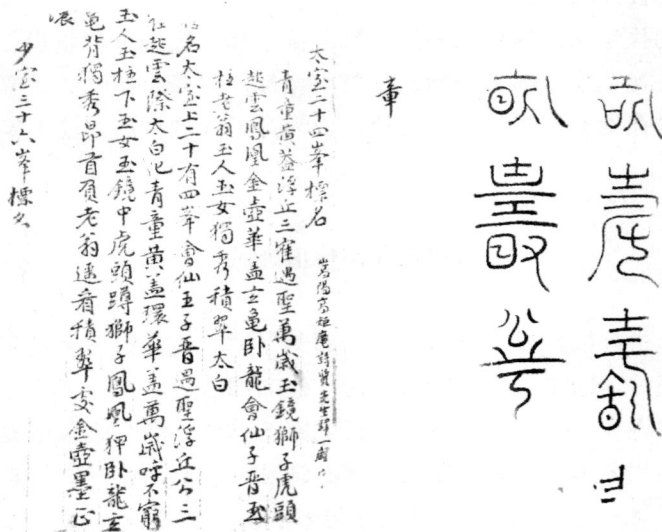

冯敏昌手书真迹（除注明拍摄者外，照片均由谢凤芹摄）

草 书

友如作畫須求澹
文倡看必不喜平

粵山馮敏昌書

馮敏昌

隶 书　　　　　　　　　　行 草

俯情懐其多念戚貌庠

而斯歡幽情昔而成結滿

思呼而興端懐此世之矣示

諒在昔而為言孫年时玄

誰箋夫何杜而不殊　象山

建趾至人以之設為師範百代孫倫四海是以刊之金石与天壤而大矣武文務之盛迺範圍天地幽贊神明用之邦國則百度以文圖云鄉人刻高娃以寨昨松篙而對搭古隆戶牖而覩幽邅放笑生以之不欲書之術業與日月而俱偉乙丑夏日　馮敏昌

行草书

在漢中葉建設宇
堂方藏之守是秩
是望庶帷安國蕪
命斯章

雲佐欲學分書曰临
華山碑備覽
名山昌

隶　书

云觙標楕禑憪度
大玉餘惠鳳雅宗

東山馮敏昌

篆　书

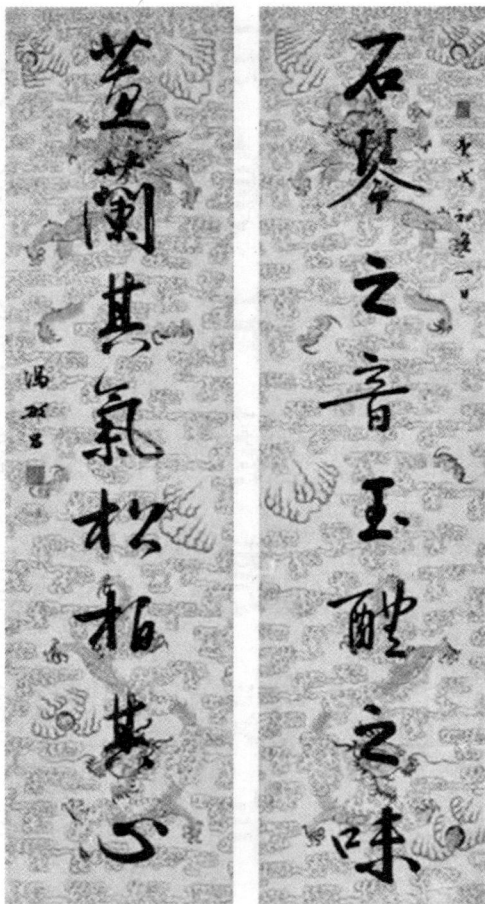

石琴之音玉醴之味

芝蘭其氣松柏其心

行　书

壹於先輩陸秋蓬高見言石氏偶書二句夜筆
梅花溪雪裏小窗燈火讀書聲以為其境
清絕非功名食者以疑理會纓歌起渡以詩係
月漢中流金山隱詩書似殘兩在和夢到
揚州只清曉盧江年寫得渾然至乾隆東五字
何戚唐詩深於居律者生能會　奧山馬敏昌

行　书

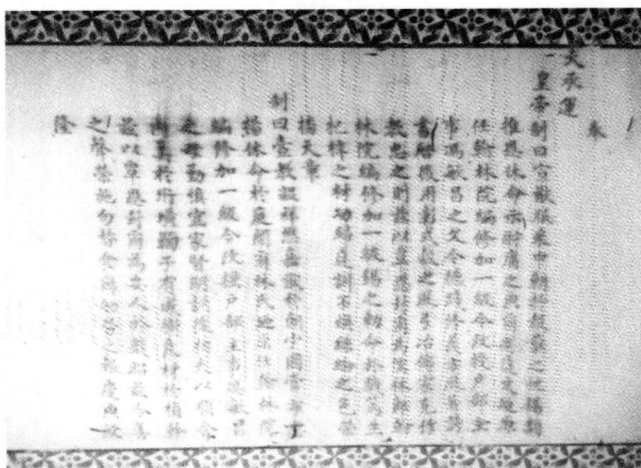

楷书

守贵也
甲辰季冬十一月
临颍鲁公书成
册奉
特侯年六兄请鉴
鱼山冯敏昌

行书

临水种松多憩萨

依山筑室要寛安

云道园句戊申初秋书

鱼山冯敏昌

行　书

圖史芬芳閒領味

煙雲供養靜怡神

奧山馮敏昌

行书

君言不尽意深望足下山川此自杨雄言考左太冲三都雄为不减画图故为象其荒率意言之也而为采尚若己非道少人云万立以令言尽于轻志以至多重拒言然后足下尔已能理有言意及乃左思览然没知而推

蜀阳故曰眠

謝誼腄次字也不妄交接

門無雜賓有時獨破日

入吾室兮唔膏清風料吾

飲吾雀遮明月

乙丑春仲錄右宋列　馮敏昌

行草书

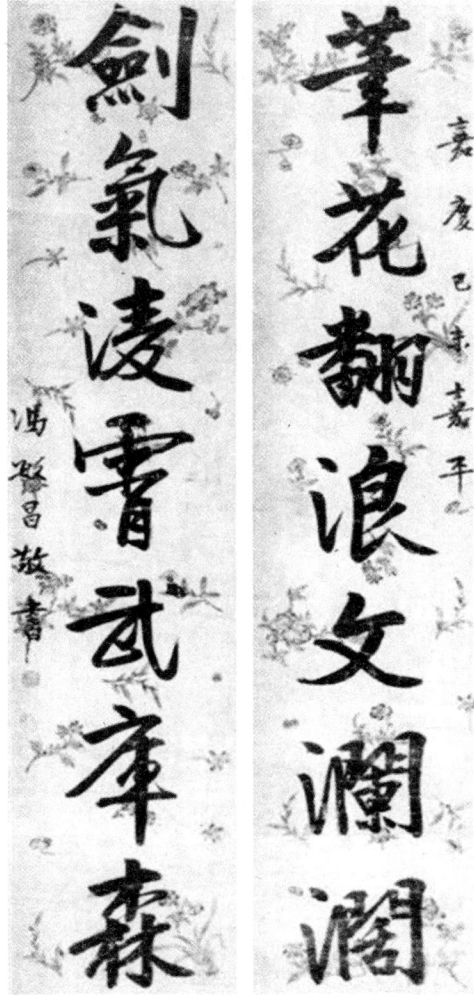

劍氣凌霄武庫森

筆花翻浪文瀾潤

嘉慶巳未嘉平

馮贊昌敬書

行楷书

- 167 -

宝晋斋曰真卿学褚
遂良既绝灵而变格
挺秀而出晋法之大变
矣　嘉庆戊戌三秋
　　　冯敏昌

行草书

望彼楸矣感於予思
既興慕於載傒忌悼
元而衰徊墳塋之而搗
龍柏森之以攬植 樂山

行楷书

草书

行书

甚升碧绮之堂　经连紫芝之圃纷纷麟

盘藻文末庭天潒园去古之桥楚晓忽及

俯三峡美蕊连砌涛苏蘩人黄薷

宜兮以楼苑颊蕊迎睽而曜景四滨

洼嘉别碟湘山滇辰潒波目峩雲水

真斋老先生清鉴　奥山冯敏昌

行草书

行草书

行草书

　　冯敏昌书法草隶篆楷样样成精品，岭南著名文化人林绳武曾经这样评价冯敏昌的书法："考鱼山用笔作品，无不精妙，行精于楷，草精于行，隶体与草书，各推独到。"

　　由于冯敏昌书法造诣深，篇篇是精品，所以国家文物局规定冯敏昌书法为禁止出口作品。

福字（滕广茂/摄）

魁字（滕广茂/摄）

寿字（滕广茂/摄）

鹅字（滕广茂/摄）

冯敏昌临摹王羲之临钟帖，行楷和草书共十行，国家二级保护文物。落款为冯敏昌。现存钦州市博物馆。（田心／摄）

方形、灰黑色、双面阴刻有铭文，其中地面内容为曦之临钟帖，行楷和草书共十行；另一面为王羲之临诸葛亮帖；小楷书十四行，落款均为冯敏昌。

溫玉外朗澂瀾中深

猗蘭春芳春松晚翠

篤堂主人先生清鑒

吳山馮敬書

隶书

# 画作成国宝

冯敏昌一生诗书画志样样精通，诗和书法用功尤深，他学画没有像书法和诗一样执着，原因是诗和书法要参加科考，作画只是怡情。

冯敏昌学画的历史，起码超过四十年，他在《愤画斋自跋》中记录了他学画的历史"学画四十年未成，因以愤画名斋"。

乾隆四十六年（1781）十月初三，他到得石轩拜访韦药轩太先生，在韦药轩的书房里，看到一幅山水画，用破笔所作，潇洒清润，一点都没有繁重之态。这幅山水画没有落款，不知何人所作，但从韦药轩太先生挂画的位置可知其重要性。

这幅画挂在书房面向门口正中位置，进门就能看到。

他不好意思具体打听是何人所画，但心里却是生出诸多羡慕，回来后，凭着记忆，临摹了一幅，越看越喜欢，对冯敏曙说："作画的乐趣，比写草书一点也不少。"

那幅山水画，重新唤起冯敏昌作画的热情和兴趣，自此一直坚持作画。

冯敏昌对作画有着自己独特的观点，他曾经对四弟冯敏曙、五弟冯敏晖谈过作画的经验："画家所重固在人品，然画学关键，乃在善书能诗，方能超诣绝俗。明代石田沈先生，人品之高，自所共见，其诗空灵超脱，书法则瓣香涪翁，故以诗入画而画理得，以书入画而画笔苍，而人品亦在其中。"

他的画，由于以诗入画，又有高洁的人格，有书法的深厚功底，画作成为精品水到渠成。

他的画成就之大，有史可查，翁方纲在所撰写的冯敏昌墓表中称冯敏昌"其于绘事，不学而能，鉴别尤不苟"。

他的学生谢兰生称赞说："画亦高品，偶一弄笔，不常作。"[1] 郑午昌《中国画学史》则评"冯敏昌善写松石兰竹，松针松秀而饶古韵，竹石简淡而见劲逸，虽非专门，深得三味"[2]。

史料记载，当时的富贵人家以收藏冯敏昌的画为时尚，凡是有点钱的，都千方百计收藏他的画，有他题字的纸扇一把竟卖到四十两白银。

冯敏昌由于满身是艺，加上用功的程度不同，在他的心目中，画的成就自

---

① 谢兰生《鱼山先生传》。

② 郑午昌《中国画学全史》，上海书画出版社，1985 年。

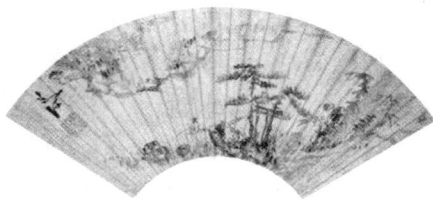

兰　竹　　　　　　　　　　　　　　　扇　面

然比不上书法和诗的成就，这从他留下的作品数量略见一斑，他留下两千多首诗，书法作品在国家博物馆珍藏的就有五十七件，而他的画，目前有资料，能确证的只有六件画作留下来，分别是广东省博物馆收藏的《兰石图轴》《墨兰图轴》《风雨渔庄图轴》，广州艺术博物馆收藏有《兰石轴》，香港艺术馆和香港中文大学文物馆各藏一件《兰石轴》[①]。

　　冯敏昌的画贯彻了他的作画观念，将诗、书法的意境融入了画笔，将自己的人格操守弥撒在画中。因而其艺术价值非常高。

　　市场上冯敏昌画作几乎绝迹，若有，十之八九是赝品。

_____

　　① 见任文岭《冯敏昌书画艺术研究》。

山　水

## 千秋杰作《孟县志》

乾隆五十二年（1787），冯敏昌到河南游中岳嵩山时，在开封停留数日。

刚上任的孟县知县仇序东，素慕冯敏昌的生花妙笔和高尚人格，三顾茅庐请冯敏昌担任河阳书院主讲。

仇序东，字汝瑚，钦州灵山人，时任孟县知县。

仇序东是个大忠大孝之人，曾经领兵协助河南巡抚平定匪乱，以500之兵对抗数千匪徒，居然能将匪徒赶出县境，保护了一方平安。他与冯敏昌是老乡，两人又有姻亲关系，在科考时多有交集，属于挚友级关系。

当时冯敏昌还没有登临完成五岳，不想半途而废，但又碍于情面，不好直说，只好委婉地说："我学识浅，很难担任这个大任。"

仇序东以为冯敏昌谦虚，越发诚恳地请求他留下来任院长。后来还专门请了曾任河南巡抚的毕沅（字秋帆）做说客，毕沅在请托中加码，除了请冯敏昌主讲河阳书院，还请冯敏昌帮助孟县修县志。

毕沅的请托很难推辞。

毕沅是乾隆二十五年（1760）进士，廷试第一，状元及第，授翰林院编修。

此人在学界声誉极好，性情儒雅亲切，爱才若渴，身边常名士云集。当时的著名诗人黄景仁既不愿当官，又不善理财，生活贫寒。一天，毕沅读到他"一家俱在西风里，九月寒衣未剪裁"的诗句，马上派人送去银子五十两。

黄景仁病逝后，毕沅又出资抚养其老母，还为他整理出版诗集。

祖籍歙县的著名文人汪中与毕沅没有见过面，有一次跑到毕沅的衙门，递给门卫一张小纸条，只说住在某某客店，转身便走。

门卫将纸条呈送毕沅，只见纸条上写道："天下有汪中，先生无不知之理；天下有先生，汪中无穷困之理。"

毕沅看罢，哈哈大笑，立即派人送去白银五百两。

在任陕西巡抚的时候，毕沅有一次路过一座寺院，老僧出来热情招待，谈得十分投机，毕沅忽然开玩笑地问道："一部《法华经》，不知有多少个阿弥陀佛？"老僧从容应道："我一个破庙老和尚，非常惭愧生成钝根。大人是天上文曲星，非同一般，不知一部《四书》有多少个'子曰'？"毕沅不禁一愣，非常佩服老和尚思维敏捷、谈吐风雅，于是捐银为寺里添置田产，还把寺院整修一新。

毕沅除了为官爱惜人才，学问更是一等一，著有《续资治通鉴》。《续资治通鉴·宋纪》中的《岳飞》一文曾被选入初中教材。这样一个顶尖人物请托，他真的很难拒绝，最后只得同意入主河阳书院，同时兼修《孟县志》。

志书的作用，无论是封建社会还是当代社会，它的最大功能就是"资治、教化、存史"。

古代各级官员十分注重编写志书。

封建时代的官员，一般任期三年，在三年中，民生大事十分繁重，工作千头万绪，在这么繁忙的情况下，各级官员都把编修志书作为一项重大工程。如林希元嘉靖十五年七月谪知钦州到任，嘉靖十八年十月离任，在钦州任知州刚好三年，他在任钦州知州期间，"兴利除弊，约身裕用，严正不挠，豪猾屏迹"。同时编纂《钦州志》，是研究明朝南方的政治、经济、军事、农业、社会生活等的珍贵资料，也是钦州现存全面反映钦州经济社会人文的一本志书，是一份不可多得的文化历史遗产。

孟县（今河南省县级孟州市）地处黄河边，历史文化悠久，韩愈故里，历史上数次修志，康熙年间，明朝遗民乔腾凤修志后，乾隆二十五年（1760）曾动议修志，但半途而废。

乾隆五十二年（1787），仇序东刚到孟县任知县，孟县有识之士纷纷上书，要求重修孟县志。

仇序东是个有作为的清官，也想为孟县多做实事，于是便将乡民的意见和自己的决定向毕沅进行了汇报，毕沅极为赞成，并答应在经费上给予大力支持。

正当两人在苦苦寻找编纂之人时，天上突然丢下一个现成的冯敏昌，岂能错过。这才出演了一出两人一唱一和的戏码，让冯敏昌无法拒绝。

冯敏昌碍于挚友情面，对毕沅的请托找不到合适的托词，只好就任。

乾隆五十三年（1788）《孟县志》正式动工编修。

仇序东给予了最大支持，抽调人员，设立志局，由冯敏昌任主撰，由山阴何炳、武进汤令名任助编，孟县本地秀才杨以诚、张枢、韩九龄、崔士璋、薛清纯、汤金章六人为采访，抽调县尉张葆负责协调有关事宜。

1788年正月，冯敏昌正式投入工作。正月二十三日，年味还没有散尽，冯敏昌便进行了采风，第一站到了清化乡，他的目标是找清化乡的名人康仪钧。

康仪钧知识广博，藏书丰富。

但第一站就出师不利，康仪钧回老家过年还没有回来，只有他的助手在。

冯敏昌便和他的助手聊起来，一聊吓一跳，这助手对孟县的天文地理山川形胜，古今事件样样清楚，真是强将手下无弱兵。

为了取得更多第一手资料，冯敏昌一行干脆在清化乡住了下来，一住就是三天。

第四天，步行八十里赶往下一站，到达与山西交界的济源县，目的是看县上的一块石碑。回来的路上，又顺便访问了清化乡老秀才王方川。

这次出行，收获多多。

回到孟县，河阳书院正式开馆。

冯敏昌在鸡啼第一声就起来，把当天上课的内容从头演练一遍，做到不出一点差错。课余时间，带着助手四处走访，每到一处，凡是高山，河流，冯敏昌一定亲自绘画图像，反复确认。

七月，冯敏昌再次远足，到太平县走访知府徐希高。徐希高一直研究韩愈诗歌，收集了很多韩愈有关的资料。

冯敏昌说明来意，徐希高激动地说："久仰冯翰林才高八斗，正想当面请教，想不到冯翰林竟先登门，真是蓬荜生辉。"

冯敏昌诚恳地说："久闻徐明府对韩愈研究多有建树，今天是专门前来请教。"

徐希高听冯敏昌提起韩愈，两眼贼亮，兴奋地说："我有足够的资料证明韩愈故里就在孟县韩庄。"

冯敏昌一听，全身激动起来。

韩愈是唐代杰出的文学家、思想家、哲学家、政治家，是唐代古文运动的倡导者，被后人尊为"唐宋八大家"之首，与柳宗元并称"韩柳"，有"文章巨公"和"百代文宗"之名。后人将其与柳宗元、欧阳修和苏轼合称"千古文章四大家"。他提出的"文道合一""气盛言宜""务去陈言""文从字顺"等散文的写作理论，对后人很有指导意义。这样一位大家，他死后葬于何处，却一直成为学界的一场无头案，自宋以后，纷争不断。

冯敏昌最崇拜韩愈，在他的诗论中高度评价韩愈。

孟县孝廉乔腾凤编纂的《康熙孟县志》中只模糊地记载："常至尹村观所谓韩王陇者，为公始祖安定桓王墓。即公所言'归河阳省坟墓者'。其左臂一高冢，盗伐者辄有风雷之变。私怪此必韩公真藏，竟无一个征验，真成恨事。"这段话扑朔迷离，写了也等于没写，这让冯敏昌头大。

冯敏昌来见徐希高前，已经查看了大量史料。

关于韩愈的祖籍问题最早出自《旧唐书》，到了北宋编纂《新唐书》时，作者根据李白给韩仲卿（韩愈之父）的祭祀碑中，误称韩愈是河南南阳（邓县）人；到了南宋大理学家朱熹对韩愈籍贯进行了考证，断言韩愈既不是昌黎人，又不是南阳邓县人，而是修武人。

徐希高说有证据证明韩愈是孟县人，冯敏昌能不激动？

徐希高拿出一本发黄的书，指着书里面一句话说："请冯翰林看看，这就是证据。"

冯敏昌急切伸头一看，徐希高所说的证据，是一本《韩氏家谱》，里面写着："予祖文公系唐代宗大历三年戊申生于邓州南阳，即河南怀庆修武县，秦名河阳。今有河阳城在县东北三十里。韩氏世家于此孟县有别墅，俗呼韩庄（与修武韩庄异地而同名）。"

冯敏昌看着急切的徐希高，不客气地说："族谱都有攀龙附凤之嫌，一姓中有一个名人，编纂族谱者往往就把名人视为宗亲，凭这个，不能下结论。"

徐希高不服气，又拿出一本书，指着书中的一行字说："请冯翰林再看这里。"

冯敏昌接过来看了，这是明朝陈继如《偃曝余谈》中的一段话："修武县东北三十里曰河阳，韩文公之故里，故人呼其庄为韩庄，又曰韩村，愈自上世居此。"

韩愈由于名声大，各地都想抢名人。

"修武县东北三十里曰河阳"这句话也不可靠，修武人可说这三十里在修武县内，而且河阳一说，也值得商榷。唐代的"河阳"并非只指孟县，而是指包括修武在内的广大地区。仅凭这些资料不能定义韩愈是孟县人。

冯敏昌握着徐希高的手，诚恳地说："谢谢徐明府给我们提供了这么好的资料，我现在要到韩庄去，如果能找到更多的证据，我们再确定。"

徐希高问："冯翰林，你们知道韩庄在哪吗？"

冯敏昌一愣，摇着头说："路在口上，一路问就是。"

徐希高说："我带你们去。"

说完，也不管冯敏昌同不同意，拿了顶草帽，就冲在前面。

一行人赶到韩庄，已经是傍晚时分。村子的空地里有人在搭戏台子，锣鼓手突然咚咚、喳喳几声，便有了些戏味。经打听，说是村里要演大戏《罗成破孟州》。

村庄这边厢炊烟袅袅，牛犊在慢悠悠地往村里走，那边厢却是人声嘈杂，锣鼓声此起彼落。

冯敏昌在村子里走了一圈，站在两棵老柏树下说："此乃龙盘虎踞之地。"

徐希高双手抱拳，谦虚地说："后学也略知一二，请冯翰林详解。"

冯敏昌站在残阳中，指点着周围地形侃侃而谈："韩庄北靠金山，南接凤岭，中间岭头昂起，向西绵延而去，这是典型的卧龙地。面向滔滔黄河，龙凤之姿，山水之秀，尽收眼底，我们面前的两株柏树，看它们的树身，少说也有几百年了，几百年能存活下来，肯定有故事。"

徐希高频频点头说："黄河对岸就是皇家墓地，达官贵人打破头想抢的风水宝地。韩文公对风水也有研究，看柏树郁郁葱葱，风水肯定好。说不定是韩文公生前选的好地。"

几个人在村里指指点点，还是有人注意了。

有个八十多岁的老人带着几个小年轻人过来，年轻人介绍老人是他们的族长。

这个族长咳了一声，不客气地说："有人报告说你们在村子里鬼鬼祟祟到处走。听口音也不是本地人，来韩庄干吗？天马上就要黑了，不用吃晚饭？"

冯敏昌连忙解释说："阿伯，听说韩文公葬在你们村，我们来看看。"

老伯听说是为韩愈的事而来，来了劲头，开心地说："韩文公就在韩庄辞世，我们村里人都知道，他具体下葬的地方，就在这两棵柏树之间。"

这两棵柏树七八个人手拉手也难合拢，树干上长满了青苔，树下到处是鸟粪。

冯敏昌问族长："这两株柏树是什么时候种的，以前这里有没有坟茔？"

老柏沉思着说："什么年代种的，我们也说不清，但听老辈人说，已经几百年了。以前这里是韩族墓地，由于战乱，墓都被盗墓客毁了，兵荒马乱的年代，人不如狗，生人都顾不了命，哪还有心思管死人。"

冯敏昌听了，对老伯说："阿伯，我们想挖一下，看看能找到什么实物。"

老伯听徐希高介绍冯敏昌是翰林院的编修，又在户部任主事，如今在河阳书院任主讲，很放心，淡定地说："你们挖吧，乔腾凤那个死老头，说什么韩文公葬在尹村，真想叫醒他和他论理论理。"

冯敏昌被他的话逗笑了，开心地说："乔孝廉没有直接写韩文公的墓在尹村，你错怪他了。"

老伯一听，高兴得手舞足蹈，飞快地回到村里，招呼来几个小伙子，人人肩上扛着锄头，走到冯敏昌面前说："你们想挖哪，只管吩咐，体力活还是让老粗们来干。"

冯敏昌谢过老伯，站在两株柏树中间，平视侧视了好一会，对阿伯说："就在这挖下去吧。"

小伙子们乒乒乓乓地挖起来，只一会儿，地上就翻起了一片新土，挖着挖着，夜幕已经笼罩下来。

那边的大戏已经开演，罗成正在铿锵地唱着："自古英雄遭困，从来才子争名。许多心事在空中，为问苍空好梦。无奈漂流四海，云游遍访宾朋。逐朝每日谈废兴，才把痴情断送。"

小伙子们跟着哼起来，有人吵着说"族长，我们要看戏了，要不错过了罗成娶亲的那场戏了。"

族长骂了一句："这戏你们看多少次了，看少一次又不少半斤肉，找到证据，可以抢回老祖宗。知道不。"

小伙子们被族长一骂，只好又接着挖。

又挖了一阵，突然听到"哐"的一声，大家的神经都兴奋起来，有人大声喊："挖到一把刀。"

冯敏昌拿起刀来，借着天上的月亮细细观赏一番，发现这刀锋利无比，刀身狭直，他一眼就看出，这是唐朝"金银钿装唐刀"。

唐刀的刀型源自汉代环首刀，前期大部分军用唐刀均保留着环首，同时也拥有笔直的刀身。

韩愈考上进士后多年不得志，元和十二年（817），出任宰相裴度的行军司马，参与讨平"淮西之乱"。韩愈佩刀最正常不过了。

这个收获让冯敏昌大喜，他宣布说："今晚暂挖到此，明天继续。"

当晚一行人赶回孟县，路上，几个人又饥又渴，看着冉冉上升的明月，冯敏昌忘记了饥渴，居然作成了一首诗：

登墓已斜曛，下山遂昏黄。

行行不里余，已过韩家庄。

归骑何驶疾，露气方苍凉。

时月过弯眉，碧色犹西方。

金山既藏高，黄河亦迷长。

时于平野中，仰见流星光。

此间是何处？我心在何乡？

已拼此半生，沉迷当路旁。


第二天，冯敏昌早早起来，带着人马重新赶到韩庄，进行再次挖掘，挖到中午还是没有什么收获，当大家正在沮丧时，突然挖到了一块石碑，大家欢呼雀跃起来，经过辨认，却让人大失所望，是一块治水功德碑。

没有找到有价值的物证，冯敏昌只好带着随从离开韩庄。

八月十八日，他正在上课，门房通报说有人找他，待客人进来，他认出是韩庄的族长和村里两个小伙子，族长看见冯敏昌，不好意思地说："昨天下大雨，村外推出了一块石碑，字我们已经全记下来了，现在带给你看看有没有用。"

说完递上了一张纸条。

冯敏昌接过纸条一看，惊呆了，纸条上写的是："谒昌黎伯墓"及"展墓后，于金山寺"等字。

经过询问，族长说立碑者是本村外出任知县的韩邢贤所写，时间是明朝嘉靖二十九年（1550）。

这一发现算是间接证明韩愈就葬韩庄。

冯敏昌决定第二天再次到韩庄寻访。

族长看见自己送来的纸条受到冯敏昌重视，带着村人高高兴兴回去了。

第二天，冯敏昌约了仇序东和几个县里的差使再次到韩庄，在原来挖过的地方又挖了一通，结果还是没有发现什么更重要的证据。

冯敏昌看见旁边有一个大庙，对仇序东说："我们进去烧炷香吧。"

仇序东得知冯敏昌前次出行找到一把唐刀，很受鼓舞，昨天又看到冯敏昌展示的纸条，这次来，他一直很认真地低着头寻觅。现在听冯敏昌要进庙烧香，本来不想进去的，但是又不好意思拒绝，有些不怎么情愿地跟着进了庙。

冯敏昌拿着三根香一一点着，拜了三拜，正准备将香插到香炉上的时候，突然对仇序东说："你看香炉上的字。"

仇序东看了一眼，又擦了两下眼睛。

冯敏昌怕他看不清，掏出随身带的汗巾拭去香炉表面的灰尘，对他说："你再看。"

仇序东看清了，高兴地大声说："踏破铁鞋无觅处，得来全不费工夫。"

仇序东的话吸引了随行人员，大家蜂拥而上。把香炉团团围住。

冯敏昌吟笑着指了指香炉上的字，所有人都看清了，"怀庆府孟县韩家庄韩文公塚飨堂大香炉一座，重二百五十斤，弘治十七年吉时造。"

这个香炉成了铁证，加上石碑、唐刀，三件物证全部指向韩愈就葬于韩庄。

村人闻言都赶了过来，他们村和别人争了几百年，现在终于有了定论，手脚快的已经买了鞭炮，砰砰地放了起来。

当年十一月初八日，冯敏昌亲自操刀，重写了皇浦湜所撰的《神道碑》，又亲自写了《韩公飨堂碑》《谕祭碑》《韩文公墓考碑》。

在《韩文公墓考碑》中，冯敏昌写道：

谨按：韩文公实为河阳人，见于宋朱文公《韩文考异注》中，所引董卤说甚明。兼公子（韩愈长子）昶墓志前明于孟县尹村韩氏祖茔出土，可谓确据，不必多论。至公墓见于皇甫湜所撰公墓志铭，亦云葬河南河阳，特未明言其乡某地，又不见于唐宋人著书。盖公殁后仅80余年，而唐末乱亡，后历五季。至宋初皆然。及宋景文修《新唐书》，误载公为邓州南阳人，则更无有过河阳而问焉者。又未几，而宋亦南渡，河阳入金，以至元朝，代亦不暇及。迨入明且百年，至成化间，耿侍郎裕过孟，始访得公墓，其功题矣。

今见于韩家庄诗碑序内，略云：庄在孟县四十里许，过孟闻有是庄及墓所在，作诗以识。诗内则云："遗庄存故址，表墓有残碑。"盖当时耿侍郎必访之故老传闻，而得其实。而所谓表墓残碑者，当即皇甫所撰之神道碑。故国朝康熙间，邑令张之纪重修公祠记云"公墓在邑西十三里，向植有神道碑，士大夫往来过冢，多拓其文以去。居人以为扰，乘乱焚碑"云云也。然即使非神道碑，亦必唐宋时表墓遗刻，故谓残碑，则固在明代之前矣。特耿侍郎序内，尚未申明庄与墓并在一处，似乎即谓庄与墓相隔尚远，亦可者。故国朝康熙乙亥修邑志者虽谓公墓在邑西十里韩家庄，而邑人乔孝廉腾凤撰志序乃云："常至尹村观所谓韩王陇者，为公始祖安定桓王墓。即公所言'归河阳省坟墓者'。其左臂一高冢，盗伐者辄有风雷之变。私怪此必韩公真藏，竟无征验，真成恨事。"云云。按：尹村在邑西北二十里，与韩庄相去亦二十里，绝非一地。乔孝廉不过据自己意见，姑为是疑而不定之词，亦不敢自作断语也。而不谓襄城刘青芝撰《韩文公河阳人辩》，又刘青藜撰《孟县韩文公墓考》竟云："公墓即在尹村"，并增益乔孝廉之说为确证。又引用乔言张子微《玉髓真经》载："公茔图，名'黄龙饮水形'尝数至尹村，其葬处与形家所图者无异。"云云。窃谓无论玉髓经乃术士家言，不足为据。而玉髓经亦不过有文公祖茔之图。故乔序云，竟无证验，若失实之甚者。而乾隆三十二年续省志者，乃载其文入《艺文志》，不知墓系先贤，事关国典，有不容以妄发议论。

盖乾隆十五年，恭遇銮舆巡幸中州，典举崇儒，功思卫道，特遣重臣谕祭于韩文公墓所，其时孟县知县臣周洵细考前踪，恪恭将事，率邑中人士于文公墓前举行巨典，即韩庄后此墓是也。当时观礼者云集，盖数千百人，咸以为斯文之大幸，不世之遭逢，所谓有其举之莫敢废也。而岂得据臆撰无稽之言。而欲指公墓在于他所也哉？是则此墓之不容以妄改者一也。且事有会其适者，二年来因孟令仇汝瑚明府姻亲属修邑志，详考斯墓。而今秋八月十七日，雨后墓前一碑出土，当经裔孙博士九龄奔走往视，乃前明嘉靖二十九年，知县邢贤谒墓诗碑，虽半剥落，然"谒昌黎伯墓"及"展墓后，于金山寺"等字具在，现今仍立墓前。又是日并于韩庄关帝庙内，觅得明弘治间所造大铁香炉一座，其前款识云："怀庆府孟县韩家庄韩文公塚飨堂大香炉一座，重二百五十斤，弘治十七年二月吉日造"云云。则又与诗碑前后正合，盖碑则云，公墓近金山寺，炉则以公冢合韩家庄，皆指此墓而言。一金一石，若合符节庶乎？耿侍郎所未申言庄墓一处者，至是而不啻申言矣。且不意一金一石同日而得，皆足以为考公墓者确据。斯岂非公墓之不容他人妄改，而后此二者，乃如硕果之仅存乎？是诚不可不著于后来者也。今炉仍移至墓前，而仇明府遂即日有飨堂之建，盖亦有感于斯事也。且此墓前古柏两株，现每株各高数丈，围百一丈有余，苍翠郁然，其为唐时所植无疑。今合县盖无有墓柏大至如此者。即此亦足为公墓在是之一据矣。余幸得从事孟志，已于志公墓下作按语，详为辨析，并以同人之意详校皇甫持正所撰神道碑，重刻石于公墓前，既刻成而复撮志中，按语大意为此考，以刻于碑阴。庶方来者有所考见，而并以所作谒公墓七言古诗四十韵一章，附刻于后焉。

乾隆五十五年（1790）正月二十六日，仇序东、冯敏昌一行再次进韩庄，重修了韩愈墓及飨堂地，树起了神道碑。至此，一段历经几百年未有定论的公案终于尘埃落定。

这年春天，《孟县志》修成，刻本共八百五十九页。

《孟县志》成，头面人物大力捧场，曾任河南巡抚，时任湖北总督、兵部尚书兼都察院右都御史的毕沅为《孟县志》作序，他在序中称赞冯敏昌"嗜学好古，凡是县古迹，必躬历目睹，证以旧闻，即至残碑断碣靡不广搜细考，然后以著于篇。""其考据之精祥，体例之古雅，不减前人名志焉。"时任河南学政的刘种之也为《孟县志》作序，序中称赞该志："纲举目张，条分缕析，酌古今之宜，得简繁之中。求诸前人名志，如康对山《武功志》、韩五泉《朝邑志》，莫能过也。"曾任河南布政使的江兰在为《孟县志》作的序中称赞道："精核称是，是可不谓完书也哉！"林则徐对冯敏昌主修的这部《孟县志》给以极高评价，将其与严如煜主撰的《汉中续修府志》、李兆洛主撰的《凤台县志》并列为清代三大名志。仇序东作为责任人作序，冯敏昌自己也作了一篇修《孟县志序》：

> 闻之作史之难，唯志为甚。而志地亦类焉。余以非才改官，假游至豫，犹得以后进礼谒前开府毕秋帆先生。会姻亲仇君序东方宰孟县，延余主其书院。先生因以《孟志》属余重修，并曰："修志良不易，而是地颇有宜摭实者，尚其在意。"余悚然以辞。既不获命，则谨而志之……

冯敏昌所修的《孟县志》，分为十篇，即圣制、地理、建置、田赋、职官、人物、艺文、金石、史事、杂记等。在每一篇开头，都有小序，方便读者查找资料。

纵观《孟县志》全书，分类一目了然，提纲挈领，地理志载形势险要，且细绘各图，山川脉络，防洪河堤，所绘图格，以格为里，与今图例比，相差甚微。建置、田赋，详于政典。职官、人物，稽诸史传。艺文、诗文，既依史之旧，又散附各门。金石至重，冥搜博考。史事、杂光，实而不繁。

《孟县志》最大的贡献，在于对汉、唐、后晋、宋、元、明朝各代一百五十余处碑记注明立碑年月、书体和撰、书人以及原碑所在地。如原碑已失或不明所在地者，则注明引用拓本藏家。独立成著《金石录》约十万字。

清方志学家蒋藩认为冯敏昌所编《孟县志》可与洪吉亮、洪符孙等名家齐名："冯鱼山敏昌之孟县志，莫非一代之宏载，千秋之杰作。"

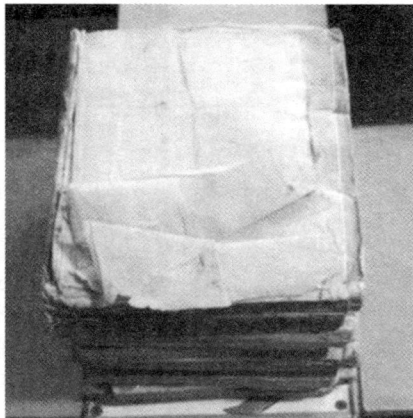

保存在河南孟州市档案局冯敏昌编写的《孟县志》手稿，共五本。

《孟县志》中的孟县官署图

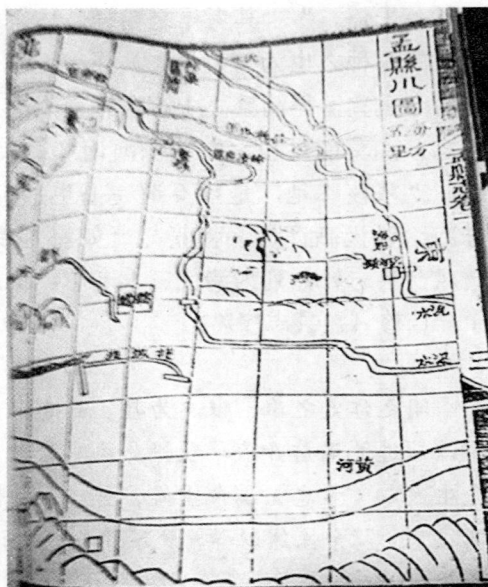

《孟县志》河流分布图

《孟县志》中的河阳书院位置图

冯敏昌书写的韩愈墓（在河南孟州市韩园）

# 万代流芳

    乡贤是古代表彰品德高尚，学养深厚，为国为民做出重大贡献之人的一种制度。

    所谓乡贤者，他们生前把立德、立功、立言作为人生不朽之事业，利用自己的精神感召力教化世人，上利于国，下益于民，是封建士大夫和儒生一生追求的归宿。

    冯敏昌是封建社会建立乡贤制度后，钦州最后一位乡贤，他逝世后被推举的过程，也是桑梓重现他丰功伟绩的过程，他给后人留下了高贵的背景，两百多年后，他的丰厚遗产仍有着丰富的现实意义。

## 死而后已

    嘉庆十一年（1806）二月初六日，冯毓昌偶感风寒，感觉身体有些不适，请了郎中来视病，他写了八个大字："病可愈否，求赐良方。"

    朗中开了发寒中药，吃了不见好转，到了二月十一日，病情加重，冯敏昌想着已经没有回天之力，趁着精神还能支撑，把两个儿子叫进房间，对他们说："我一生没有给你们留下什么金银细软，现在还有三十多张欠债单据和典当衣物的收据，我走后，希望你们父债子还，替我还完所有的欠债。"

    两兄弟强忍悲痛回答说："父亲，你放心吧，一年还不完，我们还两年三年，我们还不完，还有你的孙子。"

    冯敏昌听了，放心地说："有你们这句话，我一生没有什么遗憾了。"接着说："你们把欠账单据和当票贴在墙上。让我看看有无遗漏的。"

    两个儿子按他的要求一张张将当票和借据贴在墙上，他认真地一一看完，宽慰地说："很好，没有错漏，你们就按这些票据帮我还清吧。"

两个儿子看见父亲累了，对他说："放心吧，我们会一个不欠，全部还清。你休息吧，不用操心了。"

冯敏昌安心地合上双眼，慢慢入睡。二月十一日戌时，一颗高贵的心脏停止了跳动。

冯敏昌的一生，饱读经史百家，学术成就车载斗量，教书育人有口皆碑，他教出的学子中有一大批属于当时的佼佼者，如罗桂芳、谢兰生、焦琴斋、邵咏、要正纲、刘广礼、黎观光、郭壮圻等等都是国家之栋梁。

他的一生，正如他的好友伊秉绶的墓铭志所写"崔巍石兽荒榛芜，丰碑大树驰千夫"。

得知他过世的消息，整个广东官场为之悲痛，他教过的学子更痛不欲生。

当冯士履、冯士镳遵照潘氏的意见要将冯敏昌的躯体运回钦州安葬，两兄弟贴出启行日期告别时，当时的两广总督吴熊光、巡抚孙玉庭、海疆大臣克当阿等五六十名当局官员全部素食一天，第二天素服赶到粤秀书院送行，各种挽联多得没有地方安置，其中最长的一副有两丈长，上面大书"学希陈湛"四个大字，孙玉庭巡抚亲书了挽联："频岁赋挚维，岂意长孙徐稚榻；八春独晤对，那堪重过子云亭。"

大家恭敬悲伤地给冯敏昌的灵柩行叩拜大礼，就像当年他第一次到粤秀书院任院长时的开学典礼一样隆重。写诗词缅怀的共有五百多首。

当灵柩经过肇庆端溪书院时，众学子及生前好友攀棺痛哭，不忍放手，两兄弟只好将棺椁停在肇庆五天供学子和好友缅怀。

一个多月后回到钦州，全城痛悼。

遵照冯敏昌生前的愿意，冯家人于嘉庆十二年（1807）二月十二日把冯敏昌安葬在南雅乡望海岭下的三箭山。

这个地方，是冯敏昌在嘉庆七年至九年在为母亲守制期间自己寻觅的风水地，这里离父母的墓地只有六七里，远眺可以看见父母的坟墓，就当是为父母守坟墓，至于位置是不是风水宝地，一生对风水有深入研究的冯敏昌却没有计较。

下葬当天，南雅乡水泄不通，从全国各地赶来参加葬礼的人有六千多。

他的恩师内阁大学士翁方纲为其写墓表：

乾隆乙酉，予按试廉郡，得冯君文奇之，遂以选拔贡入国学。迨其后历官翰林、刑曹。中外士大夫无不知有冯鱼山者。予历掌文衡，所得英俊匪一，而以天才独擅，屈指君为最先。君为人，笃于孝友。庚寅秋，上海陆耳山典粤试。耳山凤负知人之鉴。及揭榜，予与耳山相见于公宴所。予称贺曰："榜第三冯生者，天下异才也。"亟趣君拜见。而君适以弟子讣，悲不自胜，至不欲赴会试，强之而行。其官刑曹也，乙卯除夕彰一日，闻父丧，痛不欲生。予闻，亟趋视之。大雪后严寒，已徒跣竟日矣。予责其伤生非孝再四，大声疾呼，而后着袜，吊者相谓曰："此非严师，不能使着袜者。"其天性过人，皆类此。君生平遍游五岳，皆造巅，题其崖壁。予尝登岱至绝险处，竹笕中，见飞流巨石上壁窜镌"冯敏昌来"。而华山苍龙岭高五百丈，隆脊径滑，窄不容足，行者必援铁索以上。君乃大书"苍龙岭"字于石，字径三尺许，旁识岁月。又手拓其绳索铁柱文云："崇祯四年三月，惜薪司太监府官韩国安施造"以拓奇寄予。其神气闲暇如此，又如匡庐、龙门、砥柱、壶口、雷首、中条、首阳，无不遍陟，亦探奇罕见者。平生诗文，所至有记。撰《华山小志》六卷，又撰河南《孟县志》。又尝修《广东通志》。而所为诗，尚待裒辑定之。书法由褚入大令，尤精研兰亭诸本，与予商定，有出桑俞二考外者。其于绘事，不学而能，鉴别尤不苟。盖以纯笃至行而兼众长，艺林殆不数见此人……世居钦州。祖经邦，增广生；父达文，岁贡生，官训导。君乾隆庚寅举人，戊戌进士，改庶吉士，授编修，刑部河南司主事加二级，诰授奉政大夫。生于乾隆十二年八月十一日，卒于嘉庆十一年二月十一日，年六十，配潘宜人。子三：士载、士履、士镳。孙一：绍宗。君卒逾年，予始得士履所为状而表其墓道如右。

嘉庆十二年冬十月鸿胪寺卿加三品衔，北平翁方纲撰并书。

扬州太守也是他的好友伊秉绶为其写《清故奉政大夫、前翰林院编修冯先生墓志铭》：

嘉庆十一年二月十一日，吾友冯鱼山先生，以疾终于广州粤秀书院。予闻讣扬州，泫然曰："君道周性全，人伦规矩，不可得见矣。"既为位，哭诸寝门之外。后五年游粤，适大吏上言以君之粟主崇祀郡学，及钦州之乡贤祠。既葬矣，孤士履泣请补铭。予获道义交之深，不敢以不文辞。

按状，君讳敏昌，字伯求，号鱼山，世为广东廉州府钦州人。曾祖，太学生，曰征麟，增广生，赠翰林院编修。曰经邦者，君之祖也。岁贡生，署开建、临高、花县教谕，初封编修，晋封奉政大夫、刑部主事。曰达文者，君之父也。兄弟八人，君其伯氏。自幼颖敏绝人，年十二，补博士弟子员；弱冠，受知学使者大兴翁先生方纲，叹为天才，充拔贡生。入都遍交天下名俊，尤为秀水钱侍朗载、大兴朱学士筠所推重，谓将与曲江代兴。中庚寅科举人，戊戌进士，选庶吉士。以学行重于朝。庚子散馆，授职编修，分校礼闱。乙巳试翰林，改官户部主事，补刑部河南司主事。勤于坐曹。旋以忧归。以乡大夫之职历主讲端溪、越华、粤秀书院院长。

君天性惇笃。在都闻父丧，时方沍寒，撤帏与炉，袒跣擗踊。吊客闻悲痛声，有到门哀感不总入唁者，已乃昏迷咯血。翁先生忧曰："鱼山万无生理。"则共持太夫人书，追令深省，书云："须留性命、归园葬事。"乃稍抑哀，仍过乎礼。及丁母忧，素食庐墓三年。虎啸猿啼，悲惨欲绝。庐前沟水，为众流所汇。阴雨连旬，山水暴涨，径路已绝，水势齐腰。遽避露处，回顾庐沉，断炊数日，仅存皮骨，以此早衰。丧叔与季，终身悲思。季所读书处、不再过之，而抚其子胜己子。又抚二庶弟俱成才。至诚恻怛，恳恳于师友间，事师如父，交友无贵贱，一契道义，即如弟昆。敦厚好义，廉州距京师万里，则经营廨舍，以栖乡人。有旅卒者、必经纪其丧，谋归其榇。榇每到家，家人惊出意想外。如是者十余榇。其居乡，闻人未葬，则反复劝谕，或陟山谷，偕之寻求，必魂魄得所而心始安。其教士谆谆，以规矩引人于大中至正，相率为道德之归。虽盛暑必肃衣冠，诸生讲贯。诸生初苦其严，而终化其德。致严于义利之介而恒急人之急。故萧然不名一钱。朔望必北向稽首，常曰："吾荷国恩，未见嗣皇帝，但得到京师补官，一引见，假归，於心安矣。"呜呼！孰谓君竟虚此愿耶？

君之学，在本仁行恕，随事体察，非空谭性命，徒事博览。当其自得，蔼然有光风霁月之容。君诗，本性情而陶百氏。又周游五岳，驰驱绝塞，故能发中声、流元气，洋洋成一大家。君之书，窥晋妙迹，若有夙悟神解，故能极变化，以彰人品之高。又精八分，兼通画理，广搜金石文字。呜呼！君之所长，任举一端，皆足以传世，而尤难其学之醇，学醇而体立矣。惜未见用于世，而其德已如春气之入人。以故粤人知与不知，皆有一鱼山先生在意中，而爱之敬之。海内之士，仰之如白沙甘泉也。著《小罗浮草堂诗集》四十卷，《文集》九卷行世。君生于乾隆十二年八月十一日，春秋六十。配潘宜人。子三：长士载，先卒，士履，增广生；士镛。女一，适士族；孙一。葬于州西长墩司望海山之原。铭曰：

海涛震荡天南隅，风回珠浦湔铜鱼。
笃生奇才横鸷驱，包罗万有涵清虚。
思追骚雅郁以纤，平揖独漉欧黎区。

平生质行姜宁徒，循墙而走经间趋。
麟一角戒禅野狐，阳开阴阖大笔濡。
春温秋肃德充符，既登廊庙勤苏湖。
龙蛇递扼年命徂，天马山崩海水枯。
崔巍石兽荒榛芜，丰碑大树驰千夫。

嘉庆十六年二月十五日，赐进士出身，晋阶资政大夫，前知广东惠州、江南、扬州府事，历署江南河库道、两淮盐运使，刑部员外郎，充戊午科湖南乡试副考官，宁化愚弟伊秉绶。

他的学生太史谢兰生为其写传。

这些都刻石立于墓前，墓高大一丈，周围有三丈，墓前建有华表，诰坊各一。

嘉庆十八年，冯敏昌的所有诗词、文章、书画作品全部被国家收集整理，列入《文苑传》，他的著作收藏在国家历史博物馆，成为传统文化的重要部分，让世世代代受益。

冯敏昌身后没有留下金银细软给后人，他留下来的是沉甸甸的文化瑰宝，更留下我们用所有金钱、权力都没法交换的高贵品质。

## 合郡举贤

嘉庆十二年（1807）四月清明节，钦州贡生方肇瑞、何博文相约到望海岭祭拜冯敏昌，冯敏昌在两个月前的二月十二日下葬于此。

方肇瑞读着墓前的冯敏昌传，百感交集，他给冯敏昌上酒，念祭文，念完，难过地说："先生一生德行纯粹，大儒大贤，既有渊博的知识，又有高尚的品格，这样的完人，默默地躺在一抔黄土之下，作为他的乡人，我惭愧呵。"

何博文看着严肃的方肇瑞，不解地问："方兄，你想做什么？"

"我要推举先生为乡贤。"

何博文摸了一下方肇瑞的脑袋，又摸摸自己的前额，认真地说："方兄并没有发烧，为什么尽说些无用的话。"

方肇瑞生气地推开他的手，甩着手说："我是认真的，不和你开玩笑。"

何博文说："你知道推荐的过程有多难，首先，你得找很多的生员签名附议，还得将推荐文送到州郡府签批，签批完了还得送到北京过礼部大关，再报皇帝签批，这些环节中有一环断了，就白做工。"

方肇瑞面色凝重地说："这些困难我都知道，就算不成功，我也要试试，你我是兄弟，你得支持我，我们分头去发动钦州的儒生附议。"

"文章没写好，找谁附议？"

方肇瑞信心满满地说："一个满腹经纶的资深贡生，写个呈文是小菜一碟，我今晚回去写便是。"

两人下山的时候，由于何博文支持自己的动议，方肇瑞心情大好，得意地说："已经有了一段，要不要念给你听听？"

何博文说："先别念，老实说自从先生过世，我也很难过，一直想为他做些什么。你要推举先生为乡贤，我也很开心，你写好推荐文，我保证签字就是。"

方肇瑞说："好，一言为定。"

回到家，已经是晚上八点多，方肇瑞草草吃完晚饭，对妻子说："今晚我要干一件大事，谁都不准打搅我。"

妻子心里想："还能有什么大事，天大的事也就是作诗了。"

于是搬了一张矮凳，手上拿着蒲扇，为方肇瑞守门。

方肇瑞在书房里念念有词，鼓捣了一晚，灯一夜没息，妻子也不敢离开，直到东方发白，方肇瑞兴奋地推开门，高兴地说："写好了写好了，马上给我做饭，吃了好找人。"

妻子手脚麻利地给他做饭。

吃早饭的时候，方肇瑞得意地告诉妻子："我要推举冯敏昌先生为乡贤，文章已经写好，今天中午不用做我的饭，我要找钦州所有的贡生、庠生、生员签字。"

妻子捂着打呵欠的嘴巴，关心地说："路上小心。"

方肇瑞第一个找何文博。

两人在何博文的书房见的面，方肇瑞把文稿递给何博文说："男子汉大丈夫，说话要算数。"

何博文不客气地说："拿文章来，先看了再说。"

方肇瑞从口袋里拿出几张写满字的白纸，递给何博文并说："你签了字，找其他人就容易了。"

何博文认真地读着推荐文：

窃维崇功昭德，成周著易名之名；教孝兴贤，有汉详崇祀之典。故扬采藻于艺林，虽光史册；而衍馨香于俎豆，宁缺乡贤？是以姜宁并称，克壮天涯之色；独且钦灵共载，私为邑乘之光。攸好既有同心，录贤岂为过举？如我同州已故刑部河南司主事，前翰林编修，诰授奉政大夫冯敏昌，才兼天授，学以性成……

何博文读完推荐文说："方兄写的文章中，这篇最好，事迹很感人，结语部分，我建议加上一小段。"

方肇瑞来了精神，问道："加些什么？"

何博文说："我边读边想，已经想好，读出来你听听：思我朝文教诞敷，海滨近称邹鲁；喜斯日名流崛起，人伦咸奉楷模。虽小善必录，凡兹畸人逸士，独发潜而立阐幽；矧众口交推，讵以孝子良臣，弗尚贤而崇德？允宜光昭祀典，崇举乡贤。表宅里而树风声，上播作人之雅化；衬胶庠而隆俎豆，下慰多士之诚求。"

"怎么样？"

"加得太好了，我马上抄上。"

方肇瑞抄了这段上去，写了落款：嘉庆十二年四月十日。

递给何博文说："签字。"

何博文在方肇瑞名字后面签了字，盖了手印。

开心地说："今晚我可以睡个踏实觉了。"

方肇瑞说："我走了，找其他人去。"

何博文说："我和你一起找人吧。"

两人奔跑了三天，找了钦州二十名乡绅签字附议。四月十三日正式移牒给钦州官府。

钦州管教育的官员接了移牒，高度重视，发文征询灵山、合浦儒生意见，结果有条件签字的全部附议。形成了《合郡呈入乡贤公祠申文》。申文内容如下：

钦州儒学为学行垂范，吁附乡祠事：

据合、钦、灵三属绅士，现任博罗学训导劳怿宇、广宁学训导劳自荣、候补教谕王宪尧、李芳清、仇汝昌，举人黄奇圆、蔡维新、梁惠祖，拔贡生王志文、陈洪猷，岁贡生方肇瑞、吴冠清、冯骞骥、张所敬，职员廖作基、张玉彬、劳统宇，生员李曙香、梁炅、彭元辅、黄凤诰、仇效忠、宁宬，监生吴必恭、李蔚朝等（名多不及备载）联呈公请：窃维庠序得举乡贤，祀典爰遵令甲；宜昭崇报、聿树风声。泽等籍内故翰林院编修、型部河南司主事冯敏昌者，文章华国，徽猷凤著朝廊，玉洁持身，坊表式型州里。德薰善俗，望重儒林；孝友克施，始终惟一。冀修名之不朽，阐懿行以弥彰。溯自凤慧天成，轶才世出。甫十龄而采藻，神童誉擅无双；未弱冠而拔芳，群雅才高百五。掇魁标于蕊榜，跻清秩于木天。分校礼闱，则风清凤味；纂修甲庙，则武接螭坳。允从东观校书，更授西曹主政。仰体好生之德，俯思折狱惟良。慎罚爱祫，祥刑是监；平反惟当，钦恤为怀。乃考绩未经，周南旋滞；麻衣万里，雨润星奔；庐墓三年，松枯鹤吊，遂板舆以将母，怀魏阙以衔恩。忠孝念以不忘，瞻云爱日；前后丧如一辙，追远慎终，笃友于，抚孤幼，推之任恤睦姻；建义学，修馆垣，更期兴废举坠，乐善不倦，利物为心。用是式化党闾，频膺聘席。鹅湖鹿洞，贻高矩于先民；鸢室龙门，汲多才于后学。文行必由身教，典型群仰人师。薪傅大启南海之英，馆谷常作麦舟之赎。谊敦师友，不愧古人。宏奖人伦，靡遗片善；轮扶大雅，翼振宗风。惟笃行之无惉，在秉彝之同好；既盖棺而论定，知载笔而非私。伏乞下采舻言，缅徽仪之未艾；俯循舆诵，发潜德之幽光。企华衮于褒扬，荐明馨于俎豆，不胜欣切翘伫之至。泽等理合循例并备实绩册结到学。据此，敤学职司化导，宜激浊而扬清；念切劝征，务循名而核实。合具印结并实迹册，及绅士甘结，各一样九本，移送宪台察核，转府汇详，实为德便。为此，备由具申，伏乞照验施行。

嘉庆十二年九月三十日牒。

签附同意推荐的人，都是当时钦州的儒学大腕，或教谕，或训导，或贡生，发起人何博文等都成了后面的那些长长名单之中的人，足见阵容之强大。

这个申文在附件中，共列了冯敏昌的事迹十四条，高度概括冯敏昌一生的主要事迹：一是平生德行纯粹，气象中和；二是平生笃学嗜古，诣极精纯，故能贯穿经史，旁涉百家；三是历主各大书院教育生童；四是立朝清慎，自励廉隅；五是天性笃挚，孝友性成；六是奉祀祖先，追远诚敬尤至，春秋有事，必极其虔；七是修复宗祠，以联亲族；八是尊师重友，历久不渝；九是乐善好施，义声远播；十是崇正黜邪；十一是设立乡约，以弭盗贼；十二是倡建义举，废坠兴修；十三是不谄鬼神，又能诚敬将事；十四是实行昭彰，当道敬礼。

当时的钦州知州刘光辉看到这个乡绅的呈文，于同年十二月二十一日行文，以《钦州申文》上报廉州府。

廉州府行文二：

廉州府张为学行垂范，签附乡祠事：

本年四月初五日，奉布政使司衡宪牌：嘉庆十三年初六日，奉总督两广部堂兼署广东巡抚吴批本司呈详钦州已古原任刑部河南司主事冯入祀乡贤祠一案，缘由奉批，仰候会核具题。仍候督部堂衙门暨学院批示，缴册结送。又奉总督部堂吴批，仰候抚部院衙门批示办理，仍候学院批示缴册结存。各等因，奉此合就行知备牌，仰府照依事理即便转行查照毋违等因，到府奉此，合就行知。为此牌行该州吏照依事理即便查照，毋违须牌。

嘉庆十三年四月初九日行。

廉州将有关材料报广东当局，经两广总督兼署广东巡抚吴熊光签署意见上报，嘉庆十三年十二月十三日由礼部审核，批文如下：

礼部谨为题请入祀乡贤事：

礼科抄出至原任两广总督兼署广东巡抚吴熊光《疏》称，"钦州已故刑部河南司主事冯敏昌，性敦孝友，学励躬行，"至据该布政使取造事迹册结。请祀乡贤祠各等因前来。臣等复核无异，谨会同督臣、学臣合词具题请旨。奉旨该部议奏，钦此。钦遵抄出到部，该臣等议得。雍正三年，臣部议准，嗣后凡呈请入祀乡贤祠者，令该省督、抚、学政秉公确查，每年于八月前具题，并将事实册结送部查核，照例汇题等因在案。今据至原任两广总督吴熊光会同广东学政胡长龄题报：钦州已故河南司主事冯敏昌至各入祀乡贤祠并取具事实、册结到部。臣等核与定例相符。至冯敏昌至俱应准入祀乡贤祠。恭候命下，臣部行文各该督、抚、学政遵奉施行。臣等未敢擅便，谨题请旨。

十五日嘉庆皇帝签批同意。

礼部下文广东省："奉旨依议。"

广东省又行文廉州府，廉州府行文钦州。

钦州收到廉州府行文，不敢怠慢，于嘉庆十四年八月初七日将冯敏昌灵牌奉入乡贤祠，并将事由报送廉州府，请廉州府转呈广东当局。行文如下：

署钦州田文喜为知照事：

嘉庆十四年四月二十七日，奉府宪劄开；嘉庆十四年四月十一日，奉藩宪劄开；嘉庆十四年三月十六日，奉巡抚部院案验；嘉庆十四年二月二十五日，准礼部咨仪制司案呈云云，计粘单一纸内开，已古刑部河南司主事冯敏昌，应准入祀乡贤神祠等因，奉此当移学查照办理去后，兹准儒学牒称，已古刑部河南司主事冯敏昌牌位遵于嘉庆十四年八月初七日送入乡贤祠。理合具文转报宪台察看核。除申学、督、抚既臬、藩、道宪外，为此备由具申，伏乞照验施行。

嘉庆十四年八月十七日申。

至此，朝廷正式认定冯敏昌为乡贤，冯敏昌的崇高品质和深厚学养成为钦州道德楷模，冯敏昌成为钦州从唐朝到清朝的十七名乡贤之一，也是古代乡贤制度建立后钦州最后一名乡贤。

## 入祀乡贤祠

嘉庆十四年八月初七日，州侯田文喜率领钦州各乡士绅三百多人，在仪仗队的开路下，恭恭敬敬地将冯敏昌的灵牌送入乡贤祠内供奉。

主祭台已经准备好。

台上摆着猪一头，礼器四个，香炉四个，灯一盏，黑色的挽联三对。

礼官二人把田文喜引进主祭台。

田文喜面朝南方站着，礼官燃香三支从右则双手递给田文喜，田文喜上香，三跪拜；礼官自右授挽联给田文喜，田文喜为冯敏昌神主牌挂挽联，读祭文：惟，公言行敦修乡邦，扬举禀清操于雪，风节昭宣，著经国之才华，文章炯焕生色闾里，衣寇用以流辉，示教人文边隅于焉，开运允为桑梓之表式，是宜俎豆以明礼。尚飨！

宣读完毕，礼官执壶上酒，从右边递给田文喜，田文喜跪拜三次，上酒。

听着祭文，方肇瑞喜极而泣，他默默地说："先生，你就安息吧，您的道德文章和高贵品格我们会代代薪火相传。"

二百多年过去了，冯敏昌的深厚学养和高尚人格一直恩泽着钦州这方水土，他留下的文脉使钦州多彩而绚丽，自信而清醒。

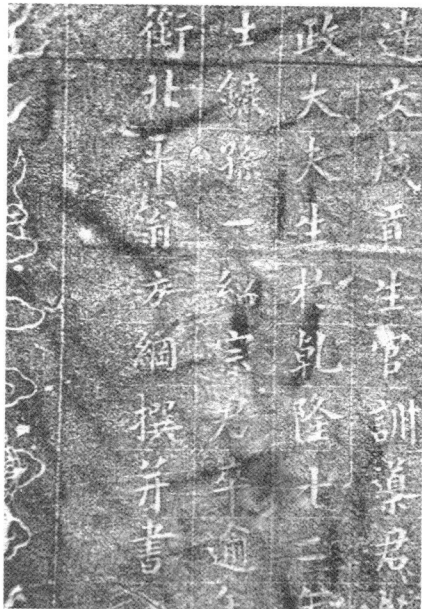

翁方纲书写的冯敏昌墓表局部（滕广茂/摄）

# 先君子太史公（讳敏昌）年谱

冯士镳

**乾隆十二年（1747） 丁卯 一岁**

是年八月十一日子时，先君生于钦州长墩司之南雅乡，姓冯氏，讳口口，字伯求，一字伯子，号鱼山。

**乾隆十三年（1748） 戊辰 二岁**

**乾隆十四年（1749） 己巳 三岁**

**乾隆十五年（1750） 庚午 四岁**

**乾隆十六年（1751） 辛未 五岁**

**乾隆十七年（1752） 壬申 六岁**

**乾隆十八年（1753） 癸酉 七岁**

是年曾大父宪万赠公为口授《毛诗》，并疏通大义。

**乾隆十九年（1754） 甲戌 八岁**

是年《毛诗》《四书》已各勤诵。

**乾隆二十年（1755） 乙亥 九岁**

是年《四书》《五经》俱卒读。尝闻曾大父读陶诗，辄呻唔不置，便能了了。每好读唐诗。先大父偕客携先君登州文笔峰，立成五律，并有《大散》《小横塘》诸诗。是夏，曾大父赴例考未归，而曾大母弃世。

**乾隆二十一年（1756） 丙子 十岁**

是年，曾大父在家塾中授以秦汉唐宋诸古文，并疏通《四书》大义，遂作破承、试诗。曾大父色喜，以朱笔圈点，归语先大母曰："儿初学已佳，后当出人头地也"。

**乾隆二十二年（1757） 丁丑 十一岁**

是年在家塾中遍习五经、《左传》《国策》，更习制艺，则援笔成篇。时同学已冠者，俱为敬惬。

**乾隆二十三年（1758） 戊寅 十二岁**

是年先大父赴例考，遂携先君应州府两试。郡伯某诧见幼稚，令人掖于坐。为出孟题《夫人幼而学之》一句面试，立就，大为称异，因冠一军。夏，学使吴云岩先生按试至郡岁试，因卷中有"贪官污吏，剥削民之脂膏"二语，院大书"触目"二字于上，遂不录。七月复应科试，以"兴于诗"及"赐也闻一以知二"〔为〕题。文见赏，遂得青其衿簪。赏日，郡人聚观，咸叹羡焉。报至，曾大父喜甚，八月初二，倏以无疾终。先君以长孙随先大父奔归。

**乾隆二十四年（1759年） 己卯 十三岁**

是年出城，从本州明经谢函川太先生谦读，制艺、试律益进，有《梅花》诗四首，皆先辈绝倒者。先大父时方守制，未往乡试。

**乾隆二十五年（1760） 庚辰 十四岁**

是年出城，于方梅轩先生之家塾，从合浦名宿儒谭崧堂太先生超渊游。诗歌、词赋靡不贯澈。

**乾隆二十六年（1761年） 辛巳 十五岁**

是年仍从谭先生读于方家村。夏，随先大父往郡应例考。学使郑诚斋先生按临古学，以《月中桂树赋》试诸生。先君有"宇宙惟此一株，古今曾无两月"。学使大加赏爱，科试擢第一，食饩，并指授古今诗律宗旨，命亟出就鸿儒，不宜畜池中云。

### 乾隆二十七年（1762） 壬午 十六岁

是年二月随先大父之肇庆，从陆大田先生读书于端溪书院。先生负重名，不轻许可。及观先君古今诗文，击赏不已。当时同学，如肇郡龚宗丞骖文、唐明府汝凤，黄广文淮、王明经宗烈，电白邵广文天眷，乐昌欧太守焕舒、梁广文平庵，皆一时知名士，乐与先君往来，上下其议论，师友、父子讲贯，殆无虚日。发荣滋长，几不复知世味也。七月之省应乡试，更得与新会李明府潮三，番禺黄孝廉翼堂、林上舍刚、黄上舍药樵诸名士切磋。诗律日富。及被落，随先大父归。

### 乾隆二十八年（1763） 癸未 十七岁

是年春，赴省拟入粤秀书院肄业，已在甄别后。向例。非经大宪甄别，即须学使录送，乃得入院。先君闻学使张晴溪先生按临惠州，遂往求考，冀牒移送院。时方试古学，学使即令与惠阳人士共试，榜发第一，一军皆异。于是录送入院，乃得游于柴屿青先生之门。居院之西斋竹园，仍与李、林、黄、唐诸名士同门砥砺。皆以千古为期，文法既精，诗篇愈赡云。

### 乾隆二十九年（1764） 甲申 十八岁

是年二月，自粤秀书院还家。夏之郡应例考。学使边口口先生按临试古学，得先君《合浦还珠赋》及各体诗，擢第一。后边以事去，乃归，与诸叔下帷深竹读书堂。

### 乾隆三十年（1765） 乙酉 十九岁

是年正月，复之郡应科试。学使翁覃溪先生接考，按临试古学，得先君《金马式赋》及《拟古》诸篇，惊曰："此南海明珠也！"即擢拔，遂见知于先生。五月之省会，覆拔贡第一。随应乡试被落，归。又前壬午岁，先大父修造旧宅，今始落成。十月，母氏潘宜人来归。

### 乾隆三十一年（1766） 丙戌 二十岁

是年春初，赴京应廷试，由庾岭取江西，历长江、彭蠡、金陵、扬州、山东、直隶，为初览胜景之始。四月到京，以二等候选。七月，与李勺海先生、胡铁琴昆仲同舟南还。八月下旬，至黄河，遇大风雨。十月初旬，到东省还家，纪行诸诗大进。

### 乾隆三十二年（1767）　丁亥　二十一岁

是年家居。同各叔下帷于深竹读书堂。夏，之郡视二、三两叔院试。学使翁覃溪太先生再复任至廉。先君遂晋谒受业，古今诗一变。七月还家。九月长女生。

### 乾隆三十三年（1768年）　戊子　二十二岁

是年仲春之省。问得请业于覃溪太先生。迨秋榜被落，始由江门历高凉访李勺海先生于电白学署，暨邵天眷先生于文峯里，遂留度岁。

### 乾隆三十四年（1769）　己丑　二十三岁

是年春，由电白返廉还家，下帷于书堂。五月，母氏归宁养疾。有《夏夜作》之诗。冬，复由海舶之郡，视二、三两叔应郡试。试日甚寒。人夜，先君久待两叔于坊下，仅能成立。

所有水薪，皆自汲取。时同卧小楼中，苦寒弥甚。因手书坡公《逍遥堂》诗、《梧州示子由》诗于壁以寄意。乃试事未竣，而两叔忽弱，遂于郡城度岁。

### 乾隆三十五年（1670）　庚寅　二十四岁

是年正月，同两叔自郡还家。时学使翁覃溪太先生三任至廉。三月，先君再之郡随棚读书，由高凉、化州出阳春，五月二十八至端州得绿亭。念叔、求叔不已，因手书云"萧萧风雨，喔喔鸣鸡。相思者谁？梦寐见之"之语以寄。暇日以诗文请业于翁太先生。先生手书云："有此才气，则五岭十郡三州，竟无其对。所谓粤之诗家，若南园前后五子，以及岭南三家，皆不足道也。风骨一年胜于一年。似此，则竟要直追古大家而学之，断断不可落明李何诸人窠臼"，云云。秋。至省垣。闻叔求叔凶问，伤甚，遂不欲人闱，拟即奔归抚视。适先大父赴闱亦至，迫令入闱，不得归。有"呜呼！我行役十载九离别"之句，九月，恩榜放，以第三人中式。主试乃江苏上海陆耳山先生、湖南简玉亭先生。时，先君文以拟元，为耳山先生取定。后有以"三艺皆散行，不可元"为言者，乃置第三。进谒日，主司面语，昔亦系中第三云。又见《自题解元遗照》有云："剑气陆离，珠光吞吐；互不相下，莫适所主。于时某也，卷实拟元；及君文成，气体尤渊。吾师陆简，精心持权；灼然元君，某俾随肩。"

云云。冬，别先大父及覃溪太先生，计偕入都，取道长江、金陵，历诸旧游之所。曾有《登太白楼》《采石矶》《峨眉亭》五七古诸诗。

**乾隆三十六年（1771）　辛卯　二十五岁**

是年春，至京应恩科会试，不第。留京时，官詹銈石先生以学问、诗书鸣一时，仰之者有"龙门"之想。先君因得以诗进质，大承击节，手书云："实有天才，加以博学，在所必传。若岭南诸先正，皆得偏方之音，而此独否，精进不已，横绝古今，固当拔戴于三家之上，并驱中原，扶轮大雅，幸不以博取功名而自小之。"云云。时覃溪太先生广东任竣还京，先君并得请业焉。

**乾隆三十七年（1772）　壬辰　二十六岁**

是年，时从覃溪太先生尝游名胜，看花赋诗。及会试，又不第。夏，遂南还。中秋抵粤，至家度岁。

**乾隆三十八年（1773）　癸巳　二十七岁**

是年春家居。时众葺州城东楼成，尝与州侯康茂园先生文酒之乐，旋送坐升廉守。又先大父岁贡于乡，适建近城祖居为宗祠落成。先大父率先君以大宗子孙及族人谒祖告庙礼成。秋，长男士载兄生。先大父复令先君再入都，亟从覃溪太先生学，以图远至。因于八月十一携同季光曙叔北上。九月重至省垣。以季叔病，遂侨寓于桑园，为之调养经年始愈。

时一仆忽逃，兄弟读书之余，亲执炊爨，恒不以艰遇而易志焉。因留省度岁。

**乾隆三十九年（1774）　甲午　二十八岁**

是年春，在省。待季叔健，并俟秋闱后约伴始行。因与顺德张药房、张玉洲昆仲，益都李明府文藻并一时名士唱和往来。九月，偕同年陈元章孝廉及季叔由羊城入都。有《大庾山行》诗"秋老梅根未着花"之句，遂为第三次入都。十一月三十到京，寓虎坊桥聚魁店。十二月初八，移寓城南法源寺。兄弟度岁。

**乾隆四十年（1775）　乙未　二十九岁**

是年，兄弟就覃溪太先生斋中问学，并尝陪游各名胜，间与季叔相对读书。兄弟执爨，或日仅一食，或竟日不炊。及会试，复不第。锐意留京。四月二十四，同陆镇堂后知绛县随覃溪太先生登城东观象台。在崇文门东北城堞上，高于城数丈。先至台下，廛宇曰恻星所、曰壶房。神殿前墀有二铜仪，元明旧物也。台上自何翰如所造铜仪外，尚有七仪。其中曰浑天仪者，铜球，中空，中刻云十字架，铸周天星宿三十六度于其上。其北有二仪：一则何取所造，云三辰仪；一则曰象限仪，状如半璧。又有五仪：近西北为黄道仪，东为地平仪，又东南为地平经纬仪，又西为纪限仪，最东为赤道仪。又，南有顺治中敕锡通言教师看望创造石表，上有铜尺，如祝状，以定时刻。又有所谓上天梯者，亦铜为之，步以观仪者也。三辰仪有单环在外，双环在内，其中取横贯以铜者，盖玉衡云。台下又别一室。室中立八尺四寸之表。室上，上穿一隙，以漏日光。以周天度之八尺有四寸六奇，古者也。至除夕前三日，朱筠河先生招至陶然亭宴游赋诗。

### 乾隆四十一年（1776）　丙申　三十岁

是年仍寓法源寺读书。五月十二以考取国子监学正引见候用。时京况艰难，兄弟相依，诵读不辍，益攻前明诸大家、元文程墨，每日立课程以自限。

### 乾隆四十二年（1777）　丁酉　三十一岁

是年仍寓法源寺读书，因遍交天下名士、巨公，资益诗文，上下议论。如休宁戴东园先生，益都周林汲先生、李南涧先生，龙溪李畏吾先生，武进黄仲则先生，武昌安桂甫先生，绵竹李墨庄先生、伊山先生，尽豪俊君子，皆道友也。时执贽就学士朱筠河、宫詹钱箨石两太先生问字质疑，而两先生之期许尤至。故诗文壮富，又一变云。而字学尤日精。二月十一因摹《养生论》一过，有记。十二月十九，箨石太先生过法源寺寓斋之朱华书屋，论诗多有要言，至晚始去；时年已七十，步履如常人也。

### 乾隆四十三年（1778）　戊戌　三十二岁

是年仍寓法源寺朱华书屋。自元日即依课程读书不辍。正月初八，与季叔至前门看口祈谷仪卫象车各物。及会试，中式二十五名进士。殿试二甲，廷试入选，钦点翰林院庶吉士。初卷甫上，为殿撰芜湖韦药轩先生首荐，又为大总裁韩城王伟人相国极赏，拟置会元矣。后有以"广东边隅，不宜冠天下士"为阻者，相国争之，弗克。因抽换二十五名。向例会魁，只刻前二十名，时加刻独二十五名全艺之文。后人见总裁，始语其故。时论惜之。先君随携季叔同人庶常馆读书。仲秋，先大父五十四寿辰。先君乞得王伟人相国为之序，制锦装归以祝。至季冬，由庶常请假归省，遂同季叔出都。

### 乾隆四十四年（1779） 己亥 三十三岁

是年正月八日，归至峄山县，观秦篆《峄山碑》，并刻名于碑内，遂谒圣林。入阙里，摹挲车服、礼器及夫子手植楷、子贡手植桧。因访同年颜崇庶常，引谒复圣庙。道出泰安，由长江取道金陵，登燕子矶、采石矶、过南康，更游庐山，看大瀑布及诸名胜而去。五月初旬抵家。喜知仲容昭叔入学。秋中往廉郡，同郡中文士落成东坡亭，纪诗而还，在家度岁。

### 乾隆四十五年（1782） 庚子 三十四岁

是年二月还京，携五弟幼吉晖叔同往。由桂林、湖湘、洞庭、淇县而行。三月二十三，阻风安陆江岸。偶阅近人赋《湘灵鼓瑟》诗，复忆唐人诸作，为赋斯题不觉感曰："昔人能使神助诗句，而今但求一席顺风不可得耶？"既至，散馆，以二等奉旨授职编修，遂读书中秘。重阳，偕李载园孝廉叔侄暨幼吉叔游崇效寺，访菊。值海棠数树轻开，因题寺壁云：前游六载指惊弹，再到重阳眼为宽。红杏青松曾人画（寺有《红杏青松图》，后有阮亭、竹垞诸先生题字），海棠黄菊又同看。身闲此日殊难得，秋尽今年尚未寒茶罢从容待归去，东风明岁又凭栏十一月十六，韦药轩先生斋中睹壁间钱箨石先生墨竹、水仙长帧，画笔题字俱佳，归来坐忆，羡叹不尽，曰："只是要多读书耳。"是晚，灯下更看《查初白集》。又，是夏，次男士履生。

### 乾隆四十六年（1781） 辛丑 三十五岁

是年在院供职，题咏日益工富。时四库全书馆开，朱派武英殿分校官，遂尽览天禄石渠之富。十月初三，谒韦药轩太先生于得石轩，见山水一幅，不记其名，用破笔为之。潇洒清润，殊无繁重之态。因曰："若此，则作画之乐，当不减于草书。"由是，又自勉意于画法云。又，是时先大父由本职分发训导，兹得委署开建县学事，携六男敏昇叔、长孙士载兄侍任。

### 乾隆四十七年（1782） 壬寅 三十六岁

是（年）在京供职校书。于四月初七买置廉州会馆地基，在粉坊琉璃街中。八月起上创建后座。十一月十九日起中座，十二月起头座。虽合郡捐费，而有无迟速之事，先君与李载园明府竭尽心力焉。先于五月初七恩赐分校四库馆诸臣香袋。先君与赏，捧归以志荣幸云。十一月十六五鼓，恭送圣驾回宫，是晚食鱼脍、饮酒甚乐。又是年，季叔在家为学使史卓峯先生擢入州学。

### 乾隆四十八年（1783） 癸卯 三十七岁

是年在京供职，兼办三分全书馆分校。正月十五，自太常寺护月归，随备直圆明园。有诗："仙园预直似随衙，钟动园开未散鸦。斜月凌风摇翠漱，微云凝雨润灵芽。衮龙颜近时方暇，立鹄班开静不哗。自愧备员无一补，奉身犹得觐皇家。"二月会馆落成。由是郡人留京求仕、典州郡者踵接。时奉旨，以各儒臣修书四库厥职久勤，着加劳赏。于十月廿八黎明赴干清门谢恩、领赏。又至十一月十四黎明，再赴干清门谢恩、领赏。先君两次蒙赐朱红官缎四端，敬寄归呈先大父母什袭珍藏焉。又，时先大父卸开建学事赴乡试，卷荐不售。随又委任临高县学事。

### 乾隆四十九年（1784） 甲辰 三十八岁

是年在京供职。公余每潜心经学，而于《易》尤切。正月十一，作《易学口义》等篇。月，钦点会试同考官。三月十二，将受到诸卷移送弥封讫，夜寒，吴印溪吏部出橘酒共饮。赋赠诗云："橘酒何从得？驱寒此更佳。味还同着蜜，质本未踰淮。公事慎毋旷，故乡良可怀。与君非二叟，兹乐亦堪偕。"及将事惟谨，得胡君应魁等六人内改庶吉士者四，分部者时论称得士云。闱中有柬吴学斋典前辈作云："忝为后辈得随行，况值文衡许共襄。十八人中欣共与，东西坐处适相当。钧天乐驭游仙梦，宝地香浓选佛场。辛苦上堂谁得暇？幸从归晚接邻房。"前明主试得邱公，衣钵元蒙几代同。此日若为分选柄，他时还愿振文风。乡连海气云光接，人抱冰心玉色空。一事出闱真冀许，家书思付锦函中"。原注：时家大人方调琼南郡学。及琼林宴，恩蒙大银花一对、大红官缎二端，御制诗一卷，寄归敬藏之。仲秋，为先大父母六十双寿，都中诸大人、名公、巨卿，咸乐先君之为人，故皆走相制锦遥祝。而同年寅友复上求锡山嵇中堂璜大学士为文、瑞安系太史希旦年伯书屏。车盖自中堂四百余位集于浙绍会馆，演唱萃庆班佑觞三日，都人荣之。

### 乾隆五十年（1785） 乙巳 三十九岁

是年元旦，覃恩敕封先大父儒林郎、先大母太安人，曾大父母皆貤赠如例。后，御试翰林，同馆某怍当路，多牵引，因此阻进。及二月初九圆明园引见，奉旨以部属用，遂改授主事，有归途敬作云："不力文章报至尊，放归田里亦深恩。何期宽政收陈列，尚令从公入省门。贯雪柏松宁易叶，向阳葵藿莫伤根。由今勉效驰驱节，更勿重将鄙拙论。"八月廿九，在京寅好复为先大父致祝六十一寿者甚众，辞之不获。十月廿六，摹宋锓《苏诗注》毕。后三日，将出都也。时铨选尚远，欲薄游冀、雍、豫、青间，因假入秦。

于十一月初三出都，遂为山右之行。复旋奉旨将改部人员分部行走，先君分得户部。然业已外出，竟赴通州直隶顺天。抵胡关。十一，出丹陉，正定府。至稷山署，山西降州属，访同乡关榕庄明府。越日，明府约骑为龙门之游。出邑门西驰百余里，道中北望青阳黄华诸山，矗翠西奔，雄气毅壮。又驰百余里，至河津，登龙门。其山在陕西韩城县东北、黄河西岸，跨山西河津县界，盖禹凿，亦曰禹门。左闉之上有望河楼，旧名"吞吐云雷"楼。是楼直对雷首中条，渺冥见没，皆人望眸，而洪源千里，万山蟠束。及夫长河奔而山为之断，势成崇阈，声如怒雷，未知凿之者何繇也？先君于是色飞神动焉。旋至太平，平阳府属。访同年吴亦山先生于王氏北柴庄馆，因游其园亭。时岁暮天寒，乃度岁于同乡徐仰之明府署中。按站，自京至太平十六日。又，是岁先大父卸临高学事归里。季叔亦岁校为平宽夫学使前列食饩。

### 乾隆五十一年（1786）　丙午　四十岁

是年立春，观徐明府迎春，因出游郊外，有诗："初春别明府，昆玉自太平。"之夏县解州属，访同乡家松山明府，倩书续修禹祠碑。春仲雪后，游瑶台及柏塔寺。二月廿七，过平陆，谒傅相祠。至陕州，谒召公祠。过桃花涧数里，至马家河坻，村形幽美。继疾驰百三十里，观于砥柱，世所谓三门者也。其山河之会亦若龙门，而势更奇。盖中流一柱，狂澜遂回。而山右之形胜在是。遂宿三门禹庙中，题其壁。归渡茅津，经中条解州山麓，遇雨晚行，迷人邃谷中，三十里至茅草沟。又五里，至青山漕饮野狐泉上，仍返夏县。清明日，出城登青台。台乃涂山氏女筑以望乡者。及海光楼望澶池。四月廿六，谒夏县大禹庙，赋六十韵，书碑刻立。遂自夏县之西安陕西，计需七日。家松山明府偕武价堂、阎兰皋两广文，徐蕴辉县尉追送于石佛寺。而明府贤嗣近溪、秩隆两君更远送至裴介镇三十里乃去。之运城访宋叔仁明府。时车行甚热，发解州至虞乡县，望天柱诸峰雄甚，有诗。过王官谷，在中条山下。访吴莲洋隐君旧居不得。行五老峰在虞乡县下，遇雨竟日。过蒲州访同年崔茂林、王兰亭两教授，饮别。过蒲坂，府城东南，舜所都故城。谒虞帝祠，题壁。循河车行，极暑，饮于龙首泉。重登泉上禹庙，望隔河华山。五月，风陵渡河永济县，乃至西安。诗赠臬使王兰泉先生，攀留累日。赋有《鸿门歌》《登慈恩寺咸宁县东南、曲江北塔歌》《游骊山》七古、《新丰》五律、《临潼横渠书院》五律、《题余少云遗集后四首》五律、《喜赵渭川奉檄至西安》七律、《晚至汤泉》七绝、《灞桥咸宁县东二十五里有感》七绝诸诗。及六月廿五，出西安城，将以初秋登岳，遂为西岳华山之游。五日至潼关，抵华阴。主华州牧门人张君暎青导至岳下，谒岳帝祠。时奉诏修毕，制度宏伟。登岳祠后万寿阁望岳。次日将登岳，值雨不果。因从华阴古道徒行。槐柳夹荫，回望三峰云气，作五古纪之。并有《华州望少岳》《咏郭汾阳祠》《太白祠》《临潼阻雨竟日，望绣衣岭烟云》诸作。遂谒少华神祠，至莲花寺，泉石皆异。七月一日，重登祠后阁。是日至沙渠华岳下，东廿里，喜晤门人张君孟洁兄弟，用杜题终明府水楼韵，题其别业。孟洁兄弟暨邑士刘子熏同为约骑游山。出沙渠，至华阴县城游云台观，过至泉院太素宫晚饭。拟明日登岳，而孟洁以寒疾返，留厥弟辉堂并子熏同游山下人家园子，观竹林之盛，并至郝氏废园。遇雨，归宿太素官。越日，由东峰下玉女峰旁，上金锁关。将登南峰，取道大松林中望金天门，嵯峨郁郁焉。七月初三，立秋，直登落雁峰、仰天池。是华山绝顶，即莲花峰，谓"方圆包裹若莲花"然。乃畅观云海，赋诗泐石。时华州牧张君更遣人攀跻远致大梁西瓜十数枚。先君剖食美甚，并分惠各道人，咸谓"奇缘，奇缘"云。越七夕，在仰天池望西。月初十四更，再登仰天池观日出。及登南峰顶岳庙真武祠，谒金天官，题联泐于石云："万古真源高北〔白〕帝，三峰元气压黄河。"右书"乾隆丙午立秋之吉"；左款"户部主事、前翰林院编修、钦州冯某敬题并书"，字每大二尺。十七日，金天门晚望平池白云。次日，复行，晓云中望黄河。晚宿岳顶，大雷雨。十九，张仲荣偕其友索焕若来视。至廿三，始送张、索二子下山，仍留岳祠，并有诗。廿四，望渭川水涨。廿五薄暮，望渭河落日。廿六，将遣仆下山取米，大雾竟二日，不能行。仅及半山，采得芝菌满筐回。有岳顶寄张粲夫、赵渭川及仲容、季光弟各作。又有南天门道人惠松花芝菌、菰蘑；将军碥道人送白菜，及松下观道士奕取仙台默坐、岳顶夜雨，各五古七律。于是，从南峰西麓踰绝涧，升西峰绝顶，即明星峰之巅，岳宫望灏灵门观玉井，又神香子斧劈石。既自西峰下莲花坪，过二十八宿潭。闰七月初七，由西峰返南峰，遇雨，行云中。初十、十一，夜雨连明。十二，雨中登御书楼，观圣祖仁皇帝御书"露凝仙掌"墨迹。又过玉女峰祠前，观洗头盆，乃一石臼，其中水色碧绿澄澈，雨不加溢，旱不加耗。又，将军松一株，仅存，而已焚其半，因为貌出。遂由玉女峰更升东峰绝顶，即仙掌峰，有老君殿，下瞰仙人掌。因忆古语"华山、首阳本一山，当河。河水过之而曲行。河神巨灵以手劈开其上，以足踏离其下，中分为两，以通河流。今观手迹于华岳上，指掌之形具在；而足迹，则在首阳山下"云。又至卫叔卿博台望王刁三洞，诸山连亘，特绝。既由东峰回陟南峰东麓，至细辛坪，入朝阳洞。从洞口复升南天门，及朝元洞。洞在五龙潭侧。石门两壁隐隐有痕，可书。因刻联云："三公还向北，五气正朝元。"旁列款识，赋诗泐之。遂度长空桥至贺老避静处及希夷避诏岩，作七律以怀希夷先生。又过老君离垢处，两崖中空，路断丈余，云雷在下。下雨上晴，乃有铁结为纤，高低各一，横系崖口，若待过者然。先君颇有歉心，而从人已先援过。先君见其好勇过我，亦竟手攀足踏，浮空而过。过则老君棋所。棋石方广五尺，中列铁子三十二，每径二寸。先君与以人各怀一士、一车，飞渡而返。其纤尚作呷轧声。回望之，而神始阻云。又，时平湖张希和孝廉亦负奇气游山，相遇于岳庙。纵谈累夜，特甚契合。谓先君曰："朝元洞口之联，恐开凿以来默有所待也，某已撮而怀之矣。"乃更抚视铁棋，叹具有仙骨云。间宿莲花峰之岳庙，昕夕指望首阳、中条诸山，疑隔数里，黄河如线，远来天际，近萦山足。千里之洞，可俯而视，信宇宙之大观也。因有连日访山中石刻，及编《华岳志》，读书岳顶旬日，各五古。时西峰道广刘炼师年入十，步谒先君于南峰。而华山诸道侣将以八月廿七生辰求为之序，因书赠之。至若苍龙岭者，在落雁峰右、西峰左，高五百丈，有铁索铁柱，系崇祯四年三月惜薪司太监府君韩国安造，刻于缅索上。援而登之，先君因于峻壁劈窠梯架，大书"苍龙岭"字，径四尺，旁识年月，随命从人刻之。又若初由山腰以次历南峰、西峰、东峰之间，如自五龙潭至桃林坪，过张超谷卩卧仙坪、希夷峡、娑罗坪卩洞天坪，小上方有老子殿；大上方乃金仙官，主修真地十八盘，青柯坪凤凰冈有凤嘴石及青柯馆，可望南峰瀑布。回心石南有寥阳洞，挽缅上下千尺幢、百尺峡、二仙桥、擦耳崖、温神洞，可望北斗坪、毛女峰、老君犁沟、车箱峡。峡如车箱，有级可循。日月岩有金天洞（洞顶震泐一隙，长二三寻）、仙人砭、上天梯、阎王砭。至此对见南峰仙掌骗马石，可望水帘洞瀑布、将军碥、将军松、玉皇殿、昌黎投书处（现有碑泐此五字，并拓之）。以上各名胜，皆足迹搜遍，无一不揽其奇，而各系以诗也。计宿岳顶四五十日，刻石题名尤多。着《华山小志》六卷，遗南峰道人刊藏，以待后游者。于是下山，乃归西安。

八月十六，又之蓝田，为辋川之游。复出西安城东门，循白鹿原南行，雨中渡水咸宁县东南，源出蓝田县谷中，至蓝田县郭晓望。有《人辋口燕子龛》《鹰嘴石》《阎王碥》《锡水洞》诸五古。及人辋川三十里，屡渡辋水，寻右丞书堂遗址。遂至鹿苑寺，谒右丞祠，观祠前银杏树七古；夜宿鹿苑寺五律。寺有元人画佛一轴，晓起为僧广通题七绝，谒右丞墓。又，兄弟二墓前有右丞母夫人墓柏，相去二里许。留览累日，去。别鹿苑寺僧广通七绝。复出辋口五绝，宿蓝田县人家五古、晓发蓝田，回望覆车诸山高出云表七古。复返西安。重阳日登西安城楼。时以事留滞至腊月二十。鹿苑寺僧远来西安相访，因忆前游赋示五律二首，即以送别焉。除夕前二日，尚寓西安邸舍，惆怅无惊，因书纪游草，乃移寓开元寺度岁。为书篆隶《千字文》二本，遗寺刻石。

又，是春先大父复奉檄之省垣署花县学事。以乙巳覃恩得封，遂弃职归里。

### 乾隆五十二年（1787）　丁未　四十一岁

是年正月十三，自陕西之河南，出西安城。十九，过灵宝，夜行陕州道中。二月初八，复夜行洛中，至洛城在开封府。经嵩阳登封县，遂为中岳嵩山之游。

人升仙太子祠，并搨祠碑。乃越轘辕关至少林寺，遍观隋唐碑碣、甘露台、龙泉诸胜遥望少室三十六峰，至寺，则南北正列，如屏焉。适夜雨，宿寺中。有《怀五乳峰下初祖庵作示僧融释》诗。既乃登少室山，过永泰寺、会善寺，寺西为戒坛。西南陇问有宋僧道安碑，半在土中，搨之。更循邢家铺，有少室石阙东西二阙。人嵩阳书院，去。过中岳庙，有太室石阙。庙前正对玉案三山，而河横隔如带，其箕山则耸对焉。祠后主山高秀，并有小庙。在尖顶处，东睇庐岩寺、龙潭寺，西则棋盘山、懊来山，顶有古塔巍然。遂由崇福官观启母石阙。至承天宫，有王征君口授铭、王绍宗书者，及王适隶书碑，皆搨之。乃登山至半岭，天气将暮，云黑如盘。腹中方饿，无所得食，心颇彷徨。不数武林中忽露灯光，得一茅屋。扣门见老翁，问之，仅有豆腐浆，因以饱食，自以为神佑焉。越宿，遂径登太室中峰绝顶，谒中岳祠，并题"玉女峰"三大字于峰颠，旁识"乾隆丁未户部主事前史官钦州冯某同弟敏晖来谒岳庙因题"。随令从人刻之。览累日，而后下行嵩少问。已晚，宿少室山下人家。次晚，渡伊水，乃至豫省谒中丞毕秋帆先生，礼待有加，留宿幕府。与幕中孙渊如、洪稚存、王秋塍诸先生盘桓累月，始别去。

夏初，过东明开州，人清丰署中。五月廿八，出清丰城，更为东岳泰山之游。

由濮州晓行，入山东界，登望吴峰，题"依仁"二字径二尺许于峰壁。过恽城，望梁山。至泰安府，访同年蔡小霞太守及泰安令嵇之明府。别去，而登岳焉，则又别一景象矣。初由壶天阁上南天门，宿日观峰顶，观日出。乃升玉皇祠，谒东岳庙，为泰山绝顶，始信杜诗"览从山小"者也。其最巨丽者，则磨崖碑。唐明皇分书《东封颂》、秦皇《无字碑》、李斯小篆，石函壁崖间尚余数行可读，若有所庇护云。再访吴门匹练处、汉武藏金泥玉检处，并历夫子小天下处，指点九州岛，在烟间，而古松白云，随兴随灭。凡有胜迹，无不周览留连焉，皆纪有诗。归途小憩壶天阁，遂下山，时六月中旬也。乃仍转河南而寄寓河阳。

先君曾言曰："自前岁出都，拟游华岳，时大雪中过晋阳，北望恒岳，欲登不果，乃游龙门，观禹迹。至去秋，始登华。迨今春，陟嵩少，历岱宗，而五岳幸睹其三。寓河阳无事，中夜忽念岳中惟恒岳远跨北极，凡怯升登者就祠于曲阳，以为岳灵所寓也。矧余已过恒岳而未能登矣。若欲登之，非奋人事、并心壹力不可。"因于次日自河阳遄发焉，遂为北岳恒山之游。

时，六月廿四日也。乃骑行，挟一仆，系临晋人张钧，颇有识力。笔研之外，无所持，直踰天井，下羊肠河内县北太行山，历上党山行，有句"匹马迢遥去不停，独看秋山一千里"。又，河内写望云："太行日气随河曲，王屋雷声送雨来。"又，黎阳望大伾山云："黎水波涛马辞橇，大伾风雨剑开镡。"又《长子晚行遇雨》云："雨疏暮店偏多里，云转秋山第几峰？"

初秋，过凤台县泽州府属，重访刘东邨明府。晓发马头坡，晚宿金山驿，皆有诗。将至太原府，山西省，宿旅店乃旧寓者。念出京之骡已无存矣，见其枥尚在，不觉有感。及复至太原，晤同年杨云浦明府，即别。初出太原城北，觉风景有异五古。时，夜霜不降，荞麦皆枯，诸谷亦干，有《太原感秋》诗。既重过徐沟县，店正对城楼。忆前雪中曾在此店早饭，惆怅久之，去。经黄土寨，有土门。太原城后山，相连至此。其道中，尘极多，而民居尚密，有小河。过柏井驿亦有河。中多小石，时已涸，亦尚多居民。遂历大同府之应州，观元时木塔人云。至怀仁，访同年李星岩明府。过怀柔，访张鸿图明府。往分水岭，沿涧行三十余里，水声山色不减辋川云。再循忻州。八月十一，更过代州。临广武城，人繁峙县，晤门人陈星海明府。时行已二十日矣。更历州县，始届于浑源州而望恒山焉。尚苦晚雾迷漫，不甚辨识。夜忽值大风扬尘，至二更略定，止于浑里之郭家庄。于时距岳但十余里耳。中夜数念明后中秋，恐不能登。迨曙而风息，日出倏如二三月。时因自郭家庄十里人峪焉。未至峪时，仰望岳形，则据北向南，高插云霄，诚《水经注》所谓"三千九百丈"者。于是摹崖跨岭，登大茂山，抵古祠，额曰"北岳庙"。乃人谒黑帝元神。信如《易林》"崔巍北岳，天神贵客，温仁正直，主布恩泽"者。是庙之上，两崖壁立，豁然中虚，始知即飞石窟。兹石飞往曲阳县，此其故巅也。因题名刻于悬崖间。夜宿庙楹内，获观吴道子画诸神墨迹。中夜，阴风倒谷，有若虎吼龙蟠者。先君按剑起立危坐，未尝不有戒心焉。越日，登望仙岭，有台，台有坪。于是直登绝顶，东望渔阳、上谷，西尽大同，北则浑源云中之景；南目五台隐隐在二百里外。真属朔野之所标奇者也。乃更登琴棋台。台原泐三字，大尺许，旁识"大明洪武庚申九月，部郎龙虎将军周立书"。时适中秋晴霁，玉宇金波，万里一碧，有非人间中秋之可比。携酒痛饮而歌《水调》，继作七绝，书泐于壁。窃念此游得以中秋蹑其顶，几不复知有尘世，何幸如之！而有胜必收，有奇必揽者，有日焉。然后下山，复出雁门关及关北以外，行余吾山，跨长城，度紫塞，更欲穷塞外，抚碣石，而风雪黄沙，势不可行。遂自塞上归，遇凤台令刘东村前辈于分水岭别去，过长平，为坑赵降卒四十万处。一路落叶数寸，陷没马蹄，行人罕绝，竟日始有茅店。先君预裹干粮以充饥焉。乃仍返大梁。

时孟县庆属仇序东明府延请明年主其河阳书院讲席。先君辞以出京日久，欲归供职，而毕秋帆中丞重以修《孟志》，谆嘱明府见托至再，乃允其请，遂留孟度岁。

### 乾隆五十三年（1788）　戊申　四十二岁

是年正月廿三，至清化镇，访兴县康仪钧舍人，于村居留三日。廿七，同往谒济渎清源王庙。次日，更游王屋济源县西八十里，与山西垣曲县接境。山有三重，四面如屑，为第一洞天。皆纪诗泐碑。又至清化访前辈王方川明府，不值而去。又游天坛山而还。

人主河阳书院并修《孟志》。每鸡鸣起，自温读后专力讲解。暇日又往游析城，在阳城县。并泐"析城山"铭于崖石，款识"乾隆五十三年八月十五某某游析城山泐铭"。时值中秋夜，独登山顶放歌，有句"去年旅骑北恒回，中秋直上琴棋台"；又，"虚行恨不观碣石，啸响一答鱼龙哀"。盖忆去年中秋琴棋台对月也。又，析城山介汤王庙，系大定二十三年闰十一月五日进士吉天佑撰碑，先于丁未谒庙，今重过并题。又，宁邑陈桓阁明府前曾任合浦学博，兹过访，赠诗。九月，重至太平，访徐希高明府。因谒伯益庙，并撰、书《重修伯益庙碑》，立之。余如府属八县，及河南府属各县，皆足迹遍历者。又谒韩文公祠，作诗、书碑。时辋川僧广通闻先君主讲河阳，自西安徒行十许日，专来求作《修右丞祠序》。先君感其诚，序之，泐碑，并赋二诗示僧。越日，送僧广通归蓝田。又，七律二。前于汴梁购得宋郭忠恕《临右丞辋川图卷》，喜而作歌，并书付广通焉。

季冬，阖邑官吏士绅数百人制锦同祝先大母六十，并寿先大父，先君亦借以自慰焉。

### 乾隆五十四年（1789） 己酉 四十三岁

是年仍留主讲河阳书院兼修《孟志》。其山川远近，如芒、砀、洛水，形势险要，必亲历图绘。而于韩文公里居、祠墓，尤尽心征考确据。更于土中求得墓碑及大香炉，皆确为韩墓定证。于十一月初八庚寅日，重书公门人、新安皇甫湜所撰《神道碑》立之。又自撰、书《韩公飨堂碑》《墓考碑》《谕祭碑》，皆极崔巍雄壮，并隶书堂额，云"斯文攸寄"。隶书楹联云："浩气薄层霄，驱鳄开云，为有前功追禹孟；雄文高八代，泰山北斗，还将后派启欧苏。"泐石于飨堂。又一联云："唐代一人，其仰斗山之望；云祠千载，长增河岳之光。"立于祠堂。又一联云："手挽狂澜，已信文章宗海内；祠开故里，仍同俎豆重潮阳。"立于里祠。时志事聿兴，文风向道，人咸谓"坐光风霁月中"云。

先，甲辰岁，季光叔为学师以优行申名学使注册。及旧岁戊申岁重为学使选拔充贡。今通省会覆，适有同姓子挂误私于院门除此蒙被遂被黜。季叔因往遍游罗浮四百之峰。先君闻而惆怅久之。

### 乾隆五十五年（1790） 庚戌 四十四岁

是年仍留主河阳书院讲席。正月廿六，同仇明府偕友至韩文公墓，度建飨堂地。归至金山寺，共饮至暮，乃去。时刻河阳书院课艺成；修刻《孟志》成。驰缴两湖总制毕秋帆中丞。初，孟县更建花封书院，三月望日落成，因书泐诗、碑、序文及官舍《虚舟亭诗》。又，撰、书跋语于唐独孤府君碑阴立之。七月廿二，往安昌访王秋塍明府，留宿累日。八月初十，至偃师河南府属谒杜工部祠。后再至偃师西北三十里土娄村，后谒杜工部墓，并考订墓庐所在。有谒词〔祠〕、谒墓诗。刻墓辨碑、土娄旧庄说碑，并修茔、筑垣、种柏，完善而还。九月，自钩摹玉版十三行，用盘谷研璞精镌又，亲见右军临武侯司徒帖墨迹，兹并丙舍帖钩刻藏之。□□□河阳□福寺千佛阁，题壁刻志。

初，七月先大父人都虔祝万寿。季叔携子叔、兄规，我母宜人率长兄载、仲兄履侍行。先至天津访同郡李载园明府，留寓署中。随由津至京，诣阙申祝，后仍返天津寓所。先君闻讯，辞馆，于十一月初九北上，五更过怀庆府，转卫辉府古卫国都至新乡县古墉国都。十二月二十抵津门。父子、祖系、兄弟、叔侄咸聚寓中，一慰十年之别。遂于津门度岁。

**乾隆五十六年（1791） 辛亥 四十五岁**

是年正月与季叔登天津望海楼。下浣，以事更游两湖，别先大父于寓中。先往湖北。二月上浣，过南阳，登卧龙岗，谒诸葛公祠。十二，遇过洧川朱曲镇，拜郑大夫子产祠。遇〔过〕汉川县，访同年安桂甫广文，登小别山。三月，至汉阳府，适遇同乡关榕庄、徐拍〔柏〕源、李章亭三明府。初八，同登晴川阁在县东北五里，明守戴之篪建。听楚僧竹溪弹琴。复与诸公登大别山县东十里，谒山前禹庙。值雨，久坐寺侧小轩。寺僧饷以茶果，出纸求书。录黄山谷先生《落星寺》诗付之。随用此韵题其壁，去。之武昌，登黄鹤楼府西南，江夏县，再登楼后阁。关明府携酒招同李章亭广文饮于楼畔之仙枣亭吕仙亭。余如庾公之楼、鹦鹉洲、嘉鱼之赤壁，悉皆游历、题咏。时至省城，重谒毕秋帆制军，礼仪极厚，款留累日，去。

之湖南，重登岳阳楼。时同李章亭抵长沙府，游岳麓山，拓禹碑人岳麓书院，往衡州府。李别南还。自至常宁县，访莫北野明府。赴衡阳县，舟行湘江间。更从合江亭放舟四十里至樟木市登陆，约三十里可至岣嵝峰。道中有作，遂为南岳衡山之游。

及至衡山县，访旧友文柳村明经，为导登岳焉。乃直上谒南岳神祠，有用韩文公韵诗。四月十五，继登祝融峰五古。开铁瓦殿风穴，是岳之极顶。乃放观云海焉七古。因宿峰顶。四月廿四，祝融峰雨中书仿岣嵝山禹碑一过。越日，文明经以衡酒饷于祝融峰顶。计住岳顶十日，乃陟碧萝峰，观罗念庵手植松七律。旋登岣嵝峰顶磨崖泐壁五律。复有"岚气侵衣润，溪流沁骨凉"又，"花香浓欲醉，山色秀堪餐"；又，"鸾骖当碧落，鹤放向青山"等句。初至半山一粒庵五律，乃登峰谒禹庙五律。宿购嵝峰祠对月五律。遍访禹碑不得，留诗刻之崖上以去五律，来岣嵝峰，遂至峰麓龙潭五古，归途回望岣嵝峰五律，并有《禹碑行》诸作。岳庙东有阳泉仙人池、翠鹿岩、鹤鸣室、霞天宝诸台。更游米洞羽，在紫盖峰，亦曰水帘洞。崖壁刻"朱陵太虚洞天"，字大三尺许，高、长二丈。又，"朱陵瀑布""镇岳飞天法轮"字大如前，旁识"绍定三年四月四日，李鼎、钟兴同游，彭镇、欧阳必大、安补、曾方从行"又，"不舍昼夜"；又，"何去何从"；又，"丁巳冬，云仓曾解、凌文明偕行，到此一游"；又，"水溅处"；又，"天下第一泉"；又，"飞泉溅石，伟哉奇观"。诸题字泐于崖壁。又寻"冲退醉石"字不见，睇视下有裂石，恐即是。此峰之西为碧一岩，有"仰止处"，有"天外幽贵"，有"青云在目"刘祖本题各刻。又，九女峰在岳庙西北，有九子岩九仙旧址。崖壁上有"九仙飞升之坛"，字大三尺许，高、长一丈八尺，上横书"冲虚胜境"，每大一尺。

至九仙官，本真人张如珍所居，下有石坛，润〔阔〕可数丈。梁天监三年，有八仙人迎张真人于石坛飞升。唐懿宗咸通九年，衡州刺史陈观奏置官额。十年十月，敕下，依奏行之。丁巳腊日，住持僧李守正监镌，旁有草书"珍玲缘气"，字大可尺。又，"到此皆仙，李击书"。其各崖壁，更有"万历〔3〕年三月，巡按李顺同副使灵仲堪同登"。又，"赵崇度登"；"明季香登"；"大明关中陈芳抚楚问俗来登"；"陈从古登"；"明顾璘来登"；"明杨续、彭良臣同登"；"明尹台登"；"明杨直来登"。另有"楚天巨镇，南岳高峰，神灵有赫，历代崇封。乾隆十六年仲秋，衡州太守黄岳牧题"。又，祝融峰有"拔地万丈，去天尺五。弘治壬戌孟秋七月口口口登"。又，"第一峰，天下奇观俱在目中矣"。又，"望月坛。明嘉靖丁巳，淮山口官携儿宗岱登"。又，《登祝巘》诗："峭仞碧摹天，登临意渺然。岚光千里合，雪色日边悬。数点夕阳外，千寻北斗前。徘徊云路里，啸咏对云烟。乾隆庚辰岁嘉平月知衡山县高应述题"。又有"云海"二篆字，每大二尺，长四尺。又，"乾坤胜览口寿僧纲自口渤"。又，"一目万里。上元朱汝珩书"。又，"天根月窟。易祖拭书"。至若历登诸峰，如天柱峰，在岳庙西，两山端耸如柱；石廪峰，在岳庙西南，形如仓廪；芙蓉峰，在岳庙后，上有讲经石。石方丈余，刻"天下太平"四字。赤帝峰，有惠车子尸解处。朱明峰，有邝仙修真处。狮子峰，有灵源，时闻流而不见水。烟霞峰，有懒残、李口〔泌〕故居。掷钵峰，有虎跑、卓锡二泉，世传思大和尚掷钵于此。右五峰俱在岳庙后。香炉峰，在岳庙在〔左〕，形如香炉。集贤峰在岳庙右，祀唐宋诸贤。华盖峰在岳庙后。安上峰在岳庙西，有舜樟字刻石。上有舜庙、舜洞、舜溪；下为安乐寺，即今止观桥。峰多巉石，里人呼为灵岩石。问多旧刻，率磨灭。其可识者，曰"笔墟"，曰"琴台"，曰"蟾石"，并题《蟾石诗》。云居峰在岳庙西南。其下有灵居寺、凝碧亭、退道坡寺。有唐太宗御书梵经五十卷。云龙峰在岳庙右，下有仙真观，为西汉道士五谷神皮元曜修真之所。潜圣峰在岳庙西，高僧希迁见真海尊者处。妙高峰在潜圣峰右，为泽海尊者诵经处。五龙献寺基建方广寺。天台峰在方广寺西，有拜经台、无缝塔、莲花池、醉酪泉、会仙桥。莲花峰在岳庙西，状如莲花，寺在花心。白石峰在岳庙西，有白石岩，相传有龙栖其后洞，水流不竭。朝日峰在岳庙左，古史载赫胥氏葬此。文殊峰在岳庙西北，传为唐宣宗太子望见云色处。金简峰在岳庙左，有禹篆，即《吴越春秋》载禹祭天处，有玉砂石刻。云密峰在岳庙西，峰半有大禹治水碑，皆蝌蚪文字。又，圣灯岩、碧云峰、老阊峰。其所游历诸寺，如广方寺，梁天监二年建；峰光寺，在祥光峰，即藏经处；马祖庵，即磨镜台；石浪庵，在飞来船下；云密寺，在云密峰下；承天寺，在石廪峰上；金莲庵，在崱屴峰下；绿萝庵，在烟霞峰；清凉寺有白桂庵；望云亭，在岳路；金鸡林，在天柱峰下；文殊庵，在芙蓉峰下；南岳观，在紫盖峰下。晋太康问，徐云期、邓郁之建，梁天监二年赐庄田三百户。隋大业诏修，有田先生降真堂、尹真人上升坛。黄庭观，在集贤峰下，魏元君修道处。九仙观，即古九仙官，距岳庙十里，梁天监中建。光天观，在祝融峰，久废，即今上封寺。洞门观，在石廪峰西。灵西观，在岳庙西，梁天监五年建。圣寿观，在岳庙北，唐咸通中建。玉清官，在石廪峰南，齐永兴初建。中官，在岳庙东北，梁天监中建。凌虚官，在华盖峰下，东晋末邓郁之居此诵经，遇魏夫人传道，得法。白云先生药堂，在九真观。开元中，司马天师承其居此。棋盘石在九真观。昆佛洞，在芙蓉峰后，洞周遭五十余里，相传即古禹王城。讲经堂，在掷钵峰，台石方平，上镌"天子万年"四字，亦名定心石。船石，在掷钵峰，人呼为"飞来船"。盖岳七十二峰，兹上所历三十余峰三十余寺。所有古刻，无不遍揭。尚有远峰诸处不能尽述，遂下山而返。时六月十五日也。至是，盖六年而遍游五岳矣。

初秋，回转麻城，登横翠楼，访黄佩之明府，寓署斋。越日，张蘅皋孝廉复邀登横翠楼，重题其壁，去。过骑龙镇，经黄州。七月初八，游赤壁，拜苏文忠公祠。盖前曾至嘉鱼县武昌府属，亦有赤壁，而黄州为是。嗣由楚中返汴梁。八月十一，至白雀园，于旅舍遇李宗鲁太学。道遇〔过〕新蔡汝宁府属，访莫静川明府，留署斋。九日，独登吹台，台为师奏乐遗址。忆前丁未曾游此，因有诗题壁。九月廿七，住东家堤；廿八，住卫辉府河南；廿九，泥沟。十月初一，住丰乐镇。初二，邯郸县直隶广平府属，过磁州。初三，顺德府。初四，柏乡县赵州属。初五，栾城县正定府属。初六，富城驿。初七，住曲阳县定州属之青风店。初入，重宿曲阳古岳祠，对月复揽飞来岳石。忆前丁未中秋登浑源北岳顶琴棋台对月，遂留诗题记。初九，转楼保定地。初十，至保定府。十一，至静海县天津府属，宿莫次典明府署。其他洞庭潇湘、云梦，远州近邑，足迹无不遍历。遂仍驰归天津。

是秋，三男士镰生。十一月，因迎先大夫及家属由天津人都于廉州会馆就养。随至户部，奉旨特授浙江司行走。因于都门度岁。

### 乾隆五十七年（1792）　壬子　四十六岁

是年在京供职。二月十九，出西便门赴圆明园内。忆离京七年，于兹复返，因有"备员趋走蒙宽政，报国蹉跎效小忠"之句。每晨人署办公，退食即与季叔侍养，务得欢心。秋初日爽，因督季叔奉先大父往游西山抚戒坛、潭柘诸景，并倩善画至友安邑宋芝山先生绘《西山览胜图》，扬州罗两峰先生绘《雪夜听琴图》。二小照各名公馆乡题咏盈卷。殊仲秋于汾阳会馆设筵张乐，祝先大父六十八寿。计前虽制屏锦，要皆遥祝。今则先大父在京身受。

故诸前辈、同年、世友一闻延宾，悉乐亲行致祝。而先君重借此稍展子职焉。

又，是岁，季叔由国子监肄业。八月，应顺天乡试不第。仲冬，先大父趁伴南还。先君及季叔叩送于长新（辛）店。怅惘，为之废食者久之。

又，是时从人方德才没于寓，先君怆甚。因铭其殉研云："德才尝从余遍游五岳。于其没也，以此研并佩环二为殉，因识。"又为之作《记》，以申其情。

### 乾隆五十八年（1793）　癸丑　四十七岁

是岁在京供职。首春早朝有诗。三月禊日，遂同季叔及子侄禊于黑龙潭。随临右军禊序一册并跋。谓幸逢癸丑，人生所难云。夏日，季叔携子侄重寓于悯忠寺之经纶堂，即昔年同读之处。旧僧问而咸喜。先君间至信宿，追维旧事，恍然如梦，又十余年矣。四月廿一因书联与季叔："三缄其口，再思而行"，以为座铭。

秋日，作见山楼于郡馆后寓。退食之暇，登望西山爽气。而诸名士，如孙渊如员外、洪稚存太史、李虎塘太史，皆数登斯楼。而宋芝山孝廉为作《见山楼雅集图》，都下诸公皆有题冬日，大雪盈尺，人皆闭门。先君与季叔携酒蹈雪，步游陶然亭。至则张船山、钱受百两太史，钱桃溪孝廉亦至，相见叫绝。因共倾樽，同返登见山楼谭宴，张有长歌纪兴焉。

### 乾隆五十九年（1794）　甲寅　四十八岁

是年在京供职。二月季叔率长兄载就婚于河南郑署。悉依古礼冠婚之仪。长兄留郑，季叔先返。五月廿四，补缺过吏部堂，有"屈指移官应面圣，仍闻出口待治装"之句。时有旨光〔先〕往热河候驾。及至热河时将大雷雨，问管韫出农部寓所不得，适遇赵味辛舍人导往同寓六月，圣驾驻跸热河。先君以职事特召引见，旋奉简选，实授刑部河南司主事。

事毕，护驾回京。是职民命所关，司守綦重。每遇疑狱，虚心讯鞫。私意唯诺，一概屏绝。逢秋审后大决狱因，恒太息终日。有八月初五《西曹夜直》诗"气省云司肃，声愁霜柝寒。须令犴狱底，还识圣恩宽"之句。每过户部旧署，辄流连久之。又，时季叔赴北闱堂考，杜召亭（南棠）太史力荐，以额满见遗。先君又为之怅惘焉。又，前得先大父来书，去春回至广信游龙虎山，张真人留饮并自撰符馈送，安抵家门云。先君又为之喜焉。

### 乾隆六十年（1795） 乙卯 四十九岁

是年在京供职。二月，长兄载在郑署病故，嘱季叔驰往安顿。因率长嫂仇人京守节。先君心意不佳可知。自是晨人署，暮归寓，竭力奉公。每阅案多至漏下，不以成谳为因循，若必求有可生之路然，务得平反而后已。窃闻新命将有殊恩至。十二月廿八，忽得先大父十月初十凶问。穷腊岁寒，徒跣长日，日咯血数升，几至灭性。中朝士大夫莫不心动生感，至有临门不忍入吊而返者。春明之后，翁覃溪太先生往视，责其伤生，大声疾呼而后着袜。旁人谓非此翁不能使着袜也。复视令进水浆，时已六日矣。然后稍能起立。初郑贯亭虞部及各名士议立诗会过从以诗代札。先君过贯亭诗有云："待到春明烟树绿，趂予归去向天涯。"除夕遂问〔闻〕变，故人以为诗谶云。

### 嘉庆元年（1796） 丙辰 五十岁

是年春，尚滞京城。正月始啜粥水，至于百日，并矢志素食三年，必宛岁毕而后已。求大学士、大兴翁覃溪太先生为志铭，大司寇、钱塘吴谷人先生为家传，余以诗文见诔者盖众。时以京居费繁，艰难万状。至六月，始能偕季叔、家属等出都，由潞河附粮艘南奔，并倩同郡林君梅堂由河南护长兄枢。九月廿四，至维扬合路而归。比至江西，而林君卒于舟次。先君斥装，为之殡殓，附舟同还。未几，一仆又殁，更为殡厝。时以黄河决口漫溢，与微山湖、昭阳湖泛滥千里，俱无纤道，沿途阻滞，仅抵南昌度岁。

### 嘉庆二年（1797） 丁巳 五十一岁

是年正月，舟泊滕王阁下，遇吴白庵先生。悲感之余，因出前汁二岁所写《兰谷鸣琴图》、小照，嘱为补景题诗而别。春仲，至赣江。五月初五，始抵家门，如初丧时。随以择地图葬为急。乃季叔以登山触暑，忽于闰六月初六疾终。计季叔两次京游，并及覃溪太夫子之门，品行、文章为当时信重，而孝友尤与先君无二。故先君伤之愈甚。乃为之作《行略》，作《志铭》，以申其悲。时先君日侍先大母之余，素食哀毁，仅存皮骨。然措置不致紊乱。又是时，方接得元年覃恩晋赠先大父为奉政大夫、先大母为太宜人，并驰赠曾大父、曾大母如之。先君墨缞随先大母率家人出郊祇迎诰命。受封、谢恩告祖讫，旋葬长兄，继葬季叔，先轻后重之义也。

**嘉庆三年（1798）　戊午　五十二岁**

是年正月，先君自择兆域——离家六里，名丽城山。遂于月内葬先太父于斯山之原。附棺椁者诚信谨慎，一切葬仪丰杀咸中。会葬观礼者千里内外驰至，几二千人。先君部署有方，人尽慰叹而去。三月，服阕俱仪，奉先太父木主入宗祠。亲友咸相勤〔劝〕勉进酒茹荤，而先君重以季叔万里同归，三旬殉父，哀情莫致，更有加素食者三月。

又，远近亲友，无论贵贱贫富，以礼来吊者，素服一一亲踵其门，稽颡即行。四月，自乡往城谢客，遂至龙门。有任器堂、黄荫亭两君具海舟送归。有诗："塞马将程百里劳，愿因问道一翔翱。路从碧海盘千折，人向青天坐一艘。康乐百人通峤道，苏公二客从临皋。何如金断平生友，借我帆风蹑巨鳌。"五月，再至州城回里。以劳毁过甚暴发背疽，几虑戕生。久之，幸得渐愈。七月初一，始饮玄酒〔4〕食干肉，抚琴瑟，以娱先太母焉。间忆丁巳初春奉讳归，次豫章，晤同年张古腴太守，出示前年宋君芝山所写《篷窗夜话图》，因次芝山韵以寄云："南浦相逢水又春，同年不减弟兄亲。试看旧雨当时画，还似浮萍此会因。玉貌未随人事改，鲜民真忘岁华新。题诗牵率知何意，为感南安望我人。"古腴守南安，日望腴至云。

时州境大旱，三阅月不雨，官司祈祷已屡，民将转徙。先君戚然。因效董子《春秋繁露》义于众村适中之神农庙后，建四方八达之坛，悬所藏吴道子画大墨龙，奉少昊金天氏位，制大小白龙九、掘社前方池一、置虾蟆九于中，按八方色设旗帜，令童子八执立，日三舞之；并舞龙如法。先三日斋戒，至八月初二，为登坛拜祷之。次日，炎天烈日。先君衣冠，极其诚歌行礼读祝，诸人屏息以待。空中忽大雷电，风雨如悬。众大骇异，俯首，莫敢正视。次日，雨止，沟河流溢，田畴尽苏，乃撤坛场。人咸信至诚之感如响者焉。

先君家居，不敢暇逸。八月生日，五更起，书云："将勤身而勿暇兮，亦静心而勿扰"，以为座铭而自勉云。九日，至凤鸣山登高，访董魁武太学。又往二百里临潘外祖之丧，且为择地作志而返。冬中，之郡城谢客，访常口格口郡伯，攀留十余日，为言郡中事宜，如府学官宜修，复旧向；海门书院文阁宜重建，宜筹增膏火；钦州学田宜查办，分润人赴闱费；龙门宜建城；保甲宜极力申明；匪徒宜查拏。郡伯称善。遂别还，在家度岁。

**嘉庆四年（1799）　己未　五十三岁**

是年春，官保、中堂觉罗吉有斋制宪、中丞陈简亭抚宪暨各当道专员至家，聘请来省主端溪书院讲席。敦迫再三，重念就近可以迎养，乃受聘礼。于正月中旬别先大母而行。廿八至梧州，中道闻纯皇帝升遐，悲怆成礼，水浆不入口者三日，作恭挽诗以申臣子之哀。

二月入馆，随之省城谒各当道；适陈抚军人都。十六，偕张子思植、思齐贤仲兄弟买舟追送抚军于珠江。回至大通寺，观烟雨井并张子之尊人药房太史隶书题寺前"大通烟雨"石坊。而贤仲随作《珠江伟饯图》，为题诗焉。乃返肇院，诸生数百人朝夕砥砺无虚日。立《学规》十六条，宽严并用，学者乐而循之。间自修院后幼日读书之所，并求吉制军亲书"爱莲亭"以颜于庭中。暇日游鼎湖山，有题飞水潭诗。遂于七月迎先大母至院就养，嘱母氏宜人及儿媳暨各叔随侍，八月十四，抵肇庆。先君具仪从导舆而行，人咸叹羡。十二月，散馆。初九，又奉先大母为羊城之游，更至南海神庙，登浴日亭，于苏公诗碑旁书识"丁〔己〕未十二月廿四，钦州某奉慈谒庙、登亭，因题。时弟侄、两男眷属等十二人从行。侄士规刻。"适先大母寿辰，舣楼船于珠海寺，箫管侑觞，务得欢心焉。自督、抚及各宪皆亲临江干候问，乃辞。返端溪度岁。

### 嘉庆五年（1800） 庚申 五十四岁

是年各当道仍留主讲端溪。正月初十，晓起率仲兄履料理水仙。适何碧山孝廉送异种水仙花、星岩白石盆至，为之欣赏，有用山谷《王充道送水仙》诗韵之作。上元后，之新会访至友李勺海明府于里第，并谒祭陈白沙先生祠。三月楔日，奉先大母游七星岩、宝站台各名胜。院中讲学，日长无事，承欢备至。夏初，值各叔及仲兄履欲归应岁试，先大母亦思还里，遂于月中买大舟，送至德庆悦城，奉谒龙母神祠，祷得顺风。江干叩别，至瞻仰弗及始返。

闰四月廿，登阅江楼观肇庆水陆兵弁人川。先君谭艺之余作有七经解说、四书讲义，并刻端溪课艺，呈吉制军评定者，以及《古今文赋》《诗选本》十余种。日夜与诸生口讲手画，乐此不疲。师弟爱悦不啻父子，竟多有不忍离归度岁者。是时岁科两试，吉其衿者三十余人，恩科中式者六人。当道以书来谓"有河汾礼乐之盛"云。又，常称卫武公老而好学，因书以自立为课：书程有曰："经史，皆不可一日而不读"；诗程有曰："杜诗，亦断不可不读"；字程有曰："王右军，诚心摹手追此人而已"；画程曰："山水，须仿董、巨、荆、关，各就所见，而荟萃酬酢其间。其次，则倪、黄、吴、赵、高，亦须涉其藩篱；又次，文沈之作及北宋二米亦宜以时仿拟，而文敏尤宜服膺。更须日临右丞《辋川图》一二段。次则《富春山图》王石谷临本甚好。次则董之《溪山随笔》卷、关之《太行秋色》卷亦宜看。而五岳总须各一图卷。至于树、石、人、屋、桥、船、车、骑、器物、兰、竹、梅、菊，花卉、翎毛、人物、鹰马、界画、楼台，务于精细入手"云云。

时仲兄履人州学，寻来人试秋闱。初，长嫂仇随侍来院，九月疾终院内。先君愈加怆怀，为之泐志，而归其枢于里门。仲冬，上省辞馆，拟明春入都供职。而中丞瑚景南扶军力聘移讲省垣粤秀书院，辞之至再。或有以"亲老，不宜出万里外"为留者，先君惧然，即勉受聘，实冀更得迎养焉。廿三，常西临藩宪、吴蠡涛臬宪、永雨村运宪、叶香浦粮宪，公燕万和圃学宪于观察署之澹心堂，邀先君陪燕。席中赋诗，宾主极欢而别。乃返肇，夜过羚羊峡。端溪诸生闻移讲之信，各百数人联呈，恳留一载。大宪批示不获，则人情怅怅如有所失。至各具壶浆恋别，并纷纷求书。先君诺之。及散馆后，开局于爱莲亭中，终日立书者四五日，郡城为之纸贵。仍在端溪度岁。

### 嘉庆六年（1801） 辛酉 五十五岁

是年春正，由端溪之省主粤秀书院讲席。时肇郡官绅人士商贾，上下广陈饯觞数十筵，相连十里，市为之罢。先亦徘徊不忍去。席中作别诗，有句："光弼人军应有色廉颇将楚恐无成。"盖有感之言也。而各以诗饯送者二百余篇，咸装成册。先君一一读毕黯然，各皆呜咽而别。道过羚山寺，独登题诗。而何文学彬适追送至，比出峡外始别。

至粤秀后，先君又以此地昔随先大父从师之所，倍增怀怅。启馆毕，先除积弊，不畏强侮，不虑人言，而书院旧染一新。始以礼乐为教，其揖让、进退、言语、宾师之际，严之以礼。尤以立品为先。品行优者，申宪举为斋长。其讲课勤密、诵文读书、登注课程，每一人薄〔簿〕，五日缴查，而劝惩之。诸生六七百人，初集咸以为难，及久皆悦服。是科中式倍于常年。又旧日课期悉乏台凳，先君乃为捐金作长台、长凳各百，安置妥固如人试，然不得给烛尝辑选有《感旧集》《师友渊源集》，至诸经义奥问多注说，将汇为集

初，己未之岁，恭遇覃恩，先君得诰授奉政大夫、母氏得诰封宜人。至是始行颁到。先君同母氏率合家人等出外跪接恩命，升台宣读毕，望阙谢恩，更换命服，重复谢恩。而各当道及省垣人士咸集慰贺。先君因倍励报国之志焉。每端人归嘱各叔重迎先大母就养，未允。馆满后，各大宪皆以善教有成，欣然仍留明年之席。先君志欲辞归侍养，不可。既不获命，乃勉强暂受其聘。然心动不宁，遂于十一月中旬暂辞归省视。单舸就道，仲兄履从，拟明年春始来启馆。廿二，过肇，访莫孝廉善斋先生郊居及何碧山孝廉，留饮并存问院中旧友，留连累日，别去。十二月初四，过藤县，怀秦少游。十二，过乌蛮滩，谒

祭马伏波将军庙，并泐楹联云："铜柱耸千寻，自有奇功匡赤伏；旌旗开万里，长留灵迹镇乌蛮。"并作《伏波别传》，及绘《大滩北山图》以贻守庙泐传。继乃乘舟陆驰五昼夜，于十二月十九四更抵家，叩请先大母于床下。殊先大母先以抱恙卧床多日，曾端速先君归，途歧失遇。而先君心亦预动。至廿二三（日），为先大母寿辰，先君率合家扶掖先大母出坐，尚受子系人众拜祝。先君并服命服祭告祖先毕。殊至廿九，竟丁先大母忧。先君严寒徒跣，水浆不入，痛归仅得十日之侍，几几灭姓〔性〕，倍甚于闻先大父诚〔讣〕时，人皆虑之。至后附身诸极诚仁焉。

### 嘉庆七年（1802） 壬戌 五十六岁

是年正月，端人往辞粤秀之席，而讣告各大宪及诸相好者，并接眷属、行李、书籍归。百日始稍进粗粝。然仍矢素食三年之志。四月，奉先大母合葬于先大父之茔。观礼会葬者亦千有余人，所费诚不易易。先君哀中作为行述，以传母贤已，乃筑茔高九尺、广三丈，周以垣墙。一砖一石皆亲经目，不敢俭于亲。并乞得惠州守、汀州伊墨卿先生为志铭而藏之。又建石坊于前。斯役也，而年始毕。先君心力尽瘁。自营葬后，即结茅庐于山足为丙舍，置田二为墓田。于是庐墓蔬食者又三年。坐卧不据高位，足迹不到城市，来往执杖徒行，不敢骑乘。山深无人，辄攀松柏号泣无时。每晨夕必亲诣墓前，拈香哀叩，如定省然。虽大风雨亦不假手于子侄。纵时暂出，返庐亦必登茔叩告。盖三年如一日焉。荒谷人烟罕绝，时或虎啸猿啼，云停水泻，若皆助悲思之。况其凄清孤寂，非身历者，难知也。因于庐中度岁。

### 嘉庆八年（1803） 癸亥 五十七岁

是年守制。读《礼》庐中，并率两男履、镳及诸侄从。一切所藏书籍、字画，皆携就草庐。盖故居鲜人照理也。时大事后，家计百杖艰难，几不能自存。先君日啜山中药菜，水熟粗食而已深味也，然而忧勤怵惕。每夜恒起治经学。尝于五月初六夜五更读《易》，自有所得遂书志曰："《易》为寡过之书。"六月初四晨起，自书学箴曰："见宾承祭。"曰："非礼勿视、听、言、动。"曰："君子无终食之间违仁。"曰："必不得已而去食"；"民无信不立"。曰："宫室之美，妻妾之奉，是亦不可以已乎？"曰："江汉以濯，秋阳以暴。"更书丹心苦言，曰："行迹鄙秽，一大耻也；学殖旁落，二大耻也；功名蹭蹬，三大耻也；家事削弱，四大耻也；子弟失教，五大耻也；受恩莫报，六大耻也；省运不振，七大耻也；效忠无术，八大耻也；正世无才，九大耻也；没世无称，十大耻也；总成不孝，十一大耻也。棘人某闭门自记"，云云。八月，山水暴发，涨踰腰脊，方与家人走避，而庐舍平沉，仅以身免，累日绝食。及水退，意无屋可栖。其书画及著作、诗文，尽在洪流中。后晴明，乃披泥滓，拾残篇，布山郊而晒之，仅得半全。先君倚墓伤悼更不可言。七月，复于墓左高埠再筑土室二楹，移居守墓，署曰："仰思堂。"旁书杜句为联"子规夜啼山竹裂，王母书下云旗翻"以申哀恋闲课子侄之余，寒暑无间，鸡鸣必起，自温盥洗，即读《礼》百遍殆晓。展墓回，悬腕学书一二篇，俭约以自奉焉。又，时季叔之子规兄入学，来谒祖墓。先君一慰。又，二三世以下祖墓，率众人迁安修整者月余成。多俗有火化亲尸者正在庐前。先君伤愤，不顾身在制中，有控于州，尽法惩警，此风遂移有识者咸多之。又是时，倭泽圃制宪、孙寄圃抚宪、广省堂藩宪及臬、运、粮各宪委员专书主越华书院明年讲席。先君力辞。守制去后，各当道随又专信仰郡伯亲赍山中聘请，且主修《广东通志》。先君以"己先不孝，何以教人"，计须明年四月服始阕，则有误馆事，遂再辞，复仍于庐中度岁。

### 嘉庆九年（1804）　甲子　五十八岁

是年元旦，书"'文王日昃不暇食''仲山甫夙夜匪懈'，可以为法"，悬之座右。又书"明发不寐，有怀二人。某哭于墓后，因书"。二月，忽暴发囊疝，几濒于危。医谓忧郁积肠胃薄削。而以村方调治，月底幸差，然皮骨仅存。凡知与不知，见之皆为感叹。三月，禫满，始辞庐墓还家，乃饮酒食肉。计先君两遭大故，前后水浆不入口者七八日，啜粥者二百日，不饮酒茹荤者六年。又，为季叔加素食者三月。两次服阕皆以疝发，将于致命，其毁伤若此。遂升祔先大母人宗祠，事亲之事毕矣。

时制、抚各宪再三委员赍聘至家，尚留越华之席以待，且不以迟久为嫌，而切《通志》之修焉。先君见各宪礼隆意笃，遂受其聘。四月，略一部署家事，随即出山，率两男履、镳随，一路有司供给。

初，州西门封闭百余年，士民皆不便。适州侯为桂林朱礼庭明牧于先君为通家，尝力言求详开，乃竟幸开复。今先君至州城出人西门。仰拜后，题为"挹爽门"，书字径二尺，俾州人渢之，慰心而去。

端午过肇，旧友生徒攀瞻。移日抵省人院。各大宪欣敬有加。而方伯为戊戌同年，尤多款洽，竟致五月十一始启馆，以礼接见诸生，不下二百余人，半皆及门旧侣师弟，悦服如故。时以素食日久，忽茹荤腥，作泻者累月。安息调养，渐以复元。又，时当大比，同郡亲友及在外故旧人试者，咸邀寓内院，饮食供给甚众。然先君好客，五日十日，必洗盏，约故旧饮叙。如拔贡、秋试春试，同年及其子侄，以时招集，团拜、会饮。纵解裘沽酒，心焉好之。至送往迎来，竭力周济，恒典衣以致其情者，略无吝容焉。秋后，大宪札取通省各属志书皆以齐集，方议开局办修。适海疆多事，当道升迁，日不暇给，《志》事暂停。九月，偕李雨亭世好重游白云山寺，已四十余年。十一月，过叶花溪都转江楼，四更看月。因题书"水明楼"及苏公《五咏》以赠。十二月，仲兄履归迎母氏宜人。馆满，越华书院度岁。

## 嘉庆十年（1805年）　　乙丑　　五十九岁

是年满拟入都供职，少报屡受国恩之重。但以行利瓦伊艰，且家累负重；重以去冬官保百菊溪制宪来粤，与孙抚宪、秦小岘臬宪会议，决意复请移讲粤秀，专以修《通志》为委。先君因去年修《志》之约将有成议，且各宪谆谆诚恳，兹更辞却殊属未合。乃又受聘，冀修《通志》早完，报桑梓即以报国家，然后入觐皇帝供职。遂于正月重移入粤秀书院掌教。启馆之前一日，有司到院敷陈甚备。及期，制、抚、司、道、府、县，黎明齐集院中，敦请先君出座，鼓乐唱赞，宾主四拜，司、道四拜，府、县四拜，命诸生四拜，极其肃敬。茶话继以宴饮于讲堂之中。计设十席，各皆专席而坐。先君居正，左右制、抚、藩、臬、运、粮，一府两县，以次朝对，环坐从容，毕饮而散。各大宪尊师隆厚，故老以为向未目此盛礼云。

先君于是益加振励，勤于讲课。首以端品行、正文体为事，更躬先率行。每五鼓起盥，必朗诵经史，乃出视事，悉以课程查勉诸生。作《元旦》诗，有句："皋座自知无学术，兰台那得更文章。"时当道属修省《志》，故云。二月初八，自记："多读书，不宜用。若多用书，便可谓中书毒也。竹垞《再游岭南》之诗，可戒矣。"廿二，王简亭太学招同刘朴石太史越华掌教暨其侄系馨之太尹同游粤秀山，燕集禅堂，题壁而去。三月，修禊珠江，迟友不集，遇风而回。五月，母氏宜人来至羊城，并子媳等人院谒侍。六月，偕朴石太史送客珠江不及，归游海幢寺房，题壁。时《志》事实初集，忽又遇海寇乌石二滋扰甚盛，守土大员征调不一，《志》事合而复离，先君于是知《通志》之难成矣。八月生日，约友携酒游白云山，赋诗见志，有"未将犬马酬先帝，况有鸡豚逮二亲；宰树漫劳千里梦，朝章空愧百年身"之句。十一月，次孙殇，为之一恸。十二月馆满正欲出春人都，又以负资未偿，不胜仰叹。而时系抚宪雅重先君，是年以两嗣君过院受业执弟子甚谨。夏初陛见回任；仍恳流〔留〕明年主讲粤秀，务集《志》事云。先君实不得已，再受其聘。计出年秋后，决意兆

〔北〕上也。因再于粤秀度岁。

## 嘉庆十一年（1806） 丙寅 六十岁

是年仍主讲粤秀书院。因自奋兴〔与〕诸生切磋，专经致用，以期实学。每鸡鸣起盥，危坐读书。元日有句："百篇老去殷勤读，一水归欤自在尝。"又，时闻李婿芝香姐丈在家之殁，郁郁不乐。正月廿四，有保定杨米人别驾随制府至粤来访，留酌斋中，与辩论圣贤实学之书，并邀登粤秀山，为赋长句送之。盖"不可谓秦无人"之意，绝笔于此。二月初三，系抚宪惠满汉酒筵，极其丰盛。先君因邀客分饮。又，去冬仲兄履足疾，抱恙调治有日。先君日与医者论治，恒以为忧殊。至初六，偶感风寒不得汗，次日起视事。初入，昼夜不能安寝，服药未效。次日，精神顿惫初十，早起坐，尚与医者论症置方；又扫拾书案笔砚，取红帖，悬腕疾书"病可愈否？求赐良方"八字于案，与医者阅。复取典衣各票三十余张，令人粘贴于内墙。入夜，食小米粥两瓯，而神气昏弱。三更后，旁舍居人见院中忽起红光一道，弥漫缭绕，直烛天中。外人方讶，疑院中回禄之患。静听并无声喧，而光亦渐散云。十一日早，亦尚能起坐，然已衰散。入夜遂易箦，实戌时告终于粤秀书院正寝。

讣闻之次，制、抚震悼，士民以至台舆悉承瓣香，悲吊踰月。不肖男士履、士镳奉母氏命，扶榇还里。时制宪吴大人熊光、抚宪系大人玉庭、海宪阿大人克当阿、藩宪衡大人龄、臬宪吴大人俊、运宪蔡大人共武、粮宪章大人铨、南韶道宪朱大人栋、惠潮道宪蒋大人攸铦、高廉道宪马大人书欣、广府宪福大人明、南海县宪谢大人涛、番禺县宪吉大人安，共制素锦黑绒挽帐，长二丈，大书"学希陈湛"。又挽联一副。及各赐赙厚仪外，孙抚宪另制白绫长联，亲书云："频岁赋絷维，岂意长悬徐稚榻；八春犹晤对，那堪重过子云亭。"各大人俱于扶榇前一日素服到院公祭，以次排列整齐，赞唱，行三拜礼，嗟叹而去。人谓亦如启馆时之严肃云。而省城两书院新旧及门诸公、各世好显贵，连日临奠哀饯，几于空城而送。其以诗文诔赠者四五百事，并及方外缁徒来行礼谶者不一。过肇之日，及门诸旧世好，帏帐江干，攀灵哀奠，各不能仰视。五日始行，月余抵里。乡人尤为伤悼，相吊失声者，不肖等不知所云也。初，先君庐墓，时自择兆域在先大父墓左七里，望之可见，俨若端拱于旁。私意他日在此，亦尚得侍立于先茔之侧。其佳否，自不深论云。今于嘉庆十二年丁卯仲春十二，安葬于本州岛长墩司大字墟后望海山之原，即旧择之所，体遗志也。会葬六千有余人。士履、士镳以状乞得扬州太守伊墨卿先生撰书墓志，内阁学士翁覃溪太先生撰书墓表，太史谢澧浦先生为家传，泐碑藏之

立之。墓高大一丈，地广三丈，前建华表二、诰坊一。至次年五月，奉栗主人
祔宗祠。

嘉庆十三年戊辰，乡党士夫思先君不能已，因述先君德行文章，由学呈请
州、府申宪，奏闻人祀乡贤祠。奉旨"依议，钦此"。

嘉庆十四年己巳仲秋，州侯田公文焘率诸乡先生三百余位，以仪仗、祭品
至祠，公迎栗主，送人州学官乡贤祠内供奉，有司岁两祀焉。同时郡城亦具栗
主，送人府学宫乡贤祠供奉。外如远近乡村思念爱敬者，多以木主配享农神，
且并为立庙以祠焉。

至十八年癸酉，督宪准兵部咨武选司呈国朝馆，移取先君著书、诗文全
集，列人《文苑传》以传。

呜呼！先君于伦常中悉具真性，皆出于自然之诚。其实心实行，有难以学
而致者。至学问之根柢纯全，固非不肖所能知。但庭训之余，窃见所语诗文、
字画，要必以至圣者为归。论定当自有人焉。平生遍游五岳而外，足迹且满天
下。既不事家人生产而周济扶危、引善恕恶之心，恒若不及。是以身后不名一
钱，所蓄惟奇书万签、古画三四百轴、字帖、墨刻不下三千片。有佳者辄典衣
易之不惜。其他一无嗜好也。独是事业之建树，禄位之通塞，斯非可强者，当
与寿夭同一喟然可也。不肖无识，不敢谓不能如古名臣大儒之班班可纪而不
传，亦正不敢不自记所知所闻以为后嗣传。故率笔纪实，鄙夷不遑顾矣。自始
至终盖有不忍于获麟之岁月耳。间一披省，而趋庭声色不俨然一一如睹哉！风
木之感，历久如新，何有极耶？垂览之大人先生采择焉，而谅其愚蒙，幸也！

嘉庆庚午男士履初编；道光三年癸未仲春望日不肖男士镳补编，敬述附识。

# 参考文献

1. 张声震主编《冯敏昌集》，广西人民出版社，2010 年。

2. 防城钦州上思《冯氏族谱》，2001 年。

3. 钦州市政协文史资料委员会编《钦州文史 7》。

4.《钦北文史第五辑》，中国人民文化出版社，2012 年。

5.《钦县县志》（上下册），民国影印本。

6. 赵尔巽主编《清史稿》部分篇目。

7.（明）林希元著《钦州志嘉靖版》。

8. 清道光阮元监修《广东通志》。

9. 卷十三《艺文志·艺术》，民国三十六年石印本《钦县志》。

10.（清）朱椿年总编《钦州志》。

11.（清马世禄编）《钦县志（康熙版）》。

12. 柳河东《董仲舒对政治儒学发展的历史贡献及现代意义》，中华儒学会 2014 年 12 月 8 日。

13. 屈海龙著《清代恩科重要性分析》，中国论文网。

14. 翁方纲著《复初齐诗集》。

15. 任文岭著《冯敏昌书画研究》，《钦州市纪念冯敏昌诞辰 270 周年文化学术研讨会论文选编》。

16. 董佳贝著《乾隆朝殿试策问考题研究》，《学术界》2010 年 9 月第 148 期。

17. 邓经春著《冯敏昌〈读易自记〉释义》，《钦州社会科学》2016 年第 1 期。

# 后　记

　　综观钦州得名一千四百多年的历史，可谓文韬武略，文武兼备。武将有威震中外的民族英雄刘永福、冯子材；文化精英有姜公辅、宁原悌、冯敏昌等人物。

　　这些钦州的骄子，使钦州的文化自信有了厚度和高度，让我们增强了做钦州人的骨气和底气，是钦州最深厚的文化软实力，积淀着中华民族最深沉的精神追求。

　　习近平总书记在十九大报告中指出："文化是一个国家、一个民族的灵魂。文运兴国运兴，文运强国运强。没有高度的文化自信，没有文化的繁荣兴盛，就没有中华民族的伟大复兴。"习近平总书记的话告诉我们，文化自信对一个国家、一个民族、一个城市发展的重要性。钦州有这么深厚的文化，我们不能丢掉，必须加以挖掘、研究和保护，留存下来，代代相传。

　　也正是因为对本土文化的自信，促使我认真研究，决定撰写《北部湾名人系列》，完成了《国柱冯子材》《虎将刘永福》后，2017年初，我撰写了创作提纲，到冯敏昌工作生活过的地方进行深入调研，专门拜访肇庆中学（前身为端溪书院）的部分领导、教师，撰写采风日记，走访冯敏昌后人，对照冯氏族谱，经过八个月的努力，于2017年11月完成了《大儒冯敏昌》初稿，12月1日，将初稿送给谢勇云、滕广茂、吴世林、何波、梁沃等文学界知名人士审阅；2017年12月21日，专门召开了一个小型研讨会听取意见，综合各位学者的意见进行了修改，《大儒冯敏昌》得以定稿。

　　在创作《大儒冯敏昌》时，得到市委宣传部，钦州市政协有关领导，钦北区委、区委宣传部、统战部、市文联领导的大力支持。谢勇云帮助设计封面，李达旭大师帮助题写书名，滕广茂、田心等提供了照片支持；钦州学院古代文学教授侯艳帮助翻译《婚启》；市文联副主席邱桂丽帮助检索繁体字，黄艳帮助将繁体字文本转换成简化字文本。前人的研究成果如《冯敏昌集》《冯敏昌诗词抉微》《钦州文史 7》等，为本书创作提供了很大的参考。

　　对于以上单位和个人，表示崇高的敬意和衷心的感谢。

　　由于本人才疏学浅，加上资料缺失，《大儒冯敏昌》还存在不少错漏之处，诚挚盼望研究者、专家、读者斧正。

作　者

2018年6月